Die Deutsche Bibliothek - CIP-Einheitsaufnahme

Paczian, Werner:
Der Psycho-Guru von Münster / Werner Paczian.
- 2. Aufl. - Münster/Westf. : Principal-Verl., 1998
ISBN 3-932293-24-X

ISBN 3-932293-24-X

1. Auflage 1997
2. Auflage 1998

Umschlag: Edda Buß
Titelbild: Jörg Kempken
Printed in Germany

Werner Paczian

Der Psycho-Guru von Münster

PRINCIPAL VERLAG

Der Autor:

WERNER PACZIAN, 1957 in Bielefeld geboren, kam vor zwanzig Jahren zum Politik-Studium nach Münster und arbeitet seit 1984 als Freier Journalist. Mittlerweile sind von ihm Reportagen und Berichte unter anderem in Geo, natur, stern, Focus, Brigitte, Madame, Wirtschaftswoche, Lufthansa Bordbuch, FR, taz und Amica erschienen. Zahlreiche berufliche Auslandsaufenthalte führten den Journalisten in Krisen- und Kriegsgebiete, darunter Sri Lanka, Guatemala, Afghanistan, Georgien und Ex-Jugoslawien. 1990 schrieb er das Buch „Raubmord am Regenwald" (rororo aktuell).

Vorwort

Ende 1989 verurteilte das Oberlandesgericht Düsseldorf einen Psychotherapeuten zur Zahlung von 10.000 Mark Schmerzensgeld an eine frühere Patientin. Zu dieser hatte der Therapeut im Laufe einer „Behandlung“ intime Kontakte aufgenommen. Das Gericht sah darin eine Mißachtung des Abstinenzgebots durch den Psychotherapeuten. Dieser hatte zudem kein Psychologiestudium abgeschlossen, konnte keine Ausbildung zum Psychotherapeuten vorweisen und besaß keine Genehmigung zum Betreiben seiner Praxis.

1993 schickte das Koblenzer Landgericht einen Psychiater für fünfzehn Monate ins Gefängnis, der Patientinnen sexuell mißbraucht und seine „Behandlungen“ mit den Krankenkassen abgerechnet hatte. Drei Jahre später stand ein Kölner Psychologe vor dem Kadi, dem der Mißbrauch von „schwerstdepressiven“ Frauen vorgeworfen wurde. Das Gericht verhängte eine Haftstrafe auf Bewährung.

In den vergangenen Jahren sind eine Reihe weiterer, vergleichbarer Fälle bekanntgeworden. Stets ging es um Machtmißbrauch durch tatsächliche oder vermeintliche Psychotherapeuten gegenüber ihrer Klientel, um psychische, sexuelle und finanzielle Ausbeutung.

In diesem Milieu spielt der vorliegende Kriminalroman, dessen Thema folglich mitten aus dem Leben gegriffen ist. Im Rahmen der schriftstellerischen Freiheit wurden dabei in Deutschland bekanntgewordene Fälle von Mißbrauch abstrahiert und mit der kreativen Phantasie des Autors zu einer fiktiven Geschichte vermischt. Die geschilderten Romanfiguren sind somit frei erfunden und etwaige Ähnlichkeiten mit lebenden Personen wären rein zufällig. Gleiches gilt für die geschilderten

Handlungen, insbesondere Straftaten, die in dieser Form real niemals stattgefunden haben. Vorstellbar sind sie aber allemal, wie die in der Öffentlichkeit bekanntgewordenen Fälle bewiesen haben.

Münster im Oktober 1997
Autor und Verlag

Vorwort zur 2. Auflage

Kaum war das vorliegende Buch erschienen, wurde der Romanstoff erneut eindrucksvoll von der Realität untermauert. Am 24. Nov. 1997 berichtete DER SPIEGEL: „Sex mit Klientinnen ist für viele Psychotherapeuten kein Tabu. Jeder zehnte Seelendoktor, so das Ergebnis einer Studie, tendiert dazu, den Patienten seine Gefühle zu offenbaren oder sie gar 'auszuleben'. Genauso viele Psychologen meinen, sexuelle Beziehungen seien in Ausnahmefällen hilfreich für die Therapie."

DER SPIEGEL bezog sich auf die erste, repräsentative Untersuchung in Deutschland zum Thema „Therapie und Sex". Die Frankfurter Professorin Irmgard Vogt hatte für ihre Studie 1200 klinische Psychologen und Psychologinnen befragt und war zu den genannten, alarmierenden Ergebnissen gekommen.

Ebenfalls Ende November 1997 beschäftigte sich der Deutsche Bundestag mit dem neuen „Psychotherapeutengesetz" und verwies es an den Vermittlungsausschuß des Bundesrates. Wäre das Gesetz schon in Kraft und der „Psycho-Guru von Münster" eine reale Figur, so müßte er mit bis zu fünf Jahren Gefängnis rechnen.

Münster im Januar 1998
Autor und Verlag

1.

Rudi Herzog hatte gerade die Hosen runtergelassen, da hörte er unten Schritte. Gleichmäßig, stark und geräuschvoll traten die Füße auf den Holzboden. Herzog erkannte am Klang der Bewegungen, daß es der Gang seines Therapeuten war. Herzogs Stirn und seine Achseln waren schlagartig mit kleinen Schweißperlen belegt. Er ließ sich geräuschlos auf die Klobrille nieder. „Komm jetzt bitte, bitte nicht die Treppe hoch", betete er, faltete die Hände und preßte sie in Kinnhöhe zusammen.

Die Schritte waren nun fast vom Fuße der Treppe zu hören. „Wenn du es wagst, heraufzukommen, bringe ich dich um", dachte Herzog. „Ich werde auf dich einprügeln und bei jedem Schlag sage ich dir, daß ich aussteige, daß ich stark genug bin, deine Befehle zu verweigern, daß ich mich nicht länger demütigen lasse und alles, was du mir angetan hast, der Öffentlichkeit verrate." Herzog sah sich nach einem passenden Mordwerkzeug um. Gegenüber waren die Waschbecken angebracht, über denen auf weißen Emailleablagen ein paar Zahnbecher samt Bürsten und zwei Rasierpinsel standen.

Nun hatte sein Therapeut einen Fuß auf die erste Stufe gesetzt, die zweite Stufe, das Holz knarrte. Das Tempo, mit dem *Er* näherkam, war langsamer geworden. Jetzt erst die dritte Stufe. „Vierzehn Stufen sind es", dachte Herzog und war sich im selben Augenblick nicht mehr sicher, ob es nicht doch dreizehn oder gar nur zwölf waren.

Herzog schwitzte und spürte sein Herz pochen. Die vierte Stufe. In Bruchteilen von Sekunden suchte Herzog mit den Augen das Bad nach einem harten, großen Gegenstand ab. Neben ihm war eine Klobürste in einer Halterung befestigt, gegenüber hingen mehrere Handtücher, in der Dusche lagen ein feuchter Waschlappen und ein Stück Seife. Die fünfte Stufe, oder war es die sechste, Herzog wußte es nicht mehr genau. Die nächste Stufe. „Ich werde es sagen, ich werde es sagen, ich werde es rausschreien. Oder besser ganz ruhig sagen. Ich muß ruhig bleiben, ich muß ganz ruhig bleiben."

Auf dem Fensterbrett stand eine Blumenvase aus Glas, *Er* war jetzt noch ein paar Stufen höher gekommen. „Komisch", dachte Herzog, „*Er* geht plötzlich viel langsamer als vorher unten im Flur. Ruhig bleiben. Ich sage es jetzt." Einen Moment lang triumphierte er innerlich, weil nun endlich alles vorbei sein würde. Herzog preßte die Hände noch fester zusammen, ihm war schlecht, und er fühlte sich wie damals, als er zehnjährig von seinem Großvater beim Beschnuppern der familiären Unterwäsche erwischt worden war.

Wieder ein oder zwei Stufen, Herzog hörte kaum hin. „Ich stehe auf, ganz ruhig, sage es *Ihm* und schlage *Ihm* die Vase über den Schädel." Noch eine Stufe, Herzog versuchte, vom Toilettensitz aufzustehen, aber seine Beine reagierten nicht. Sein Schwanz war klein und verschrumpelt wie eine alte Gurke. Die Blase drückte mit einem leichten Schmerz, da sah Herzog die Eisenstange neben der Dusche. Sie lag völlig regungslos, geradezu friedlich, als würde sie schlafen, und ihr silberner Schimmer strahlte etwas märchenhaft Schönes aus. „Die Jungfräulichkeit in Eisen gegossen", dachte Herzog und hörte eine Treppenstufe knarren.

Er nahm die Hände auseinander und legte sie auf seine Oberschenkel. Herzog war müde und hätte sich am liebsten ins Bett verkrochen. Sein Kopf hing jetzt schlaff nach unten und stieß fast auf die Brust. Plötzlich mußte Herzog schmunzeln, als er an damals dachte. Fünf Jahre waren seitdem vergangen. Mit Herzklopfen war er in die erste Therapiestunde gegangen, hatte Kaffee und Gebäck bekommen, war die ganze Zeit über wie benebelt gewesen. Damals hatte er soviel erzählen wollen, aber er hatte es nicht herausbringen können. Sein Therapeut hatte die meiste Zeit gesprochen, sanft wie unter Brüdern, sprachgewandt und sehr überzeugend. Erst hatte Herzog *Ihn* gemocht, später bewundert, dann gefürchtet und schließlich gehaßt.

„Jetzt ist es vorbei", dachte Herzog und merkte nicht, daß sein Therapeut Hans Kesch bereits in der Tür stand. Dessen Schlips saß trotz der fortgeschrittenen Stunde noch akkurat, und die Bräune in seinem Gesicht unterschied sich erheblich von Herzogs blasser Hautfarbe. Der Therapeut war gut einen halben Kopf größer als Herzog, schlank, fast hager, aber ein Vollbart und die langen Haare, die er am Hinterkopf zu einem Zopf gebunden hatte, verliehen Kesch etwas von einem Künstler-Image aus der Modebranche. Er trug einen dunkelblauen Anzug, der gut zu den schwarzgefärbten Haaren und den stechenden, stahlblauen Augen paßte.

Herzog starrte Richtung Eisenstange, ohne sie richtig wahrzunehmen, weil sein Blick in diesem Moment verschwamm, und er ein schmerzhaftes Drücken in der Magengegend fühlte. Sekunden später versuchte Herzog sich wieder zu konzentrieren. Plötzlich sah er die Eisenstange klar, mit scharfen Konturen und dem silbernen Schimmer. „Ich bin wieder da", dachte er und zählte leise bis zehn. „Ich werde jetzt meine ganze Kraft sammeln, ruhig atmen und mich auf meinen Angriff vorbereiten."

Herzog fühlte sich auf einmal wieder sehr stark und freute sich darauf, den anderen gleich zu erschlagen. Danach würde er entspannt die Treppe heruntergehen. „Zu meiner Therapiegruppe", dachte Herzog. Nein, erst würde er sich die Hände waschen. Ganz gründlich und in aller Ruhe. „Ich werde mich fühlen, als würde ich meinen Therapeuten wegspülen." Mit einer duftenden Seife und kaltem, erfrischendem Wasser. Dann würde er sich nach unten begeben und ein Glas Sekt verlangen. Vielleicht würde er eine kurze Rede halten. Oder besser noch, vorher mit Babsi tanzen, wild und ohne Hemmungen. Danach würde er ihnen von dem Mord erzählen. Sie würden ihn bestaunen und ihm auf die Schulter klopfen.

Herzog freute sich wie ein kleines Kind und lachte innerlich, als er neben sich einen Luftzug spürte. „Steh auf!" befahl sein Therapeut. „Ich will dich pissen sehen!" Herzog zuckte und sank noch mehr in sich zusammen, als hätte jemand den Stöpsel aus einer Gummipuppe gezogen. Hans Kesch packte in Herzogs Haar und riß seinen Kopf mit einem kurzen Ruck hoch. „Die Eisenstange!" schrie eine Stimme in Herzog, die in seinem Bauch zu sitzen schien. „Gummipuppe, Eisenstange, Seife, Waschlappen, Sekt, Babsi!" schrie sie weiter. „Pissen, tanzen, erschlagen!"

Herzog wollte aufstehen und sich ohne zu zögern Richtung Eisenstange begeben, aber er zitterte plötzlich in den Beinen wie nach einem Langlauf. „Ich sage es *Ihm*. Ich mache Schluß mit *Ihm*. Ich will nicht mehr. Ich will nicht mehr, ich bringe dich um", dachte Herzog und sagte: „Ja, Hans, gleich."

„Jetzt", befahl der Therapeut. „Ich will dich jetzt pissen sehen." Herzog versuchte, sich aus Keschs Griff zu lösen, indem er den Kopf leicht hin und her bewegte, als wollte er ein stummes „Nein“ andeuten. Der Therapeut ließ los, und plötzlich wurde Herzog klar, daß er es jetzt tun mußte. „Gib mir die Eisenstange“, hätte Herzog fast gesagt, aber ihm fiel rechtzeitig ein, daß er sich damit verraten und sein Opfer gewarnt hätte. Herzog schätzte die Entfernung. Keine zwei Meter waren es bis zu der Mordwaffe. Wenn er jetzt schnell aufspringen würde, hätte er das Überraschungsmoment auf seiner Seite. Er konnte auch langsam aufstehen und Kesch bitten, vor dem Pinkeln eben einen Schluck Wasser trinken zu dürfen und sich unter diesem Vorwand der Eisenstange nähern.

„Das ist die beste Idee“, dachte Herzog, stand langsam auf, blickte einen kurzen Moment in die Augen seines Therapeuten und drehte sich um. Dann klappte er mit zitternder Hand die Klobrille hoch und versuchte zu pinkeln.

Zwanzig Sekunden stand er jetzt bestimmt schon so da, ohne einen Tropfen hervorzubringen. „Warum sagst du nichts, Kesch?“ dachte Herzog und bettelte in Gedanken: „Bitte, sag etwas. Oder schlag mich oder schrei mich an - nur mach etwas.“ Der Therapeut schwieg und schien sich nicht einmal zu bewegen. „Warte!“ befahl Kesch plötzlich. „Du hast dich von deiner Gruppe entfernt, also hole ich sie zu dir.“

Er ging zur Tür und stieg ein paar Stufen nach unten. Herzog hörte ihn rufen. „Rudi will euch dabei haben, wenn er pinkelt.“ Kaum war Herzog wieder allein, explodierten in seinem Gehirn Wut und Haß auf den Therapeuten. Herzog preßte seine Handflächen gegen die Schläfen, weil er fürchtete, sein Kopf könnte platzen. Er drückte kräftig zu und spürte starke Kräfte in den Armmuskeln. Die Mattheit, die ihn während der Erniedrigung durch Kesch lahmgelegt hatte, war wie weggepustet. Stattdessen wurde Herzog von einer inneren Erregung körperlich und mental auf den Höhepunkt getrieben. Das war seine Chance.

Er drehte sich um, ohne die Hose hochzuziehen, machte zwei Schritte auf die Eisenstange zu, bückte sich und griff das harte Metall mit seiner stärkeren rechten Hand. „Gleich ist es vorbei", dachte Herzog. Die Rede konnte er auch hier oben halten. Wenn die anderen rhythmisch klatschten, konnte er sogar in dem engen Badezimmer mit Babsi tanzen. Später würden sie dann nach unten ins Kaminzimmer gehen, Sekt trinken und in dieser Nacht ganz besonders lange auf den Beinen sein. Was er gleich tun mußte, würde jeder Richter verstehen und ihn freisprechen. Herzog umklammerte die Eisenstange ein bißchen fester und drosch sie probeweise einmal vor sich durch die Luft. Mit einem leisen Surren schnellte das Metall von oben nach unten.

Hans Kesch stand auf der Treppe und lehnte sich an das Geländer. Die anderen Gruppenmitglieder waren jetzt schräg unter ihm, lachten und riefen wild durcheinander. Die ersten stiegen die Stufen herauf, und ihr Therapeut legte so lange einen Zeigefinger an die Lippen, bis alle verstummten. „Rudi möchte uns etwas zeigen", sagte Hans Kesch. Dann drehte er sich um und stieg die Treppe herauf. Jetzt stand er vor der Badezimmertür, die übrigen Gruppenmitglieder schoben ihn ganz leicht vorwärts. Unten, im Kaminzimmer, verstummte gerade die Musik, weil die CD zu Ende gelaufen war. „Auf einmal ist es ungewöhnlich still", dachte Herzog. Nur das Wiehern eines Pferdes, das die warme Juninacht auf einer Koppel verbrachte, war ganz leise von draußen zu hören. Kesch ging weiter, drückte die halboffene Badezimmertür ganz auf und trat ein. Herzog stand einen Meter entfernt seitlich vor ihm, die rechte Hand krampfte sich um eine Eisenstange. Er wollte seinem Arm den Befehl zum Angriff geben und drehte dabei den Kopf leicht zur Seite. Einen Moment traf sich sein Blick mit dem von Babsi, dann blieb er in den stahlblauen Augen des Therapeuten hängen, deren Höhlen Herzog wie zwei tückische Gruben vorkamen, in die er zu stürzen drohte.

Herzog machte einen Schritt nach vorn, seine linke Hand hielt den Schwanz, der jetzt über dem Klo hing. Sein Gesicht war rot angelaufen, Tränen rollten über die Wangen, und aus dem halboffenen Mund entwichen im Abstand von Sekunden kaum hörbare Schluchzer. Sein ganzer Körper vibrierte leicht, als wäre er an eine Stromleitung angeschlossen. Dann fielen ein paar Tropfen und landeten mit einem plätschernden Ton in der Toilettenschüssel. Gleichzeitig ließ Herzog die Eisenstange fallen, und die Gruppenmitglieder, die sich hinter Kesch in den Raum geschoben hatten, johlten und klatschten auf einmal los. Irgendwer hatte ein Glas Sekt in der Hand, hob es hoch und sagte: „Prost Rudi“. Als das Klatschen rhythmischer wurde, begann Kesch mit Babsi im engen Badezimmer zu tanzen.

2.

Hans Kesch parkte seinen Mercedes in der Hofeinfahrt, nahm die Aktentasche vom Beifahrersitz und stieg aus dem Wagen. Immer noch hatte er einen pelzigen Geschmack im Mund, der sich in letzter Zeit bei ihm jedes Mal im Gaumen verbreitete, wenn er zuviel Champagner und Aquavit zu sich genommen hatte. In der vergangenen Nacht war er sehr spät ins Bett gekommen, weil Babsi ihren 35. Geburtstag gefeiert hatte und er erst gegen vier Uhr das Trinken beendet und Marlene hinter sich ins Taxi gezogen hatte. Die Klientin war Neuland für ihn gewesen, gut zehn Jahre jünger als er. Aber Kesch liebte die Augenblicke, wenn er auf Parties als der Unwiderstehliche wie an einer Salatbar vorbeigehen konnte, um nach frischem Gemüse Ausschau zu halten. Marlene hatte sich in den letzten Monaten gut entwickelt und in Sachen Schamarbeit eine Menge angenommen. Den Striptease von Marlene vor ihrer Gruppe, als diese eine tagelange therapeutische Mammutbehandlung in seiner Villa am Diemelsee durchgestanden hatte, war überaus überzeugend gewesen, wie Kesch später anhand der Videos festgestellt hatte. Letzte Nacht war Marlene, vom Champagner stimuliert, so wild gewesen, wie er es lange nicht mehr bei einer Klientin erlebt hatte. Und das, obwohl Kesch mittlerweile seinen Potenzzenit längst überschritten hatte.

Natürlich hatte Babsi registriert, wie er mit der anderen gegangen war. Jetzt stand seine Sekretärin mit dem fürchterlichen Namen Barbara Meier vor ihm, und er sah in ihre Augen, unter denen dunkle Ränder verliefen, die zudem noch gerötet waren. Babsi starrte ihn an, zwei Sekunden vielleicht, dann fiel sie ihm schluchzend um den Hals und schrie: „Hansi, da will dich einer umbringen."

Kesch schüttelte den Körper ab und sah Babsi gelangweilt in die Augen. Was hatte er sich da nur herangezüchtet? Ein Weibchen, Schottenrock, weiße Bluse, dunkle Brille. Gute Figur zwar, nackt mit erotischer Ausstrahlung, zudem waren Schminke und Parfüm korrekt aufgetragen. Vor einem Jahr war ihre Mutter bei ihm erschienen und hatte ihn angefleht, Babsi loszulassen. Kesch hatte damals den Besorgten gemimt und etwas von einer sehr einschneidenden Entwicklung der Klientin erzählt. Eine Unterbrechung dieser Entwicklung könne er nicht genehmigen, hatte Kesch der Mutter mitgeteilt und gefragt, ob diese die Verantwortung für einen Abbruch der Therapie mit womöglich fatalen Folgen übernehmen wolle. Aber Babsi war in Keschs Augen ein Weichpilz, in entscheidenden Momenten schwammig, manchmal sogar glitschig. Seine Sekretärin eben und meistens auf Abruf, wenn keine Salatbar in Sicht war.

Jetzt hielt der Weichpilz ihm einen Brief unter die Nase. Kesch tat gelangweilt und sagte schroff: „Was soll das Geheule." Dann nahm er den Brief aus dem bereits geöffneten Umschlag und las. „WENN ICH WILL WIRST DU BALD EINGEHEN ICH KANN JEDERZEIT ALLES AUSPACKEN ODER DAS VERFAHREN EINSTELLEN WENN DU ZAHLST DU HÖRST VON MIR."

Kesch zuckte innerlich zusammen, aber er ließ sich nichts anmerken und lächelte dem Weichpilz ins Gesicht. „Ist das Geld vom Diemelsee zusammen", fragte er und dachte nach. Jemand hatte sich viel Mühe gemacht und jede Menge Großbuchstaben aus Zeitschriften ausgeschnitten und die Drohung auf ein weißes Blatt geklebt. „Wenn ich will, wirst du bald eingehen." Das hatte ihm bisher noch niemand mitgeteilt. Kesch überlegte. Rudi kam nicht in Frage, er war zu schwach und beruhigend abhängig. Paul Holländer, Therapeut in seiner Praxis und rechte Hand von Kesch, wurde regelmäßig mit Geschlechtspartnern und Geld vollgestopft. Warum sollte der auspacken? Und seine angestellten Therapeutinnen Magdalena Huhnberg und Doris Dahlmann waren bessere Mäuschen, die er mit einem Befehl auf Linie bringen konnte.

Klar, er hatte in den vergangenen fünfzehn Jahren jede Menge Leute ausgebildet, die heute diverse therapeutische Zweigstellen in verschiedenen Städten betrieben. Aber er hatte in jedem Einzelfall auf die Leiche der anderen im Keller geachtet und im Zweifelsfall nachgeholfen. Auch wenn die Betreiber seiner Außenpraxen bis heute Geld an ihn abführen mußten und ihn als Guru zu akzeptieren hatten: Wer von denen wäre so durchgedreht, das scheinbar süße Leben, das er ihnen ermöglicht hatte, zu riskieren. Eine Schar von abhängigen Klienten und vor allem Klientinnen hatten sie alle, dazu viel Geld. Außerdem jede Menge Sexobjekte, weil die aktuelle Klientel in den anderen Städten, wie in Münster, verpflichtet war, die Salatbars stets neu zu bestükken.

Kesch dachte weiter nach. Über seinen Steuerberater, über seine diversen Partner in mehreren Firmen, die er sich aufgebaut hatte, über die Geschäftsführer seiner Haushaltswaren-Kette *Kochen und Inspiration*, über begattete Klientinnen, über seinen Freund und Rechtsanwalt Ulf Giesi, über den Staatsanwalt und den netten Herrn von der Steuerprüfung, über seinen Ex-Angestellten Rainer Lüneburg, über ...

Kesch nahm sich erneut den Brief und las: „WENN ICH WILL WIRST DU BALD EINGEHEN ICH KANN JEDERZEIT ALLES AUSPACKEN ODER DAS VERFAHREN EINSTELLEN WENN DU ZAHLST DU HÖRST VON MIR.“ Keine Satzzeichen außer einem Punkt. Wieso bald eingehen? War das eine Morddrohung? Die andere Person wollte Geld und deswegen durfte er noch gar nicht sterben. Das war immerhin beruhigend. Korrekte Abstände zwischen den Sätzen. Korrekt? Ein Pedant? Oder eine falsche Spur? „Verdammt", sagte Kesch halblaut. Schließlich gab er sich seit über fünfzehn Jahren als Psychologe aus. Jetzt mußte er sein Seelendoktorhirn anstrengen, immerhin hatte er eine Menge über Menschen und ihre Psyche gelernt in all den Sitzungen. „Ich brauche ein Täterprofil", dachte Kesch und kam sich plötzlich wie ein Kommissar vor. Polizei? Meine Güte, da konnte er gleich Monopoly spielen. „Gehen Sie direkt ins Gefängnis! Ziehen Sie keine 4000 Klientinnen aus!"

„DAS VERFAHREN EINSTELLEN". Das klang sehr förmlich. Führte da jemand eine Privatanklage gegen ihn? Vielleicht saß irgendwo eine Person und hatte eine private Anklageschrift schon in der Schublade liegen? Vielleicht war es jemand, der verrückt war? Der zu Hause saß und abwechselnd in die Rolle von Staatsanwalt, Richter und Verteidiger schlüpfte, und der sein Verfahren schon zigmal durchgespielt hatte. Vielleicht hatte die Person auch ihn gespielt? „Kesch, erheben Sie sich von Ihrem Platz!" Und in irgendeinem Wohnzimmer, das zum privaten Gerichtssaal umgebaut worden war, hatte sich diese Person erhoben, weil sie nach ihrem eigenen Drehbuch gerade ihn zu spielen hatte. „JEDERZEIT ALLES AUSPACKEN"? Das war eine durchaus massive Drohung. Entweder bluffte die Gegenseite oder das hatte jemand aufgeklebt, der ihn gut kannte. „Scheiße, aus meinem direkten Umfeld."

Kesch zuckte zum zweiten Mal innerlich zusammen. „Rainer, du kleiner Arsch mit Ohren", sagte er leise vor sich hin. „Du kleine, miese Ratte. Du meinst wohl, daß du dich von mir freigestrampelt hast." Fast zehn Jahre hatte Rainer Lüneburg bei ihm gedient, erst als Co-

Therapeut, dann durfte er eigene Gruppen leiten. Fast alle Tricks hatte er seiner ehemaligen rechten Hand beigebracht, bis Kesch sich angewidert fühlte von dieser Person. Krampfhaft hatte sie versucht, ihn zu kopieren. Beim Outfit, bei Sprache und Gestik, in den Gruppen, an der Salatbar. Zuletzt hatte Kesch ihn als impotenten Plagiator vor versammelter Frauschaft bezeichnet, danach war Lüneburg bei ihm ausgeschieden und hatte versucht, eine eigene Praxis aufzuziehen. Wahrscheinlich war er wieder einmal klamm. Kesch klatschte in die Hände, dann griff er zum Telefonhörer und wählte Lüneburgs Nummer. Kurz vor dem Freizeichen legte Kesch auf und war plötzlich innerlich sehr unruhig. „Gertrud“ schoß es ihm durch den Kopf. „Du durchtriebenes Weibsstück.“ Gertrud war seit ihrem letzten Therapiewochenende spurlos abgetaucht und offensichtlich aus seiner Szene ausgestiegen.

Keschs Finger tasteten nach der Zigarettenschachtel irgendwo auf dem Schreibtisch, der ihm jetzt übertrieben groß vorkam. Gerti: enttäuschte Liebe, Erniedrigungen, Provokationen. „Scheiße.“ Kesch wollte mit der flachen Hand auf die Schreibtischplatte hauen und traf die Zigarettenschachtel. Bei Gertrud hatte er immer leichte Zweifel gehabt. Nicht abhängig genug. Oder - zu abhängig und damit unberechenbar. Ein paarmal hatte Gerti zuviel mitbekommen von geschäftlichen Dingen. Kesch überlegte, was Gerti wissen konnte. Bei den schwarz kassierten Honoraren kamen mindestens zwei Dutzend Mitarbeiter in Frage, die Bescheid wußten. Aber alle hatten davon profitiert, nur Gerti nicht, jedenfalls nicht in bar. Klar hatte er sie oft beschenkt und ihr in Georgien Flugschein, Wasserski und Jagdlizenzen bezahlt. Aber Gerti hatte nie selbst schwarzes Geld erhalten oder gewaschen.

Und sein Psychologie-Diplom? Sie wußte es. Gekauft an der kleinsten Uni in Südamerika. Zwei Mitarbeiter. Einer stempelte die Urkunden, der andere kassierte. Danach gab es sogar eine Vorlesung. Der, der gestempelt hatte, las vor: „Hiermit ernenne ich Sie zum Diplom-Psychologen."

Natürlich wußte Gerti über die Salatbar und den Weichpilz Bescheid. Das wußten auch andere und die hatten munter mitgemacht. Die Erpressung mit den Tagebüchern hatte Gerti jedenfalls nicht von ihm erfahren. Nur, wenn ein anderer geplaudert hatte? Und mit Andrea? Wie war das gelaufen? Er hatte es ihr erzählt, das war der Punkt. Das war der Knackpunkt. Am Grab hatte Kesch es ihr erzählt, weil ihn der Pope zu sehr gelangweilt hatte. Andrea. Mein Gott, Andrea. Das wußte außer Gertrud niemand von seiner ehemaligen oder aktuellen Klientel.

Kesch war plötzlich viel schwächer als sein Ruf. Fieberhaft überlegte er, mit welcher Taktik er Gertrud dazu bewegen könnte, ihn zu treffen. Dann nahm er wieder den Telefonhörer und wollte gerade Gertruds Nummer wählen, als der Weichpilz in sein Büro kam. „Das Geld vom Diemelsee ist komplett", sagte Babsi und legte gut 10.000 Mark auf den Schreibtisch. Kesch nahm das Geld, stopfte es in seine Anzugjacke und machte Babsi ein Zeichen, indem er seinen gestreckten Zeigefinger dreimal krümmte. Als Babsi zu ihm kam, zog er sie auf seinen Schoß und ihren Rock hoch.

3.

Naßgeschwitzt wachte Rudi auf. Gerade hatte er davon geträumt, Kesch die Meinung sagen zu müssen, und von den Anwesenden hatte ihn Babsi besonders auffordernd angeschaut. Wieder hatte er kein Wort über die Lippen gebracht. Stattdessen war er rot angelaufen, und Babsi hatte erst gekichert und dann hatte sich unter ihr der Boden aufgetan und sie war verschwunden. Danach stand er vor den anderen Leuten, plötzlich war er auf einer der zahlreichen Parties der Kesch-Szene. Die meisten Gäste kannte er, weil er als Kameramann in verschiedenen Gruppen Videos aufgenommen hatte und die Kesch-Szene sich ständig traf, weil es immer etwas zu feiern gab. Als er versuchte, die Bar zu erreichen, fiel er hin und ein paar Leute lachten, ohne ihm aufzuhelfen. „Steh auf", hatte Kesch ihm plötzlich im Traum befohlen. „Ich will dich pissen sehen!"

Rudi setzte sich aufrecht hin und schaltete eine Lampe an. Jetzt war er hellwach und schaute auf den Wekker. Neun Uhr abends gerade durch, er hatte fast eine Stunde geschlafen. Rudi nahm den Spiegel, der auf dem Nachttisch lag, und betrachtete sich. Er hatte braune, auf der Stirn bereits leicht gelichtete Haare und grünbraune Augen. Seine Nase war ganz leicht gebogen, die Wangen waren etwas eingefallen und über der rechten Augenbraue verlief eine kurze Narbe. Ein paarmal schon hatten ihm Menschen gesagt, er sei hübsch, aber jetzt hatte er wieder die roten Flecken im Gesicht, die ihn entstellten. „Kesch, ich werde dich umbringen", murmelte Rudi und überlegte, wie er vorgehen sollte.

Zwanzig Minuten später saß Rudi in einem geliehenen Wagen und fuhr zu Keschs Praxis, parkte das Auto aber vorsichtshalber außer Sichtweite, wobei er es die letzten 30 Meter mit ausgeschalteten Scheinwerfern ausrollen ließ. Rudi sah auf seine Uhr, kurz nach halb zehn. Heute, an einem Sonntag, waren keine therapeutischen Gruppensitzungen und auch keine Einzelgespräche. Selbst Babsi hatte sonntags frei. Es konnte niemand da sein, dachte Rudi und merkte, wie er sich selbst Mut machen mußte, um nicht wieder nach Hause zu fahren.

Nein, dieses Mal würde er es durchstehen, und langsam griff er in seine linke Hosentasche und fühlte das kalte Metall. Ein Nachschlüssel, *der* Schlüssel. Er umklammerte ihn, und das gab Rudi eine gewisse Sicherheit. Einmal, vor über einem Jahr, hatte Babsi ihm den Kellerschlüssel gegeben. Nachmittags war es gewesen, Rudi sollte abends ein paar Videos vor dem Büro von Keschs Praxis in Empfang nehmen und im Keller einschließen. „Gut, daß ich ein Versager bin", dachte Rudi. Damals hatte er sofort einen Nachschlüssel machen lassen. Nicht etwa, weil er seinerzeit irgendwelche diebischen Absichten gehabt hätte.

Rudi mußte schmunzeln und schüttelte ganz leicht den Kopf, als habe ihm jemand eine unglaubliche Geschichte erzählt. Dann tat er das, was er in letzter Zeit häufig sehr gerne tat. Er spielte Theater, sprach zu einem fiktiven Gegenüber. „Wissen Sie", sagte Rudi halblaut und blickte Richtung Beifahrersitz, wo er in Gedanken eine gesichtslose Person sah. „Wissen Sie, ich hatte damals höllische Angst, den Schlüssel zu verlieren. Und dieser Kesch, ich erwähnte ihn bereits, findet sowas nicht besonders spaßig. Ich war einfach der vorauseilende Versager, der sich lieber absichert, um nicht schon wieder gedemütigt zu werden. Sie verstehen, was ich meine." Und Rudi schaute dem Anderen bei den letzten Worten fest in die nicht erkennbaren Augen und meinte, dessen verständnisvollen Blick zu sehen.

Das war der große Vorteil seiner kleinen Schauspieleinlagen, der *Andere* verstand ihn besser als irgendwer sonst, den er kannte. Deswegen liebte Rudi das Gespräch mit ihm. „Sie wollen wissen, wer dieser Kesch ist? Na gut, ich kenne ihn lange genug. Aber behalten Sie es bitte für sich, vorerst jedenfalls. Solange bis die Bombe hochgegangen ist." Der *Andere* nickte verständnisvoll, und das ermunterte Rudi, noch mehr zu erzählen.

„Er ist ein Guru, aber glauben Sie bitte nicht, daß ich ihn noch für einen Guru halte. Um ehrlich zu sein, ich hasse ihn und wünsche ihm den Tod. Weil er selbst zu viele Menschen, mich eingeschlossen, auf dem Gewissen hat. Er hat vor mehr als fünfzehn Jahren in Münster als Psychotherapeut angefangen. Seitdem hat er sich eine Kette von psychotherapeutischen Praxen erst im ganzen Ruhrgebiet, danach in Hessen und teilweise auch Niedersachsen aufgebaut, in denen durchweg seine ehemaligen Schüler und Schülerinnen arbeiten und regelmäßig Geld an ihn abführen. Irgendwann reichte ihm das nicht mehr. Er hat eine Hausratskette aufgebaut, dort arbeiten überwiegend ehemalige Klienten und Klientinnen von ihm. Dazu kamen andere Firmen: Karateschule, Partyservice, Frisörsalon, ein Vertrieb, der rechtsdrehenden Joghurt verkauft, Immobilienbüros in Deutschland und der ehemaligen Sowjetunion, eine Firma, die Entrümpelungen durchführt. Kurz, der Mann hat sich voll eingebracht, weil er über eine nicht endende Zahl von Jüngern verfügt, die er wahlweise hier und da einsetzt."

Der *Andere* nickte und schien wieder einmal alles zu verstehen, was Rudi beruhigte. Jetzt überlegte er kurz, ob er dem *Anderen* noch mehr über den Nachschlüssel erzählen sollte, aber das schien ihm zu zeitaufwendig in so einem wichtigen Augenblick. Sonst hätte Rudi erzählen müssen, daß er den Nachschlüssel in seiner Wohnung in der Schreibtischschublade eingeschlossen hatte. Aus Angst, den Schreibtischschlüssel zu verlieren, hatte er schon bald dafür einen Nachschlüssel machen lassen und diesen Babsi gegeben mit der Bitte, ihn sorgfältig aufzubewahren. Er hatte ihr etwas von ein paar wichtigen Papieren bezüglich seines zu erwartenden Erbes erzählt und das Versprechen abgerungen, über, wie er es nannte, „diesen Vorfall" zu schweigen.

Rudi stieg aus dem Wagen und ging dicht an den Hauswänden Richtung Praxis. Seit mindestens drei Monaten hatte er den Gang immer wieder im Kopf geplant. Von der rechten Seite anschleichen, hinter der großen Tanne über den Gartenzaun, an diesem entlang mit Körperkontakt bis hinten zum Springbrunnen im Garten, dort die Alarmanlage und Lichtschranke ausschalten. Dann schräg über den Rasen bis zur kleinen Laube. Von dort geduckt bis zur Kellertreppe. Acht Stufen abwärts, die Tür aufschließen, an der Wand entlangtasten bis zur Treppe, 14 Stufen hoch, im Flur links bis zur dritten Tür, diese öffnen, fünf Schritte durch den Raum. Dann am Schreibtisch die Taschenlampe anknipsen. Rechts und links in den Schubkästen mußte jede Menge Material sein, das Kesch entlarven würde. Papiere, die Rudi für sein Vorhaben bestens gebrauchen konnte. Die Plastiktüte aus der Tasche ziehen, Papiere verstauen, Taschenlampe aus ...

Rudi hätte den Weg im Schlaf erklären können. Jetzt war er noch etwa zwanzig Meter von der Praxis entfernt und stand unter dem Vordach einer Garage, auf die kein Laternenlicht fiel. Triumphierend sah er an sich herunter: alles schwarz. Die Schuhe, die Socken, die Hose, die Jacke, die Pudelmütze, die Handschuhe. Nur seine Pupillen waren grünbraun, aber das spielte jetzt wirklich keine Rolle. Er mußte endlich an die Papiere kommen. Gleich würde er losgehen, würde bald aus dem sektenhaften Verein aussteigen, würde stark genug sein,

Keschs Befehle zu verweigern, würde sich nicht länger demütigen lassen und alles, was dieser ihm angetan hatte, der Öffentlichkeit verraten.

Rudi ging los: Von der rechten Seite anschleichen, hinter der großen Tanne über den Gartenzaun, an diesem entlang mit Körperkontakt bis hinten zum Springbrunnen im Garten, dort die Alarmanlage und Lichtschranke ausschalten. Dann schräg über den Rasen bis zur kleinen Laube. Von dort geduckt bis zur Kellertreppe. Acht Stufen abwärts, die Tür aufschließen, an der Wand entlang tasten bis zur Treppe, 14 Stufen hoch, im Flur links bis zur dritten Tür, diese öffnen, fünf Schritte durch den Raum. Dann am Schreibtisch die Taschenlampe anknipsen. In diesem Moment blitzten in der Einfahrt zum Haus Scheinwerfer auf.

Rudi schaltete die Taschenlampe aus und starrte zum Fenster. Draußen hielt ein Wagen, dessen Tür jetzt geöffnet wurde. Rudi erkannte schemenhaft eine großgebaute, hagere Person, die ausstieg und Richtung Eingang aus seinem Blickfeld verschwand. Rudi hörte, wie sich ein Schlüssel im Schloß drehte, einmal, zweimal. Geistesgegenwärtig ging er ein paar Schritte zum Fenster und verschwand hinter den Übergardinen, die von der Decke bis zum Boden reichten.

*

Kesch betrat den Raum, machte das Licht an und ging zum Schreibtisch. Draußen war ein zweiter Wagen vorgefahren, kurz danach klingelte es. Kesch verschwand Richtung Eingangstür und öffnete sie. Paul Holländer und Rolf Giesi kamen in die Praxis und gemeinsam mit Kesch in dessen Büro. „Die Alarmanlage funktioniert nicht mehr“, sagte Kesch. „Das muß sofort bearbeitet werden.“ Giesi nickte und fragte: „Wer hat den Brief geschrieben?“

„Ich tippe auf Gertrud“, sagte Kesch und reichte Holländer das Papier rüber. Der las laut vor: „WENN ICH WILL WIRST DU BALD EINGEHEN ICH KANN JEDERZEIT ALLES AUSPACKEN ODER DAS VERFAHREN EINSTELLEN WENN DU ZAHLST DU HÖRST VON MIR.“

„Wie im Krimi“, sagte Holländer. „Wieso denkst du an Gertrud?“

„Die weiß zuviel und ist in ihrer Fraulichkeit getroffen. Letztes Mal kam sie und sagte, sie hätte einen Knoten in der Brust. Ich hab' sie gefragt: Wer macht denn sowas?“

Holländer und Giesi lachten, dann fragte der Rechtsanwalt: „Was weiß Gertrud über Andrea, und was weiß sie über das Geld?“

„Ich habe ihr das meiste über Andrea erzählt, Gertrud fand das damals richtig komisch“, sagte Kesch .

„Moment, was heißt das meiste?“

„Gertrud weiß, daß Andrea von mir schwanger war. Und daß ich ihr damals eingetrichtert habe, sie könnte freihändig fahren, wenn sie ihre suggestiven Lenkkräfte stark genug entfalten würde. Und Gertrud weiß natürlich, daß Andrea damals in der Gruppe von dem Feeling geschwärmt hat, freihändig im Cabrio über die Autobahn zu fliegen. Von Andreas Unfall hatte Gertrud damals schon von anderen aus der Gruppe gehört, bevor ich es ihr erzählt habe.“

„Weiß sie auch von der angebohrten Lenkstange?“ fragte Holländer und blickte nervös an Kesch vorbei zum Fenster, wo die dunklen Gardinen hingen.

„Ha, das weiß außer uns keiner“, sagte Kesch, steckte sich eine Zigarette an, stand auf und ging zum Fenster. Rudi hörte die Schritte näherkommen und preßte sich gegen die Scheibe. Er spürte wieder diesen stechenden Schmerz in der Magengegend, diesmal so heftig, als würde jemand Stacheldraht durch seinen Leib ziehen. Rudi tastete mit der Hand und fand einen Fenstergriff, den er fest umklammerte. Er wußte, daß er kurz vor einer Ohnmacht stand und wäre fast freiwillig aus seinem Versteck getreten. In diesem Moment schob Kesch seine Hand zwischen den beiden Gardinen durch, und Rudi sah sie wie in Zeitlupe auf sich zukommen. Keschs Finger hätten beinahe Rudis Arm berührt, dann bewegten sie sich auf den Fenstergriff zu, der direkt neben dem angebracht war, an den sich Rudi klammerte. Kesch drehte die Klinke mit einem Ruck um 180 Grad und stellte das Fenster auf Kippe.

„Gertrud muß notfalls verschwinden", sagte Kesch, der sich wieder an seinen Schreibtisch gesetzt hatte. „Die kann den ganzen Laden hochgehen lassen. Die muß sogar dringend weg, bevor die was über Andrea erzählt und anschließend zur Steuerfahndung rennt."

„Dann aber schnell", sagte Holländer. „Und es muß wie ein Abdreher aussehen. Das kennen die Leute."

„Eben", sagte Kesch. „Ein bißchen Schwund gibt es bei jedem bedeutenden Therapeuten."

„Tabletten?"

„Tabletten oder der verzweifelte Sturz von einer Brükke. Aber ich muß erst sicher sein, daß sie mich erpreßt. Dann schlagen wir zu."

„Wann und wer", fragte Holländer.

„Ich weiß vielleicht jemanden, der da hilft", sagte Giesi. „Ich rufe euch morgen an."

Alle drei standen fast gleichzeitig auf und gingen Richtung Tür. Im selben Moment hörten sie vom Fenster ein galliges Geräusch. Es klang, als würde sich jemand übergeben.

4.

Silke Rodig saß im Büro der Psychologischen Beratungsstelle *Rückenwind* und las die *taz*-Gurke des Tages, als das Telefon vor ihr klingelte. „Rodig, guten Morgen."

„Guten Morgen, sind Sie die Leiterin von *Rückenwind*?" fragte eine Frauenstimme.

„Das bin ich und wer sind Sie?"

„Ich möchte meinen Namen nicht nennen, aber ich würde mich gerne sofort mit Ihnen treffen. Ich bin vor wenigen Wochen bei einem Psychotherapeuten ausgestiegen, der seine Klientel wie eine Sekte um sich schart. Ich möchte Ihnen darüber einiges erzählen."

Silke Rodig dachte einen Augenblick nach. Bei dem Therapeuten konnte es sich nur um Hans Kesch handeln, und über den versuchte sie bereits seit geraumer Zeit gerichtsverwertbare Informationen zu sammeln. Deswegen fragte Silke Rodig: "Wo sollen wir uns treffen und wann?"

„Am liebsten sofort, geht es in einer halben Stunde im *Bunten Vogel*?"

„Das geht", sagte Silke Rodig.

„Wie erkenne ich Sie denn?" fragte die Frau.

Silke Rodig wollte gerade damit beginnen, sich selbst zu beschreiben, da hatte sie eine bessere Idee. „Ich werde die *taz* von heute in der Hand halten."

„Einverstanden, ich auch. Dann bis gleich und schönen Dank."

*

Die Kneipe lag mitten im Einkaufstrubel an der Salzstraße, eine von Münsters großen Fußgängerzonen. Silke Rodig trat ein und trug die *taz* deutlich erkennbar in der Hand. Sie blickte sich um, die meisten Tische waren besetzt. Rechts in der Ecke saß eine dunkelhaarige Frau mit Sonnenbrille, die in einer *taz* blätterte. Silke Rodig ging zu ihr hin, lächelte kurz und stellte sich vor. Die andere sagte: „Hallo“ und fragte: „Bist du allein, ich meine, ist dir jemand gefolgt?“

Silke Rodig schaute sich erschrocken um. Ein Mann betrat gerade das Café und ging zur Theke. Die anderen Gäste saßen an Tischen, tranken Kaffee oder Tee, manche lasen Zeitung, andere unterhielten sich. Hinterm Tresen zapfte Ecki Bier, davor saß Heini „Kalkmarkt“, zwei Kneipiers, die Silke Rodig von mehreren Halloween-Parties im Jagdzimmer des *Bunten Vogel* kannte. „Nein“, sagte Silke Rodig, nachdem sie sich wieder zu der Frau umgedreht hatte. „Wer sollte mir folgen?“

„Setz dich bitte“, sagte die Frau. „Ich habe dir schon am Telefon erzählt, daß es nicht um irgendeinen Psychotherapeuten geht, sondern um eine Sekte, die nebenbei auch noch eine kriminelle Vereinigung ist. Deswegen möchte ich meinen Namen auch erstmal nicht sagen, weil ich Angst habe, daß mich bestimmte Leute unter Druck setzen würden, wenn rauskommt, daß wir uns getroffen haben.“

„Kein Problem, danke übrigens für das Vertrauen. Wieso möchtest du mit mir sprechen?“ fragte Silke Rodig.

„Weil ich jemanden brauche, der mir zuhört und in Sachen Psychotherapie vom Fach ist. Sagt dir der Name Kesch was?“

„Der ist in dieser Stadt ja nicht ganz unbekannt, vor allem in der Psychoszene“, antwortete Silke Rodig und stellte zufrieden fest, daß sie vorhin am Telefon mit ihrer Einschätzung richtig gelegen hatte. „Vor drei oder vier Wochen hat sich bei mir jemand gemeldet, ein Rudi. Der hat angekündigt, demnächst einiges über Kesch an die Öffentlichkeit zu bringen. Er wollte jede Menge belastende Papiere besorgen. Bisher hat sich dieser Rudi nicht wieder gemeldet."

„Ja, Rudi, der arme Rudi", sagte die Frau. „Der ist erst vor sechs Wochen von Kesch richtig fertiggemacht worden. Ich war dabei, es war eines von diesen wichtigen therapeutischen Wochenenden in Keschs Villa im Sauerland. Für mich übrigens das letzte, danach bin ich ausgestiegen. Aber das wird Kesch nicht umbringen. Der hat inzwischen soviel andere, die an seinen Lippen hängen und für ihn arbeiten. Und er hat reichlich Geld. Was willst du wissen?"

Silke Rodig zog Block und Bleistift aus der Tasche und fragte: „Darf ich mir Notizen machen? Ich möchte etwas über seine Therapiemethoden wissen und womit er das meiste Geld macht. Ja, und wer seine Freunde sind."

„Willst du auch was über seine Opfer hören?" fragte die Frau.

„Natürlich, wenn du dazu was weißt."

„Ich kann dir meine Geschichte erzählen, dann hast du das erste Opfer", sagte die Dunkelhaarige mit der Sonnenbrille. „Ich habe vor fünf Jahren bei Kesch eine Therapie angefangen. Meine Beziehung war im Arsch, mein Job wurde immer langweiliger, meine Komplexe nahmen zu, halt so das übliche. Nach dem ersten Einzelgespräch war ich schon ein umgedrehter Mensch. Kesch hatte mir geschlagene zwei Stunden zugehört. Manchmal hatte er verständnisvolle Fragen gestellt. Einmal hat er meine Hand genommen, als ich geweint habe. Er hat in den zwei Stunden ein paar Telefonate nicht angenommen. Ich war baff. Ich war wie elektrisiert. Ich war plötzlich wieder wichtig. Kesch hatte schon nach 30 Minuten meine Probleme scheinbar erkannt und mich mit ein, zwei Sätzen auf den Kern gestoßen. Er sagte einfach, ich müsse mich grundlegend ändern, weil ich mit meinem Leben zu 80 Prozent unzufrieden sei. Deswegen sei an dem bisherigen Lebensstil nichts mehr zu retten. Das würde mindestens 50 Prozent Zufriedenheit voraussetzen. Ich fand das total einleuchtend."

„Und du hast dann bei ihm eine Therapie gemacht?"

„Ich war seit dem ersten Gespräch schon mittendrin. Es gab noch ein paar Einzeltermine. Ich spürte immer mehr Nähe zu Kesch. Er hörte aufmerksam zu, ich hatte das Gefühl, da ist jemand, der dich ernst nimmt. Und er hat mich dann ein paarmal in den Arm genommen und das hat mir unheimlich gut getan."

„Therapeuten sollten keine emotionale Ebene zu ihren Klientinnen zulassen", sagte Silke Rodig.

„Das war mir doch egal, ich habe doch an mich gedacht. Was brauchst du, habe ich überlegt? Nähe habe ich gebraucht, die hat er mir gegeben. Jedenfalls am Anfang. Ich bin dann sehr schnell in eine Gruppe reingekommen. Kesch hatte mir erklärt, warum das für mich gut sei, und ich habe nicht einen Moment daran gezweifelt. Ich müßte an meinem Änderungsprozeß nicht isoliert arbeiten, sondern mein neues Verhalten gleich in die Praxis umsetzen. Also im Beisein von anderen Gruppenmitgliedern und unter Kontrolle eines Therapeuten. Ich hatte natürlich gedacht, Kesch würde die Gruppe leiten und war unheimlich enttäuscht, als Keschs Kollege Paul Holländer vor mir stand. Aber auch das haben sie hingekriegt. Ich verstand, daß der große Meister keine Zeit für meine Gruppe hatte, weil er seinen Segen auf viele Bedürftige verteilen mußte, das machte ihn für mich noch wichtiger. Und Holländer, der ja schließlich von Kesch als mein Therapeut ausgesucht worden war, mußte der richtige Mann sein. Ich habe damals wirklich geglaubt, Kesch hätte sich diese Entscheidung lange überlegt."

„Was glaubst du heute?" fragte Silke Rodig.

„Daß in Holländers Gruppe gerade ein Platz frei war."

„Aber die Therapie hatte dir doch bis dahin geholfen."

„Habe ich geglaubt, in Wahrheit war ich schon abhängig. Und in der Gruppe habe ich anfangs mit meiner Euphorie alles ungeprüft mitgemacht, weil ja das höhere Ziel wichtig war, ich mußte mein Leben grundsätzlich ändern. Kesch hatte mir gesagt, 80 Prozent Unzufriedenheit seien nicht zu reparieren, da müßte ein radikaler Schnitt her. Also habe ich mich von meinem Mann getrennt, später habe ich auch meinen Beruf aufgegeben und stattdessen Keschs Praxis geputzt und einen seiner Läden für Haushaltswaren. Die haben uns total umgekrempelt, und ich dachte die ganze Zeit, das muß ja sein, damit ich endlich glücklich werde. Ich habe nur noch Kontakte zu den anderen Gruppenmitgliedern gehabt, ich habe mich anders gekleidet und meine Sprache verändert. Ich bin nicht mehr ich selbst gewesen und habe mich dann, weil ich Kesch nicht kriegen konnte, in Holländer verliebt."

Silke Rodig stellte sich in Gedanken die Verwandlung der Frau vor und überlegte, wie diese wohl ausgesehen hatte, bevor sie in die Fangarme von Kesch geraten war. „Und wie hat Herr Holländer darauf reagiert?" fragte Silke Rodig.

„Er ist bei der ersten Gelegenheit mit mir in die Kiste gegangen. Hinterher ging es mir total schlecht, weil ich gemerkt habe, das war nur ein Ersatz für Kesch. Und noch schlimmer war es, als ich gemerkt habe, Kesch war nur ein Ersatz für meine Sehnsüchte nach einer neuen Beziehung. Aber das hat Jahre gedauert. Vorher haben sie uns richtig lang gemacht. Als die uns im Griff hatten, haben die uns erniedrigt und gedemütigt und beschimpft, das war wie Folter. Holländer und Kesch wußten, daß ich Probleme mit meinem Busen hatte. Als es mir einmal richtig schlecht ging, befahl Holländer mir, mich vor der Gruppe auszuziehen. Schambewältigung wurde das genannt. Als ich nackt da stand, kam Kesch rein und hat erst gelacht. Dann hat er mich beschimpft. Wie ich es wagen könnte, mich so zu prostituieren, und das bei meinem kleinen Busen. Mir wurde so schlecht, daß ich fast zusammengebrochen wäre. Die haben sich immer denjenigen rausgesucht, der gerade am schwächsten war. Holger, ein frustrierter Lehrer, mußte solange Gin saufen, bis er vor der Gruppe gekotzt hat. Und keiner aus der Gruppe hat ihm geholfen, obwohl alle wußten, daß Holger nichts verträgt und er sich zu Tode schämen würde."

„Hast du auch zugesehen, ohne was zu machen?"

„Klar, einerseits wäre ich vor Angst tausend Tode gestorben, wenn ich die Methoden von Holländer und Kesch kritisiert hätte. Die hätten mich völlig fertig gemacht. Und andererseits war ich total abhängig. Ich habe damals immer noch an mein Glück geglaubt, das sich mit Hilfe der Therapie irgendwann zwangsläufig einstellen würde. In einer solchen Situation ordnest du persönliche Gefühle wie Mitleid dem vermeintlich höheren Ziel unter."

„Wieso lassen erwachsene Menschen so etwas mit sich geschehen?"

„Erst wirst du umworben und hast das Gefühl, plötzlich bist du unter Leuten, die dich ernst nehmen. Deine Therapeuten und die anderen aus der Gruppe kümmern sich um dich. Ich habe denen deswegen einen wahnsinnigen Vertrauensvorschuß gegeben, nachdem sie mich einmal gefangen hatten. Dann wirst du umgekrempelt. Und jedesmal, wenn es mir schlecht dabei ging, haben die mir eingehämmert, das sei der schmerzhafte Prozeß auf dem Weg zum Glück. Und wenn du völlig umgekrempelt bist und nur noch deine Gruppe hast, dann fällst du plötzlich in ein tiefes Loch und wimmerst. Du flehst die an, dir zu helfen, weil sonst niemand mehr da ist, der dir helfen könnte. Aber erstmal machen sie dich weiter fertig. Mir haben sie vorgeworfen, ich würde meine Therapeuten nicht genug lieben und immer noch an meinem alten Leben hängen. Dadurch würde ich mich selbst blockieren. Du hast kaum eine Chance, wieder rauszukommen. Du wirst sexuell mißbraucht, psychisch gefoltert, und die ziehen dir dein Geld aus der Tasche, zur Not mußt du eben an dein Erbe rankommen, wenn du nicht mehr zahlen kannst. Und die kennen nach einer bestimmten Zeit deine Schwachpunkte. Die werden gnadenlos vor der Gruppe vorgeführt, wenn du nicht parierst. Davor hat jeder Angst, weil alle in der Gruppe eben nur noch die Gruppe als letzten Halt haben. An den klammert sich jeder, auch für den Preis der Selbstaufgabe."

„Wieso hast du den Ausstieg geschafft?"

„Vor ungefähr zwei Jahren habe ich den Tod einer Kesch-Klientin mitbekommen. Es war ein Unfall, aber Kesch war dafür verantwortlich. Das hat meinen Glauben an den großen Meister zum ersten Mal richtig erschüttert. Ich hatte damals nämlich schon von drei Selbstmordfällen aus Keschs Gruppen gehört und wußte von zwei weiteren Leuten, die versucht hatten, sich das Leben zu nehmen, in einer Psychiatrischen Klinik. Es ist regelmäßig vorgekommen, daß Leute bei Kesch durchgedreht und in geschlossenen Anstalten gelandet sind. In den Gruppen hieß es dann, die wären nicht würdig gewesen für eine erfolgreiche Therapie. Oder die hätten ihren Therapeuten zuviel Kummer gemacht und seien daran jetzt zerbrochen. Bei den Selbstmordfällen hieß es, die hätten die Therapie nicht bedingungslos angenommen und wären deswegen voller Schuldgefühle gewesen und hätten sich so sehr geschämt, daß sie lieber sterben wollten. In der Praxis von Kesch war es ein geflügeltes Wort, jeder bessere Therapeut hinterläßt Schwund."

„Was war mit diesem Unfall, weswegen du erste Zweifel bekommen hast, war der besonders schlimm?"

„Das war Andrea aus meiner Gruppe. Die hat bei jeder Gelegenheit versucht, an Kesch ranzukommen. Der war ja oft auf Feten dabei. Oder während der sogenannten therapeutischen Wochenenden wurde damit gedroht, wenn ihr nicht richtig mitmacht, holen wir Kesch. Manchmal kam der wirklich, und der Therapieraum hat dann gestunken vor Angstschweiß. An solch einem Wochenende hat Andrea davon geschwärmt, sie könne freihändig Auto fahren. Sie hat erzählt, sie sei über die Autobahn geflogen und seit dieser neuen Erfahrung sei sie ein neuer Mensch. Das könne jeder, man müsse sich dafür nur stark genug fühlen. Kesch hatte ihr eingeredet, sie könne das, sie müsse nur wirklich daran glauben. Irgendwann ist Andrea tödlich verunglückt. Dadurch bin ich plötzlich wieder wach geworden. Drei Jahre hat es gedauert, bis ich ansatzweise gemerkt habe, daß Kesch und seine Leute über Leichen gehen. Denen geht es nur um Macht und Geld. Seit Andreas Tod sind noch zwei Jahre vergangen, bis ich mich getraut habe, auszusteigen. Vor sechs Wochen bin ich raus, nach dem Wochenende, an dem Rudi fertiggemacht worden ist. Ich habe mich erst tagelang bei meinen Eltern versteckt, die mich zum Glück wieder aufgenommen haben. Dann bin ich zu einer Therapeutin gegangen, die wenigstens eine Qualifikation vorzeigen konnte."

„Hat Kesch keine Ausbildung zum Psychotherapeuten?"

„Natürlich nicht. Er hat nicht einmal Psychologie studiert. Für Kesch arbeiten einige Leute als Therapeuten, die waren früher irgendwo als Schreibkraft oder Krankenschwester tätig. Die haben bei Kesch eine Therapie gemacht, danach noch irgendwelche Schwachsinnskurse belegt und dann die sogenannte Lehrzeitgruppe. Da dürfen die besonders folgsamen Schäfchen rein und werden von Kesch in seinem Sinne geschult oder besser gesagt: gedrillt. Anschließend haben die als Therapeuten in einer von Keschs Praxen angefangen."

„Warum hat bisher niemand versucht, Kesch anzuzeigen?"

„Der Mann hat Geld und die richtigen Freunde. Zum Beispiel einen stadtbekannten Rechtsanwalt, Ulf Giesi. Der ist Kesch total hörig. Giesi hat diverse Gruppen bei Kesch mitgemacht und durfte regelmäßig Honorare für ihn eintreiben und gut bezahlte Verträge abschließen. Bis heute gibt es Kreise in dieser Stadt, die sich an Giesi nicht rantrauen. Der hat sich früher als Staranwalt etabliert, weil er ein paar RAF-Handlanger ziemlich spektakulär rausgehauen hat und auch sonst für Alt-68er erfolgreich gekämpft hat. Die sitzen heute zum Teil in guten Positionen."

„Du hast eben gesagt, Kesch hätte mehrere einflußreiche Freunde. Wer ist das sonst noch?"

„Kesch hat vermutlich über fünfzehn Jahre regelmäßig seine sogenannten therapeutischen Leistungen schwarz kassiert. Da paßt es natürlich gut, daß er Freunde bei der Staatsanwaltschaft und beim Finanzamt hat. Er hatte zum Beispiel einmal eine Steuerprüfung, und die wurde ..."

Die Frau mit der Sonnenbrille brach ihren Satz abrupt ab und starrte auf einen Mann, der gerade auf sie zukam. Obwohl ihre Augen nicht zu erkennen waren, saß sie plötzlich mit panischen Gesichtszügen da. Ihre Mundwinkel zuckten, und Wangen und Stirn waren leichenblaß. Silke Rodig sah, wie die Hände der Frau zitterten, dann stand der Mann direkt vor ihrem Tisch.

„Gertrud Schröder", sagte der Mann in einem Tonfall, als sei er überrascht. „Wie geht es uns denn? Ist das nicht Frau Rodig neben dir, von der Beratungsstelle *Rükkenwind*. Ich störe vermutlich gerade bei einem Exklusiv-Interview."

Gertrud Schröder sprang auf, beugte sich kurz zu Silke Rodig und flüsterte: „Das ist Paul Holländer, der war mein Therapeut." Dann nahm sie ihre Tasche und rannte zur Tür, riß sie auf und verschwand. Der Mann drehte sich um und ging zur Toilette. Silke Rodig blieb nichts anderes übrig, als die Rechnung zu bezahlen.

5.

Im Therapieraum roch es nach menschlichem Schweiß, und von den Innenseiten der Fensterscheiben perlte bereits Feuchtigkeit. Rudi stöhnte und hörte nicht mehr, daß auch die anderen aus seiner Gruppe stöhnten. Seit mindestens zehn Minuten saß er in einer Position, die bei Kesch Scheißhaushaltung hieß. Den Rücken an die Wand gepreßt, die Beine waagerecht nach vorn gestreckt bis zu den Knien, von wo die Unterschenkel rechtwinklig nach unten abbogen. Rudis Hemd war klatschnaß, neben ihm wimmerte eine Frau. „Vielleicht ist es Babsi", dachte Rudi, aber den Kopf nahm er nicht zur Seite, um es zu überprüfen.

Vor den Augen hatte er einen Schleier, nur schemenhaft sah Rudi den Therapeuten Paul Holländer, die rechte Hand von Kesch. „Ihr müßt über den Schmerzpunkt, ihr müßt euch selbst besiegen!" schrie Holländer und klatschte dabei mehrmals in die Hände. „Los, weiter, weiter, ihr Arschlöcher!" Rudi fühlte sich wie auf einem richtigen Kackstuhl. In den Beinen hatte er kein Gespür mehr, aber er merkte, daß ein wenig Stuhl in seine Hose flutschte, dann hörten alle den lauten Furz.

„Ja, ja, klasse so, weiter, weiter!" schrie Paul Holländer. „Ihr müßt scheißen und pissen und kotzen und schreien und furzen!" Im Raum klang es jetzt wie in einem Lazarett für schwerverwundete Soldaten. Einige schrien, andere stöhnten, ein paar wimmerten oder schluchzten. „Es riecht wie bei den Elefanten im Zoo", dachte Rudi, „eine Mischung aus Urin, Kot und Schweiß." Dann sah er noch die Co-Therapeutin Magdalena Huhnberg, die ihre Bluse ausgezogen hatte und mit nacktem Oberkörper wie in Trance durch den Raum schwebte. Danach ertönte ein galliges Geräusch im

Raum. Rudi hatte gekotzt und wurde anschließend ohnmächtig.

Nicht nur für ihn war das der übliche Abgang bei den körperlichen Übungen, die sie vorzugsweise zu Beginn der therapeutischen Wochenenden in Keschs Landhaus im Sauerland durchlitten. „Das bringt die Gruppe auf Trapp", hatte Kesch einmal gesagt. „Vor allem machte es die Gruppe gefügig", hatte Rudi gedacht.

*

Als Silke Rodig und Gertrud Schröder den Diemelsee erreichten, war es bereits dunkel geworden. Silke Rodig hatte ihren Wagen etwa dreihundert Meter von Keschs Landhaus entfernt geparkt, war zunächst alleine ausgestiegen und hatte den Weg zum Grundstück inspiziert. Dann kehrte sie zu ihrem Auto zurück und gab Gertrud ein Handzeichen. „Meinst du, daß wir schon hingehen können?" fragte Silke.

„Ja, die haben jetzt ihren Gesprächskreis, mindestens bis halb elf."

„Hast du keine Angst davor, an den Ort zurückzukehren, an dem sie dich gequält haben?"

„Nein", sagte Gertrud. „Ich habe ein Beruhigungsmittel genommen."

„Also los, du zuerst."

Die beiden Frauen gingen langsam über einen Schotterweg, bis sie einen Viehstall erreichten. In dessen Schutz schlichen sie bis zum Ende der Wand und schauten um die Ecke. Vor ihnen lag das gesamte Anwesen hell erleuchtet. Die Hofeinfahrt war asphaltiert und führte rechts am Hauptgebäude vorbei, in dessen Vorderwand ein paar Glasbausteine eingearbeitet waren. Hinter dem Gebäude lag der große Garten mit Pool und Grillplatz.

„Wir müssen auf die Rückseite des Hauses, sonst kriegen wir nichts mit", sagte Gertrud.

„Bist du sicher, daß jetzt keiner mehr kommt oder einer plötzlich nach draußen rennt?"

„Solange die ihre Sitzung abhalten, ist alles klar. Nach dem Essen, wenn die Fete steigt, gehen manchmal welche in den Garten, dann müssen wir vorsichtig sein. Komm jetzt! Paß da vorne auf, da ist ein elektrischer Zaun! Dahinter ist nämlich eine Weide, auf der Kesch und Co sich ein paar schottische Hochlandrinder halten."

Die beiden Frauen gingen leicht gebückt links am Haus vorbei und erreichten unentdeckt den Garten, in dem mehrere große Bäume genug Schutz boten. Unter einem blieben sie stehen und starrten zum Haus herüber, einige Fenster waren erleuchtet. „Unten links die drei, da ist der Therapieraum. Da sitzen die jetzt und werden fertiggemacht. Das wird übrigens alles auf Video aufgenommen", sagte Gertrud.

*

Paul Holländer war rot angelaufen und hampelte auf seinem Stuhl hin und her. Die zwölf Gruppenmitglieder kauerten schweigend am Tisch, der Kameramann Charly blickte betreten in die Runde und nur Magdalena Huhnberg, die Co-Therapeutin, war total offen. Deswegen saß sie immer noch mit nacktem Oberkörper da und fühlte sich unheimlich locker. „Ihr seid ein verklemmter Scheißhaufen", schnauzte Paul Holländer. „Aber wir werden euch noch langmachen. Ich habe vorhin Hans angerufen, er ist schon unterwegs." Rudi spürte in diesem Augenblick wieder den stechenden Schmerz in der Magengegend und überlegte, ob er es lieber jetzt tun sollte. Paul Holländer hatte die Aufgabe gestellt, sich auf den Tisch zu legen und zu onanieren. Schambewältigung wurde das genannt, aber bisher war die Scham bei allen Gruppenmitgliedern so groß gewesen, daß niemand sich freiwillig gemeldet hatte.

„Ich mache es jetzt, lieber jetzt, bevor Hans kommt", dachte Rudi. „Ich zeige es allen hier, diesen gehemmten und blockierten Möchte-gern-Keschs." Da schoß es ihm in den Kopf. „Babsi, Babsi, natürlich wird sie mich bewundern. Danach muß sie mit mir ins Bett gehen, ich mache es für mich und Babsi." Rudis Hand glitt an den Reißverschluß seiner Hose und zuckte wieder zurück. Er hatte eine von diesen dämlichen, grauen Unterhosen an, die damals das Stück für vier Mark im Angebot gewesen waren. In diesem Moment erhob sich Barbara Meier und kletterte auf den Tisch. Langsam öffnete sie ihre Bluse und drehte sich dabei im Kreis. „Ausziehen, ausziehen", schrie Paul Holländer und klatschte rhythmisch in die Hände. „Ausziehen, ausziehen, ausziehen", kreischte auf einmal die ganze Gruppe.

*

Draußen hörten Silke Rodig und Gertrud Schröder, wie aus dem Gruppenraum Stimmen riefen „ausziehen, ausziehen!" - „Jetzt haben sie wieder ein Opfer gefunden", sagte Gertrud. „Wenn du Glück hast, kommst du mit einem Strip davon. Wenn du Pech hast, mußt du auch schon mal unter dem Tisch eine Nummer machen, vor der ganzen Gruppe."

„Ist das ein Glastisch?"

„Klar, und das ist mit Sicherheit kein Zufall."

„Warum hauen die Leute nicht einfach ab, wenn es ihnen zuviel wird?"

„Wenn du von zwei Therapeuten rund um die Uhr mürbe gemacht wirst, hast du keine Kraft mehr. Erst wirst du körperlich bis zu einem Punkt getrieben, an dem du zusammenbrichst. Dann nehmen sie dich vor der Gruppe auseinander, die hauen voll in deine tiefsten Wunden. Ausziehen vor der Gruppe, bumsen vor der Gruppe, und alles wird per Video mitgeschnitten. Danach wird gegessen und gesoffen. Die flößen dir den Schnaps ein und verbieten dir zu schlafen. Du kommst auf einen richtigen Trip. Du bist wie in einem Dämmerzustand und machst hinterher alles, was die sagen."

„Aber was soll das Ganze, die Leute gehen zum Therapeuten, weil sie Hilfe suchen."

Gertrud lachte kurz auf. „Neues Material für die Sekte. Du sollst irgendwann selber Leute anwerben und in einer der diversen Firmen arbeiten. Bis du dazu bereit bist, muß deine Persönlichkeit auf den Kopf gestellt werden. Du mußt zum Beispiel anders sprechen, jedenfalls ein paar Begriffe beherrschen, die nur die Kesch-Szene versteht. Mach nicht so einen Heffo, bedeutet, du sollst dich nicht so anstellen. Oder der ganze alte Duffel, das ist der Ballast aus deinem früheren Leben, den du mit dir rumschleppst, und der dir zum Glück hier ausgetrieben wird. Wer immer noch an seinem alten Leben hängt, weil das vielleicht doch gar nicht so schlecht war wie das neue, der ist eben ein Duffelschwein. Stonkeln meint, sich voll in die Therapie reinknien. Ein guter Stonkelwilli ist ein braver Klient"

„Das klingt doch so albern wie Kindersprache", sagte Silke und dachte an ihre siebenjährige Tochter, mit der sie manchmal neue Wörter erfand.

„Albern, zugeschissen, spießig, eingefahren - das sind immer die anderen. Davon mußt du wegkommen. Sobald du willig bist, reden sie dir ein, deine ganzen Probleme kämen daher, weil du die falschen Kontakte hast. Du darfst dann deine Eltern nicht mehr sehen oder Freunde, es sei denn, sie gehen auch in diese Therapie.

Irgendwann ist auch dein Partner dran. Entweder du holst ihn in die Praxis, natürlich kommt der in eine andere Gruppe, oder du mußt dich von ihm trennen. Am Ende hast du nur noch deine Gruppe - und die hat nur noch ihre Therapeuten, allen voran der große Meister."

*

Kesch bog von der Hauptstraße auf den schmalen Weg, der zu seinem Anwesen führte, rollte in seinem Mercedes bis zum Chefparkplatz und schaltete den Motor aus. Wieder hatte er diesen pelzigen Geschmack im Mund, weil er letzte Nacht höchsten zwei Stunden geschlafen, dafür aber mindestens zehn Stunden Sekt getrunken hatte. Danach war er mit zwei Gewächsen aus der Salatbar zu sich nach Hause gefahren und hatte die beiden getestet. Kesch hielt die rechte Hand leicht gerundet dicht vor seinen Mund und hauchte dagegen. Es stank, er stank aus dem Rachen.

Für solche Fälle führte er neuerdings ein Atemspray mit sich, das er schnell aus der Jackentasche zog und dreimal benutzte. Wenn seine Klientel nach durchzechten Nächten über Kater klagte oder aus dem Mund roch, erzählte er immer, sie sei noch nicht stonkelig genug für das richtige Leben. Sogar Mundgeruch und Kopfschmerzen seien allein eine Sache des Willens. „Wer zuviel Duffel mit sich rumschleppt, kann keine Fete richtig genießen", war einer seiner Lieblingssätze.

Kesch stieg aus dem Wagen, ging zur Haustür, schloß sie auf und blieb einen Moment stehen. Im Gruppenraum schrien Leute „Mach's dir, mach's dir!" Kesch wußte sofort, was Sache war und pfiff einmal kurz. Dann riß er mit einem Ruck die Tür zum Gruppenraum auf und blieb im Eingang stehen. Auf dem Tisch lag seine Sekretärin Barbara Meier, nackt, eine Hand zwischen den

Schenkeln, die andere an der linken Brust. Die meisten Leute standen um den Tisch herum und klatschten und schrien. Zwei Klienten preßten je einen Fuß von Babsi auf den Tisch und hatten ihre Beine dabei weit auseinandergerissen.

„Aufhören!" befahl Kesch laut, aber ohne zu schreien. Die beiden Männer ließen sofort Babsis Füße los, mit einem Schlag war es völlig ruhig im Raum. Nur Babsi keuchte leise, ihr Oberkörper war bei Keschs Befehl hochgeschnellt, und jetzt bedeckte sie instinktiv mit einer Hand ihren Busen, mit der anderen ihr Geschlechtsteil. Kesch ging ein paar Schritte nach vorn, bis er direkt am Tisch stand und blickte in Babsis Augen. In einem verächtlichen Tonfall sagte er zu ihr: „Du machst wohl alles, was man von dir verlangt." Babsi schluchzte erst und stammelte dann: „Paul hat ..." - „Sei ruhig, du Weichpilz! Geh auf dein Zimmer!"

*

Als die beiden Frauen die Scheinwerfer des Wagens gesehen hatten, waren sie in den hinteren Teil des Gartens geschlichen und hatten dort Keschs Ankunft beobachtet. Plötzlich verstummte das Geschrei im Haus und Gertrud meinte: „Der Oberguru erzielt immer noch seine Wirkung."

„Was glaubst du, passiert da jetzt?" fragte Silke Rodig. „Die Stimmung war doch genau so, wie Kesch sich das anscheinend wünscht."

„Kesch wünscht sich nur eines: Dich fertigzumachen. Wenn einer verklemmt ist, muß er sich ausziehen. Wenn einer freiwillig einen Strip macht, schnauzt Kesch ihn an, ob er sich nicht schäme, mit so einem Hängebauch sich nackt vor der Gruppe zu zeigen. Ich weiß nicht, was da genau los ist, ich weiß nur, daß es für ein paar Leute ein Alptraum ist. Vielleicht kannst du dir vorstellen, daß nach solchen Wochenenden häufig jemand in der Klapse landet. In den Anstalten wissen die schon Bescheid, du brauchst nur den Namen Kesch zu erwähnen. Soviel Kundschaft wie der, liefert sonst keiner."

„Hat denn noch nie ein Arzt was gegen Kesch unternommen?"

„Ein paar haben es schon versucht, aber was willst du ihm nachweisen. Daß jemand im Laufe einer Therapie durchdreht, kommt in den besten Praxen vor."

„Aber du sagst doch, bei Kesch passiert das andauernd."

„Zufall, heißt es offiziell. Und den anderen aus der Gruppe wird gesagt, der war ein Oberduffelschwein oder der ist seinem Therapeuten nicht genug gefolgt."

„Was da in dem Laden abläuft, ist doch ein Fall für den Staatsanwalt. Hat noch nie jemand Kesch angezeigt?"

„Doch, es läuft seit kurzem ein Ermittlungsverfahren gegen ihn, da hat irgendwer richtig ausgepackt. Es geht um ziemlich harte Sachen."

„Woher weißt du das?"

„Ich habe einen Bekannten bei der Staatsanwaltschaft."

„Ich auch. Der Vater meiner Tochter ist Staatsanwalt, Robert Meininger, mein Ex-Mann. Das ist nicht zufällig dein Bekannter?"

„Nee, er heißt Horst. Komm, laß uns abhauen, da passiert heute nichts mehr, was für uns interessant sein könnte."

*

Nach dem Essen ging Kesch mit Robert Meininger ins Büro. Der Staatsanwalt war seit ungefähr sechs Jahren bei ihm, hatte zwei Gruppen mitgemacht und sich bis zum Kameramann hochgedient, einer von fünf, die für Kesch drehen durften. Mindestens einmal im Monat filmte Robert die Sitzungen der verschiedenen Gruppen, die regelmäßig ein Wochenende in Keschs Haus verbrachten. Mit Robert hatte Kesch sich viel Mühe gegeben, und heute war er für ihn ein wichtiger Informant. Robert gehörte zu den wenigen Fällen, in denen Kesch nicht darauf drängte, den alten Beruf aufzugeben und in einer seiner Firmen zu arbeiten. Robert war für Kesch als Informant von der Staatsanwaltschaft wichtiger.

„Setz dich", sagte Kesch. „Was hast du über das Verfahren gegen mich rausgekriegt?"

Robert Meininger trug Jeans und ein beiges Polohemd, das ungefähr so viele Falten aufwies wie seine Stirn. Langsam hatte er sich auf einen Stuhl gesetzt, auf dem er jetzt kerzengerade und fast bewegungslos verharrte. Den Blick auf den Boden gerichtet, sagte er: „Ich weiß nicht, wie so etwas passieren konnte, aber Gertrud hat dich angezeigt."

Kesch fuhr von seinem Schreibtischstuhl hoch: „Woher weißt du das?"

„Ich war bei dem Kollegen, der die Fälle mit K bearbeitet, im Büro und habe mich unter einem Vorwand mit ihm unterhalten. Auf seinem Schreibtisch lag ein Zettel mit handschriftlichen Notizen. Darauf stand Gertruds Name - und deiner."

„Also doch, dieses durchtriebene Stück. Kann es gefährlich werden?"

„Ich kenne den Kollegen zwar, der das macht, ein Horst Lange. Ich habe versucht, in der Kantine mit ihm zu reden. Aber er hat nur beiläufig von einem neuen, pikanten Fall erzählt und irgendwas von unglaublichen Geschichten. Ich wollte nicht, daß er Verdacht schöpft, deswegen konnte ich nicht weiterfragen. Da ich sein

Vorgesetzter bin, könnte ich die Akten anfordern, aber das ist unüblich, das würde auffallen, tut mir leid."

Kesch lief rot an, und er spürte in den Adern seiner Schläfen eine Art Erektion. „Kann es vielleicht sein, daß du keine Informationen kriegst, weil die anderen über dich Bescheid wissen?"

„Auf keinen Fall. Bitte, glaube so etwas nicht. Für die bin ich der korrekte Beamte in Person. Wenn ich hier in deinem Haus bin, bin ich für die wandern im Sauerland. Und deine Leute kennen mich nur als Charly."

Keschs Gesichtsausdruck war leicht ärgerlich. „Du hast eine Gruppe und die Einzelstunden letztes Jahr umsonst bekommen. Wenn du noch mehr von mir lernen willst, erwarte ich echte Informationen. Hol jetzt Paul!" Robert Meininger stand sofort auf und ging aus dem Büro. Kurz danach trat Paul Holländer ein.

„Gertrud muß jetzt tatsächlich verschwinden", sagte Kesch, „und zwar so schnell wie möglich und für immer."

„Nachdem du Rudi bei dir in der Praxis erwischt hast, kann der wohl nicht nein sagen."

„Genau daran habe ich auch gedacht. Und du prügelst den Leuten ab sofort noch mehr rein, daß kein Wort aus der Therapie nach draußen darf. Danach nimmst du dir Rudi vor. Nachdem er es getan hat, lassen wir ihn hochgehen. Wenn der dann quatschen sollte, sind das die Spinnereien eines Mörders."

6.

Rudi Herzog saß nach vorne gebeugt auf der Parkbank, hatte die Beine fest übereinander geschlagen und die Arme verschränkt. Er ähnelte mehr einem menschlichen Knäul als einem Menschen und machte den Eindruck, er wolle sich selbst umklammern. Obwohl es ein warmer Sommertag war, fror Rudi ganz leicht und hatte deswegen seine Jacke bis oben zugeknöpft. „Gertrud will unser ganzes Werk zerstören", hatte Paul Holländer gestern zu ihm gesagt. „Du hast den Auftrag von oben, daß Gertrud in Zukunft schweigt. Du mußt die Sache noch diese Woche erledigen." Die Worte von Paul Holländer sausten wieder und wieder durch seinen Kopf. Rudi wollte darüber nachdenken, aber ihm fiel dazu immer nur dasselbe ein. „Verdammt, diese Woche hat nur noch vier Tage. Vier mal 24 Stunden."

Jetzt war auch noch sein rechtes Bein eingeschlafen, weil er es minutenlang über das linke geschlagen und fest dagegen gedrückt hatte. Das Kribbeln im Unterschenkel paßte gut zu dem Gefühl in Rudis Magengegend. Was hatte Holländer noch gesagt? „Du hast in der Angelegenheit das Vertrauen von Hans. Du wirst ihn nicht enttäuschen." Aber was zum Teufel hatte Holländer damit gemeint, Gertrud zum Schweigen zu bringen? „Ich muß sie ernsthaft ermahnen!" Das war jetzt äußerst wichtig. Er würde eine offene Aussprache mit ihr haben, eine sehr offene.

Rudi wollte gerade damit beginnen, seinem fiktivem Gegenüber die ganze Sache zu erklären, aber es ging nicht. „In diesem Fall nicht." Sein Auftrag war zu wichtig, er durfte darüber nicht mit Dritten plaudern. Auch Gertrud würde es wohl oder übel spüren müssen, wie wichtig die Angelegenheit war. Er konnte sie nicht schonen, obwohl er sie eigentlich mochte. In Gedanken sah er sich in Gertruds Wohnzimmer stehen, kerzengerade, die Beine leicht gespreizt und die Hände in den Taschen seines Mantels. Gertrud würde natürlich sitzen, am besten auf dem Sofa, in ein Kissen gekauert. Er würde es direkt sagen, ohne umständliche Formulierungen. Und dann am Ende, die entscheidenden Worte, die sie wie ein Blitz treffen würden. „Ich habe keinen Verhandlungsspielraum, es ist ein Auftrag von oben."

Gertrud kicherte, ja sie lachte sogar und hielt sich jetzt den Bauch. Er hatte es gerade in Gedanken genau gesehen. „So, und nun setzen wir uns mal brav hin und dann erzählst du mir in Ruhe, was uns so zu schaffen macht." Das hatte sie gesagt, Rudi hatte es eben ganz bestimmt gehört. Er schluchzte einmal, und nach einer kurzen Pause gleich mehrmals. Dann fing er an zu weinen, ein richtiger Krampf, der ihn schüttelte, weil der Gedanke ihn peinigte, daß Gertrud ihn nicht ernst nehmen würde.

Rudi sprang plötzlich von der Parkbank auf und hätte sich backpfeifen können. Auf einmal erschienen ihm Holländers Worte sonnenklar. „Du hast den Auftrag von oben, daß Gertrud in Zukunft schweigt." Der Weinkrampf war wie weggeblasen, und stattdessen stand Rudi schmunzelnd in der lauen Sommernacht. „Ich muß Gertrud bedrohen!" Er klatschte in die Hände. Natürlich war ein offenes Gespräch nutzlos, die Sache war viel ernster als er anfangs gedacht hatte. „Sie will das ganze Werk zerstören." Er mußte sie womöglich massiv bedrohen. „Wenn du nicht, dann!"

Auf einmal war Rudi wie elektrisiert von einem Gedanken. „Ich fahre sofort zu ihr und werde sie so fertigmachen, daß sie für immer schweigt!" Er wollte loslaufen, aber seine Beine gehorchten nicht, und es kam ihm vor, als würden sie neben ihm stehen. Ohnehin war es besser, die Sache nicht zu überstürzen. Er konnte Gertrud auch morgen noch fertigmachen. Bis dahin war genug Zeit, sich die passenden Drohungen zu überlegen. „Sie kennen das ja. Man sagt so schön, darüber möchte ich noch eine Nacht schlafen", sagte er zu seinem Gegenüber.

Rudi erschrak. Jetzt hatte er in dieser wichtigen Angelegenheit doch mit dem *Anderen* gesprochen. Der erwartete nun womöglich weitere Erklärungen. Tatsächlich schaute ihn der *Andere* fragend an, und das brachte Rudi durcheinander. Verwirrung konnte er jetzt wirklich nicht gebrauchen, er mußte sich konzentrieren, um seine Pläne nicht zu vergessen. Morgen würde er also zu Gertrud fahren und sie bedrohen. Die Situation konnte die gleiche sein, als wenn er sie nur ermahnen würde. Er selbst mußte unbedingt stehen, während Gertrud auf dem Sofa saß. Rudi versuchte mit aller Kraft, sich die Situation weiter auszumalen, aber die Tatsache, daß sein Gegenüber eben aufgetaucht war, lenkte ihn zu sehr ab. Warum mußte er Gertrud überhaupt bedrohen? Was genau hatte sie getan? Das hatte Paul Holländer nicht gesagt. Ein „Auftrag von oben", also von Kesch. Kesch verfügte schon wieder über ihn, machte ihn zum Handlanger. „Ich habe dir geschworen, daß ich dir nicht mehr folge!" Rudi Herzog hämmerte sich den Satz mehrmals nacheinander ein und hatte gleichzeitig wieder dieses peinigende Gefühl im Magen. Plötzlich wußte er, woher der Schmerz kam. Natürlich, das war es. „Ich habe Angst, zu versagen. Ich habe doppelte Angst. Ich habe Angst, gegenüber Kesch zu versagen. Ich habe Angst, gegenüber meinem Vorsatz zu versagen." Hätte er bloß damals die Eisenstange benutzt, um Kesch den Schädel einzuschlagen. Er konnte es immer noch tun. Er mußte zum Täter werden, so oder so.

*

Gertrud Schröder öffnete ihre Wohnungstür, spürte sofort einen leichten Luftzug und blieb schlagartig stehen. Für Sekunden war es so still, daß sie das Ticken ihrer Küchenuhr hören konnte. Hatte sie die Küchentür aufgelassen? Sie dachte fieberhaft nach und merkte, wie ihr Herz schneller schlug. Einen Moment überlegte sie, zurück in den Hausflur zu rennen. Dann tastete Gertrud nach dem Lichtschalter und ließ dabei ihren Schlüssel fallen, der mit einem klirrenden Geräusch auf den Steinfliesen aufschlug. Während sie sich bückte und ihre Finger über den Boden glitten, hörte sie im hinteren Teil ihrer Wohnung einen lauten Knall.

„Ich Idiot, ich habe die Balkontür aufgelassen, deswegen der Luftzug." Gertrud richtete sich auf, schaltete das Licht ein und fand sofort ihren Schlüssel. Dann ging sie ins Wohnzimmer, an das der Balkon grenzte. Die Gardine war von der zuschlagenden Tür mitgerissen und eingeklemmt worden, so daß ein Stück Stoff draußen hing. Gertrud brachte die Sache in Ordnung und setzte sich in einen Sessel, der neben dem Schreibtisch stand.

Irgend etwas kam ihr seltsam vor. „Der Schreibtisch! Jemand war an meinem Schreibtisch." Gertrud zitterte, stand auf und drehte sich einmal um ihre eigene Achse, um das Wohnzimmer zu kontrollieren. „Jetzt fange ich an zu spinnen." Sie ging zum Schreibtisch. Die Schubladen waren geschlossen. Obendrauf lagen mehrere Ordner voller Papiere, ein paar Stifte und reichlich beschriebene Blätter, die lose über die Tischplatte verteilt waren. Deren Anordnung erschien ihr plötzlich ziemlich fremd. In welchem Zustand hatte sie den Schreibtisch verlassen, heute nachmittag, als sie aus der Wohnung gegangen war? Und hatte sie die Balkontür aufgelassen?

Gertrud versuchte sich genau zu erinnern, aber es gelang ihr nicht. Manchmal ließ sie die Tür auf, wenn es draußen warm genug war. Sie wohnte in der vierten Etage, der Balkon war nicht von der Straße einsehbar, und bisher hatte sie sich nie Gedanken darüber gemacht, daß irgendwer sich für ihre Wohnung interessieren könnte. Heute war es warm gewesen, aber nicht heiß. Ein Tag, an dem Millionen Balkontüren auf Kippe gestellt werden. Aber manche auch ganz aufbleiben oder geschlossen werden.

Sie schaute wieder auf den Schreibtisch und öffnete die Schubladen. In der obersten lagen Papiere, auf denen sie selbst Notizen gemacht hatte, und der Name Kesch tauchte darin mehrmals auf. Die wichtigsten Unterlagen hatte sie in den Ordnern abgeheftet, eine Menge Kopien, die sie heimlich in Keschs Praxis gemacht hatte. Gertrud nahm einen der Ordner und schlug ihn auf. Etwas erschien ihr ungewöhnlich. „Die Notiz an Kesch! Wo ist die Notiz an Kesch?“ Sie war weg.

Augenblicklich bekam sie eine Gänsehaut und dachte daran, daß sie seit ihrer Rückkehr bisher nicht die anderen Zimmer überprüft hatte. Wenn sich dort jemand versteckt hielt, machte es keinen Sinn, einfach wegzurennen. Sie befand sich im hinteren Teil der Wohnung und hätte an Badezimmer, Küche und Schlafraum vorbei gemußt. „Wo ist das Telefon?“ Sie starrte Richtung Fernseher, dann auf das Sofa, das Regal, das Vertiko. Nichts. Das Telefon lag vor ihr auf dem Schreibtisch. „Ich drehe gleich durch.“ Hastig blickte sie auf ihre Uhr, kurz vor Mitternacht. „Warum hilft mir keiner?“

Vorsichtig nahm Gertrud den Telefonhörer und versuchte, dabei keine Geräusche zu machen. „Rudi! Natürlich Rudi, wer sonst?“ Behutsam tippte sie Rudis Nummer ein. Er würde jetzt mit Sicherheit zu Hause sein. „Rudi mag mich.“ Er würde ihr helfen, ihm würde sie sich anvertrauen. Sie konnten die Sache auch gemeinsam durchziehen.

*

Rudi überlegte. Kesch hatte ihn in den vergangenen fünf Jahren häufig traktiert, und er konnte sich noch an jede einzelne Situation erinnern. Zuletzt war Rudi auf den Knien durch Keschs Praxis gekrochen und hatte das Erbrochene beseitigt, nachdem sein Therapeut ihn hinter der Gardine entdeckt hatte. Danach wurde Rudi in einer dunklen Abstellkammer eingeschlossen, wohl um die Beratungen von Kesch, Holländer und Giesi nicht zu stören, wie mit ihm nach diesem Vorfall verfahren werden sollte.

Etwa eine halbe Stunde hatte Rudi damals eingeschlossen in der dunklen Kammer verbracht, dann mußte er zurück in Keschs Büro kommen und zu seinem Vertrauensbruch Stellung nehmen. Rudi hatte gelogen, er habe seine Akte einsehen wollen, er habe wissen wollen, wie es um ihn stehe. „Kesch könnte dich anzeigen", hatte Giesi gesagt. „Er könnte dich aber auch in eine geschlossene Anstalt einweisen lassen, die Unterlagen über dein Verhalten während der Sitzungen und der Einbruch reichen da allemal aus", hatte Holländer ergänzt. Dann war Kesch aufgestanden und hatte sich vor Rudi aufgebaut. „Du wirst ab sofort ausschließlich Aufgaben für mich erledigen. Als erstes wirst du Informationen über die Psychologische Beratungsstelle des Vereins *Rükkenwind* sammeln. Ich erwarte deinen Bericht in einer Woche."

Das war vor sieben Tagen gewesen, und Rudi hatte den Bericht bisher nicht abgegeben. Stattdessen war er verbotenerweise zu seinen Eltern gefahren. Rudi fielen jetzt schlagartig die Situationen der letzten Jahre ein, in denen es während der Therapiestunden bei Kesch um seine Eltern ging. „Deine Eltern sind ein Haufen Scheiße", hatte Kesch einmal gesagt. „Und du klebst immer noch an diesem Haufen." Sein Therapeut hatte in diesem Punkt nicht locker gelassen in all den Jahren. Jedesmal, wenn Rudi in Keschs Augen versagt hatte, waren daran die Eltern Schuld. „Du kannst dich von dem alten Duffel nicht lösen, und deswegen wirst du es nie so weit bringen wie ich!"

Mein Gott, ja, es gab da ein Problem. Er hatte bis heute nicht vollständig die Macht seiner Stiefmutter über ihn beenden können. Aber schließlich hatte er monatelang versucht, damit fertig zu werden, indem er das von Kesch erteilte Elternkontaktverbot eingehalten hatte. Bis es nicht mehr ging. Danach war er heimlich von Münster weggefahren. In seiner Wohnung hatte Rudi damals den Telefonhörer neben die Gabel gelegt. Es waren jedesmal nur ein paar Stunden gewesen, in denen er gegen das Verbot verstoßen hatte. „Du warst wieder bei deinen Eltern!" Kesch hatte ihn einmal erwischt, wer weiß, wie er darauf gekommen war, und ihn seitdem nicht mehr geliebt.

„Wissen Sie, ich bin schon ziemlich enttäuscht von dieser Entwicklung. In den ersten Sitzungen sprach Kesch noch mit mir über meine Eltern, als wäre er mein Bruder." Jetzt hatte Rudi wieder entgegen seiner Absicht zu dem fiktiven *Anderen* gesprochen, was ihm gerade in dieser Situation fast schizophren erschien, und deshalb wollte er einen Versuch unternehmen, ihn wegzuschikken. Es gelang nicht, und schließlich gab Rudi den Versuch auf. Vielleicht war es sogar besser, daß der *Andere* hier blieb. „Sie können sicher meine Situation verstehen. Anfangs habe ich Kesch geliebt und bewundert, und in dieser hilflosen Lage hat er angefangen, meine Eltern zu demontieren." Rudi legte bewußt eine Sprechpause ein, um die Worte auf den *Anderen* wirken zu lassen, was offensichtlich gelang, weil sein Gegenüber verständnisvoll nickte. „Und nach all dem, was Kesch mir angetan hat, will er mich jetzt noch zum Mörder machen."

Als Rudi seine letzten Worte hörte, zuckte er zusammen. „Du hast den Auftrag von oben, daß Gertrud in Zukunft schweigt." Es gab keinen Zweifel, er hatte weder die Aufgabe, Gertrud zu ermahnen noch sie zu bedrohen. Er hatte die Aufgabe, Gertrud zu ermorden. „Ich werde ein Mörder sein!" Rudi wußte jetzt, daß er seine neue Aufgabe insgeheim von Anfang an gekannt hatte, und der *Andere* sollte das ruhig wissen. Auf einmal erschien es Rudi völlig problemlos, die Rolle anzunehmen. „Es klingt für Sie möglicherweise sehr hart, aber bedenken Sie, was auf dem Spiel steht. Unser Werk soll zerstört werden."

Nickte sein Gegenüber? Rudi konnte es nicht genau erkennen und dachte an die Frau. „Gertrud, arme Gertrud, was soll bloß aus dir werden?" Bei diesem Gedanken mußte er kurz schmunzeln. Was sollte aus einer Person werden, auf die ein Mörder angesetzt war? Eine absurde Frage, die Person würde bald sterben müssen. Am besten, er tat es sofort. „Mörder fackeln nicht lange!" Rudi suchte angestrengt nach dem *Anderen*, aber seine Augen konnten ihn in der Dunkelheit nicht finden. Womöglich war er gegangen, um bei der Polizei Anzeige zu erstatten. Das war sein gutes Recht.

„Ist es nicht genauso gerecht, daß Gertrud stirbt?" Sie sitzt auf dem Sofa, er steht erst vor ihr, dann muß er einen Schritt vorwärts machen und es kurz und schmerzlos erledigen. Da war der *Andere* wieder und schaute etwas skeptisch. „Sie haben Recht, es geht nicht ganz schmerzlos, aber glauben Sie mir, ich werde es so angenehm wie irgend möglich gestalten." Noch dreimal 24 Stunden und einmal 23, in dieser Zeit würde ein Mord geschehen.

Aber durch seine Hand? Und warum mußte Gertrud überhaupt sterben? „Kesch will mich zum Mörder machen!“ So etwas lief natürlich nicht mit ihm. Rudi begriff jetzt, welch perfides Spiel hier in Szene gesetzt wurde. „Ich werde deine Befehle nicht mehr ausführen!“ Der Gedanke erleichterte ihn. Es gab für ihn durchaus noch Möglichkeiten, das Spiel zu beenden. „Sie werden verstehen, daß ich jetzt sofort zur Polizei gehen muß“, sagte er zu dem *Anderen*.

Ohne zu zögern stand Rudi auf, verließ den Südpark und stand wenig später auf der Friedrich-Ebert-Straße, wo er ein Taxi anhielt. In diesem Augenblick kam es ihm wirklich nicht auf ein paar Mark Kosten an, und wie zur Untermauerung dieses Gedankens entschloß er sich, nicht zum nächstgelegenen Polizeirevier zu fahren, sondern zur Hauptwache am Friesenring. Die Angelegenheit rechtfertigte den weiteren Weg, schließlich war dies eine Chefsache. Vor dem Polizeigebäude blieb Rudi einen Moment stehen und suchte vergeblich nach dem *Anderen*. „Ich gehe jetzt rein!“ So ein hintertriebenes Spiel war mit ihm nicht zu machen, redete er sich ein und dachte plötzlich an die Situation während des Wochenendes im Sauerland, als er die Eisenstange schon griffbereit gehabt hatte. Die Lösung mit der Polizei war sicherlich besser und zudem legaler und in wenigen Minuten würde die Staatsmacht alles über Kesch wissen, was von Belang war. „Ich werde es sagen, ich werde es sagen, ich werde es rausschreien. Oder besser ganz ruhig sagen. Ich muß ruhig bleiben, ich muß ganz ruhig bleiben.“

Rudi ging mit schnellen Schritten auf den Eingang des Gebäudes zu, schellte und betrat nach dem Öffnen der Tür die Wache, in dem die diensthabenden Beamten saßen. Ein Polizist musterte ihn kurz und fragte: „Was können wir für Sie tun?“

Die Frage erzeugte in Rudis Magen einen stechenden Schmerz. In Gedanken sah er sich kniend vor Kesch Erbrochenes aufwischen. Dann hörte er seinen Therapeuten sagen: „Ich will dich pissen sehen!"

„Was können wir für Sie tun?" wiederholte der Beamte seine Frage.

Mit zitternden Beinen und schmerzverzerrtem Gesicht hielt Rudi nach dem *Anderen* Ausschau, den er zum Glück nicht entdecken konnte. „Ich möchte Strafanzeige erstatten. Ich werde seit einiger Zeit von einer Person verfolgt."

„Gegen wen wollen sie Anzeige erstatten?"

„Gegen unbekannt."

7.

Gertrud hatte Rudis Nummer gewählt und hörte das Freizeichen, wieder und wieder. Je länger sie durchklingeln ließ, desto mehr erschrak sie bei jedem Ton, der aus dem Hörer kam, den sie fest gegen ihr linkes Ohr gepreßt hatte. „Bitte, Rudi, geh endlich dran!" Gertrud wußte selbst nicht mehr, wie lange sie nun schon dieses quälende Freizeichen hörte, das sich jedesmal in ihre Sinne eingrub wie ein Schnitt mit einer Rasierklinge in die Haut. „Die Wohnzimmertür!" Gertrud hatte das Gefühl, daß sich gerade die Klinke ganz leicht nach unten bewegt hatte, höchstens einen Zentimeter und noch nicht genug, um die Tür zu öffnen.

Ihr Herz raste jetzt, und sie spürte ihren Puls am Hals und an den Schläfen. Vielleicht hatte sie sich getäuscht, vielleicht wurde sie allmählich wahnsinnig? Gertrud ließ den Telefonhörer auf den Tisch fallen, sprang auf, rannte zur Tür und drehte hastig den Schlüssel zweimal herum. Dann ging sie einen Schritt zurück, blieb auf Zehenspitzen stehen und lauschte. Nichts. Trotzdem schlich sie langsam zum Schreibtisch und wischte die Ordner und Papiere mit dem Arm herunter. Dann umklammerte sie die Platte und trug das Möbelstück mit aller Kraft zur Tür. Danach stellte sie oben zwei Stühle darauf und holte aus einem Regal die schwere Blumenvase, die sie vor zwei Jahren von Rainer Lüneburg zum Geburtstag bekommen hatte, als dieser noch bei Kesch als Therapeut angestellt war. Sorgfältig plazierte sie die wuchtige Porzellanwaffe neben dem großen Ohrensessel, in den sie sich setzte, nachdem sie ihn Richtung Tür gedreht hatte.

Noch einmal mußte sie aufstehen und das Telefon herüberholen, dann wählte sie die Nummer der Polizei. Am anderen Ende meldete sich in der Zentrale eine männliche Stimme, die versprach, Gertrud zum diensthabenden Beamten durchzustellen. Der meldete sich kurz darauf: „Polizeiwache Friesenring, einen Moment bitte, ich muß gerade eine Anzeige aufnehmen, ich stelle Sie zu meinem Kollegen durch." Gertrud hörte ein Knacken, dann war die Leitung wie tot. Sie wartete und blickte auf die Aktenordner und Papiere, die sie eben mit einer Armbewegung vom Schreibtisch entfernt hatte, und die nun verstreut auf dem Boden lagen. „Meine Güte, der Brief in meiner Tasche!"

Gertrud hatte heute abend einen dünnen, grauen Briefumschlag vom Postamt abgeholt, der dort für sie lagerte. Sie hatte ihn seit dem Betreten ihrer Wohnung vergessen, obwohl sie sich vorgenommen hatte, die Unterlagen unverzüglich zu Hause zu lesen. Heute morgen hatte sie in ihrem Briefkasten eine Nachricht gefunden, mit der sie jemand anonym darüber informiert hatte, im Postamt läge Material für sie. Dort hatte Gertrud nur einen kurzen Blick auf die Papiere geworfen, aber ihr war sofort klar gewesen, daß es Informationen aus der Praxis von Kesch sein mußten. Ängstlich hatte sie den Umschlag in ihre Tasche gestopft und danach in der Stadt unter all den vielen Leuten nicht mehr gewagt, hineinzuschauen. „Wo ist meine Tasche?"

Gertrud legte ohne zu zögern den Telefonhörer wieder auf die Gabel. Die Polizei mußte warten. Dann suchte sie mit ihren Augen forschend das Zimmer ab, ohne die Tasche zu entdecken. Hatte sie sie etwa an der Wohnungstür liegen lassen? Vorsichtig stand Gertrud auf, ging bis zur Barrikade aus Schreibtisch und Stühlen und hielt die Luft an.

Sie hatte das Gefühl, von der anderen Seite der Tür das hastige Atmen eines aufgeregten Menschen zu hören. Oder bildete sie sich das ein? Gertrud wußte es nicht. Vermutlich machte sie sich selbst etwas vor. Aber sie war sich nicht sicher, und deswegen überlegte sie, ob sie es wagen konnte, in der Wohnung nach ihrer Tasche zu suchen. „Die Vase!" Ruckartig drehte sie sich, um ihre Waffe zu holen, die neben dem Telefon auf dem Boden stand. Da sah Gertrud neben dem Sessel ihre Tasche.

In dem Briefumschlag steckten zwei mit Computerschrift bedruckte Blätter Papier ohne Hinweise auf den Verfasser oder die Verfasserin. Gertrud las:

„Dies ist ein Bericht über den Fall Andrea Hermes, die vor zwei Jahren sterben mußte, weil Hans Kesch es so wollte. Ich gebe die Informationen preis, da ich außer ein paar Vertrauten von Kesch die einzige Person bin, die darüber Bescheid weiß und ich es nicht länger ertragen kann, daß Andreas Mörder ungestraft weiter ihren Psychoterror ausführen. Zur Polizei kann ich allerdings im Moment nicht gehen, und deswegen erhältst du die Informationen, weil ich weiß, daß du Kesch erledigen kannst."

Gertrud hob den Kopf und dachte angestrengt nach, überlegte, versuchte sich an alle Details zu erinnern, die sie über Andreas Tod wußte. Ihr Gedächtnis war wie leergefegt, es war zwecklos, deswegen kam ihr ein anderer Gedanke: Wer hatte das hier geschrieben, und warum hatte die Person ausgerechnet ihr diesen Brief geschickt? Ihre Hände zitterten, und auf einmal stand Gertrud ruckartig auf. Jetzt vibrierte ihr ganzer Körper, vor ihren Augen verschwammen die Einrichtungsgegenstände im Zimmer. „Warum mir? Warum soll ich es mit Mördern aufnehmen?"

Sie knickte in den Knien leicht ein und umklammerte mit der linken Hand eine Sessellehne. Dann ließ sie sich nach hinten fallen und saß wieder. Und in diesem Augenblick hörte sie nebenan im Flur ein Geräusch, sie war sich ganz sicher. Da hatte jemand mit dem Fuß gegen den Schirmständer gestoßen oder gegen die Kommode. Aber jetzt war es wieder absolut still und nur in ihrem Kopf hämmerte es, schlug der Puls im Sekundentakt wie ein rhythmisches Klatschen. „Ich werde verrückt.“ Gertrud wollte laut schreien, „Hilfe!“ oder „Helft mir!“, aber obwohl sie den Mund schon geöffnet hatte, erstickte der Schrei in ihrer Kehle, bevor etwas von ihm zu hören war. „Wenn ich vom Balkon springe, ist alles vorbei.“

Sie hatte mit beiden Händen krampfhaft den Sessel gepackt, und bei dem Gedanken daran merkte sie, daß sie den Brief nicht mehr in ihren Fingern hielt. „Ich muß weiterlesen!“ Sie wollte den Brief suchen, aber plötzlich fiel ihr wieder Rudi ein, und dieser Einfall erschien ihr wie eine Erlösung, die ihr einen warmen Schauer über den Rücken laufen ließ. Wenn Rudi jetzt sofort vorbeikäme, würde sie sich heute Nacht entschieden sicherer fühlen. Sie konnte ihm vielleicht sogar den Brief zeigen. Es ging um Mord, und sie konnte Rudi die volle Tragweite des Falls klarmachen, dann hatten sie etwas, das sie miteinander verband. Sie konnten gemeinsam handeln und die Angelegenheit vielleicht zum Abschluß bringen. „Alleine kriege ich das nicht mehr hin.“ Gertrud wählte Rudis Telefonnummer, auf dem Teppichboden sah sie den Brief liegen, der ihr aus der Hand gefallen war. Das Freizeichen ertönte, wieder und wieder. Es war im Moment zwecklos und schlagartig war ihr klar, daß sie im Augenblick nichts anderes tun konnte, als den Brief weiterzulesen, obwohl sie genau davor Angst hatte.

*

Rudis Auftritt bei der Polizei war ziemlich kläglich, vor allem aber letztendlich folgenlos verlaufen. Er hatte dem Beamten etwas von einer unbekannten Person erzählt, die ständig in seiner Nähe sei und manchmal direkt vor ihm stände. Rudi überlegte. Was hatte er genau gesagt? „Manchmal spricht mich dieser Mensch an. Nein, das kann so nicht ins Protokoll. Ich spreche ihn manchmal an, wenn er direkt vor mir steht." Rudi hatte nicht verstanden, daß der Polizist eine genaue Beschreibung der unbekannten Person haben wollte. Der Beamte hatte nicht verstanden, daß Rudi eine Person nicht beschreiben konnte, die ständig vor ihm stand. Schließlich hatte der Mann in der grünen Uniform entnervt behauptet, er habe den Eindruck, die unbekannte Person sei eine Erfindung von Rudi, der daraufhin gegangen war.

Rudi schlenderte langsam den Friesenring entlang Richtung Nordstraße und schmunzelte erst, dann erschrak er. Wo war der Andere jetzt? Hatte er das Gespräch bei der Polizei mitgehört, dann mußte er sich verraten vorkommen. Rudi ging schneller und entschloß sich, eine Kneipe aufzusuchen, eine, in der normalerweise niemand aus der Kesch-Szene verkehrte. „Ins *Tribuna*l." Da saßen höchstens ein paar durchgedrehte Borussenfans, selbst Kesch lief bei dem Versuch, in deren strafraumgroße Seele einzudringen, ins Abseits.

Rudi öffnete die Tür und trat ein. In der Luft hingen Rauch, Musik und ein Wirrwar aus Stimmen, die so laut aus pilsbenetzten Mündern tönten, daß Rudi einen kurzen Moment gelbschwarz vor Augen wurde. Nach wenigen Sekunden hatte er sich an die neue Umgebung gewöhnt und bestellte ein Bier, das er hastig durch seine trockene Kehle spülte. Rudi drehte sich etwas zur Seite und da, da saßen sie, zwei Meter von ihm entfernt. Sie waren es, kein Zweifel, ja, er konnte sie fast verstehen. In diesem Augenblick begriff Rudi, daß er die beiden entdeckt hatte, sie ihn aber nicht. Eng beieinander, aufgeregt redend, hockten dort Paul Holländer und Rainer Lüneburg. Rudi machte zwei Schritte nach vorne, stand jetzt dicht hinter ihnen, rutschte ein Stück nach rechts herüber und blieb so gut es ging im Schutz einer Säule stehen.

„... und deswegen wird es langsam heiß für uns. Gertrud weiß zuviel und ist ausgestiegen. Die muß verschwinden. Der Alte hat deswegen schon wieder einen Mord bestellt, und rate mal bei wem?"

Rudi wurde innerlich völlig zappelig. Das war Holländer, der da redete. „Mein Gott, der meint den Fall Gertrud." Rudi suchte verzweifelt nach seinem Gegenüber, aber den hatte er vermutlich durch seinen Auftritt bei der Polizei gründlich vergrault.

„Sag schon. Bei wem?" fragte Lüneburg.

„Rudi soll es machen, ausgerechnet dieses Oberduffelschwein."

Lüneburg antwortete nicht sofort, sondern dachte offenbar nach. Rudi nippte vor Aufregung laufend an seinem Bierglas, obwohl es längst leer war. Dann hörte er Lüneburgs Stimme.

„Und wann muß Gertrud dran glauben?"

„Bis zum Wochenende, noch knapp vier Tage. Aber ich weiß nicht, ob Rudi das schafft. Der ist und bleibt der klassische Versager. Und wenn das nicht läuft, behalten wir alle das Problem Gertrud. Wenn die über Andreas Tod auspackt, hängst du voll mit drin."

„Hast du dich deswegen mit mir getroffen?"

„Ja - und weil ich unbedingt über die Sache mit jemandem reden mußte. Ich bin total verunsichert. Wenn es klappt, wird es gefährlich. Wenn es nicht klappt, erst recht", sagte Paul Holländer und zog nervös an einer Zigarette.

„Ich hatte Rudi drei Jahre bei mir in der Gruppe. Wenn der vom Alten einen Befehl bekommt, passiert da auch was. Paß auf, Gertrud lebt nicht mehr lange, jede Wette."

Sie schwiegen einen Moment, und Rudi dachte an Gertrud. Sie sitzt auf dem Sofa, er steht vor ihr. Macht einen Schritt nach vorne. Dann nimmt er ... Holländer hatte etwas gesagt.

„...ist so ein Typ, wenn der einem ein Messer ins Herz rammen will, bleibt der unter Garantie an einer Rippe hängen. Oder das Arsch geht zur Polizei. Woher willst du wissen, daß der uns nicht alle verpfeift?"

„Rudi ist hörig, das weißt du. Rudi wird schon dafür sorgen, daß Gertrud ..."

In diesem Moment hörten sie von der Theke ein galliges Geräusch. Es klang, als würde sich jemand übergeben. Wie auf ein Kommando drehten Holländer und Lüneburg sich um. Schräg hinter ihnen hatte jemand neben einen Barhocker gekotzt. Ein Mann mit gelbschwarzem Schal, den Holländer und Lüneburg nicht kannten.

Rudi Herzog hatte Sekunden vorher das Lokal verlassen. Das belauschte Gespräch hatte ihn innerlich aufgewühlt. Holländer zweifelte also an seinen Fähigkeiten, was den Fall Gertrud betraf. Lüneburg war dagegen sicher, daß er den Auftrag ausführen würde. Etwas verwirrt ging Rudi Herzog Richtung Promenade, die von Bäumen gesäumt Münsters Altstadt ringförmig umgab und für Autos gesperrt war. Rudi setzte sich dort auf die erste Bank, die er entdeckte. Unsicher blickte er in die Dunkelheit und versuchte, den *Anderen* zu finden. Er konnte ihn nicht sehen. Jetzt, wo die Anwesenheit seines Gegenübers wirklich wichtig gewesen wäre, saß Rudi allein auf einer Parkbank. Er blickte auf die Uhr. Noch drei Tage und 21 Stunden.

„Wissen Sie, daß Lüneburg jahrelang eine billige Kopie von Kesch war? Der hat verzweifelt versucht, den großen Meister zu imitieren, oder besser gesagt zu fälschen. Natürlich ist ihm das nicht gelungen." Da war er wieder, und er hörte jetzt offensichtlich aufmerksam zu. Rudi war erleichtert, weil der *Andere* ihn doch noch nicht fallengelassen hatte. Jetzt war er sogar so nah vor ihm, daß Rudi ihn hätte beschreiben können, hätte ein Polizeibeamter dies von ihm verlangt.

„Lüneburg war drei Jahre lang mein Therapeut. Und Holländer hatte ich eine Zeitlang als Co. Zwischendurch hatte ich immer wieder Einzelstunden bei Kesch und an den Wochenenden tauchte er auch häufig auf. Sie können mir glauben, ich kenne alle Tricks der drei." Rudi erzählte mit einer scheinbaren Gelassenheit und wirkte innerlich gelöst, fast schon froh. Aber in seinem Kopf saß etwas, das ihn quälte, und er war sich fast sicher, was es war. Warum sprach er jetzt eigentlich ausgerechnet über die beiden Stellvertreter? Es ging in dieser wichtigen Phase nicht um Kopien, es ging um ein Original, um *das* Original. Das mußte er zerstören, und er hatte insgeheim längst Pläne geschmiedet, wie er Kesch erledigen konnte. Nervös suchte Herzog Augenkontakt zu dem *Anderen*. Hatte der sein Grübeln bemerkt? Rudi mußte ihm womöglich die ganze Wahrheit erzählen.

Herzog beugte sich ein wenig nach vorne und begann mehr flüsternd als sprechend: „Ich werde Sie jetzt umfassend informieren, Sie haben mir lange genug aufmerksam zugehört, so daß Sie ein Recht darauf haben, alles zu erfahren. Am Anfang meiner Therapie bei Kesch ging es mir besser als jemals zuvor in meinem Leben. Und wissen Sie warum? Ich hatte endlich den großen Bruder gefunden, den ich mir als Kind und vor allem als Jugendlicher so sehnlichst gewünscht habe, daß ich damals oft an Selbstmord gedacht habe, weil ich als Einzelkind aufwachsen mußte."

Rudi überlegte einen Moment, ob er nun tatsächlich noch mehr erzählen und damit auch den Rest seiner Geschichte preisgeben sollte. „Meine leibliche Mutter ist gestorben, als ich neun Jahre alt war. Keine zwölf Monate später hat mein Vater wieder geheiratet. Und meine Stiefmutter hatte einen Sohn, der ungefähr fünf Jahre älter war als ich. Aber bevor ich ihn kennenlernen konnte, hat sie ihn zu Adoptiveltern gegeben. Ich hätte endlich einen großen Bruder, oder wenigstens Halbbruder, gehabt. Und was machte meine neue Mutter, übrigens mit Zustimmung meines Vaters - sie nahm mir den Bruder weg. Ich mußte weiter allein aufwachsen. Ich mußte bis zu meinem 35. Lebensjahr warten, da kam ich zu Kesch. Und ich merkte, jetzt hatte ich endlich das, wonach ich mich bis dahin schmerzhaft gesehnt hatte. Kesch nahm mich an die Hand wie ein großer Bruder, ich durfte ihm alles erzählen, über meine Kindheit, über die Ängste als Jugendlicher, über meine Komplexe als Erwachsener. Immer spielten meine Eltern eine entscheidende Rolle in den Gesprächen. Kesch hat mich sogar oft aufgefordert, über sie zu erzählen, besonders über meine Stiefmutter."

Rudi entdeckte auf einem Elektrokasten ein paar Meter entfernt ein Plakat, das die *Zwillinge und die Blechgäng* im *Jovel* ankündigte. Er hatte die Zwillinge Gerd und Ritchie bei mehreren Konzerten erlebt, aus der Distanz eines heimlichen Fans, und sie stets beneidet. Beide hatten einen Zwillingsbruder, und das war noch reizvoller als einen großen Bruder zu besitzen.

Rudi versuchte, sich wieder an Keschs Fragen zu erinnern. Kesch hatte ihn tatsächlich geradezu gedrängt, auch die kleinsten Details aus der zweiten Familie zu schildern. Und plötzlich fiel Rudi ein, daß Kesch selber nie auch nur ein Wort über sein eigenes Elternhaus gesprochen hatte. Und warum war es damals zu diesem katastrophalen Bruch gekommen? „Es gab einen Tag, von dem an wurde ich von Kesch nur noch fertiggemacht. Ich habe ihn verzweifelt immer wieder gefragt, was sich denn plötzlich geändert hätte. Kesch hat mich nur kalt angelächelt und etwas davon gesagt, ich hätte mich schuldig gemacht. Von da an hatte ich zum zweiten Mal einen großen Bruder verloren."

Herzog schlug die Beine übereinander und dachte daran, wie gnadenlos sich seine Therapie in Keschs Praxis entwickelt hatte. „Wissen Sie, was mir nach fünf Jahren Therapie geblieben ist? Nichts. Den Kontakt zu meiner Familie mußte ich fast vollständig abbrechen, Kesch hat es befohlen und noch strenger überwacht, als bei anderen Klienten. Meine Freundin von damals hat mich verlassen, und Kesch hat nur gegrinst und behauptet, das sei wichtig für den Verlauf der Therapie. Schließlich mochten mich auch meine anderen Freunde nicht mehr sehen, weil ich mich angeblich völlig verändert hätte. Dann habe ich auch meine Arbeitsstelle aufgegeben, ich war wissenschaftlicher Mitarbeiter bei den Philosophen. Und heute kann ich mich nicht einmal bei meiner Bank sehen lassen, weil der Kassierer sich sofort auf die Geldbestände stürzt, um sie vor mir zu schützen."

Herzog sah an sich herunter. Braune Jacke, blaue Stoffhose, schwarze Schuhe, alles Kleidungsstücke, die Kesch nicht mehr angezogen hätte, weil sie bereits den Hauch von Abgetragenheit verbreiteten. Aber Herzog hatte gar keine andere Wahl, als die Abstände der Einkleidungstermine immer mehr zu verlängern, weil ihm das Geld fehlte. Kesch hatte ihn nicht nur psychisch ruiniert, sondern auch finanziell. Und *Er* hatte ihn völlig durcheinander gebracht. „Einmal bin ich zu einer Gruppensitzung zu spät gekommen, weil ich vor lauter Abwesenheit eine Busstation zu spät ausgestiegen bin und zurücklaufen mußte. Kesch hat mich zusammengeschissen. Und wissen Sie, was ich beim nächsten Termin gemacht habe, vor lauter Angst wieder zu spät zu kommen? Ich bin eine Station zu früh ausgestiegen! So weit hat dieser Mann mich getrieben!"

Auf der Habenseite konnte Herzog nur den *Anderen* verbuchen, der anfangs sehr selten, aber inzwischen immer öfter bei ihm war. „Jetzt hören Sie genau zu. Ich werde mich an Kesch rächen. Ich werde seinen Befehl ausführen, Gertrud muß also sterben. Aber Kesch wird später als Mordanstifter vor Gericht stehen, das schwöre ich Ihnen, wenn Sie wollen. Und vor dem Richter werde ich auspacken. Und Kesch wird einige Jahre im Knast Zeit haben, über das, was er Therapie nennt, nachzudenken."

Der *Andere* war weg. Hatte er die letzten Worte überhaupt noch gehört? Egal, Herzog brauchte im Moment niemanden an seiner Seite. Der Gedanke daran, daß Kesch schon bald aus dem Geschlechtsverkehr gezogen würde, putschte Herzog auf. Er erhob sich von der Parkbank und lief ein paar Meter über die Promenade. Dann tat er einen Luftsprung, und als er wieder den Boden berührte, schrie er laut „Yeah!" und „Hoja!" Jetzt war Herzog nicht mehr zu halten, er drehte sich im Kreis, fing an zu tanzen, ließ sich treiben von dem Gedanken, Kesch endlich abschütteln zu können. „Ich bringe dich ins Gefängnis!" Rudi sprang im Hopserlauf über den Asphalt, drehte sich alle paar Sekunden um seine eigene Achse und hüpfte danach weiter. „Ich bin ein Mörder!" schrie er in die Dunkelheit. „Aber der Täter bist du!"

Herzog trudelte über die Promenade und steigerte sich immer mehr in den Gedanken hinein, Gertrud zu töten, damit es Kesch erwischen würde. Wie in einem Trance-Zustand sah er sich bei Gertrud im Zimmer stehen, ein Messer in der Hand. Herzog simulierte die Einstiche, indem er seinen rechten Arm wuchtig nach vorne schnellen ließ. Er würde vermutlich mehrmals zustoßen müssen. Nach den ersten Angriffen würde Gertrud vielleicht noch entgeistert fragen, warum er ausgerechnet sie töten wolle. Und sie würde ihn wahrscheinlich anflehen, mit den Mordattacken aufzuhören. Seine Antwort würden noch mehr Einstiche sein, er mußte sich nur einfach vorstellen, das Messer würde jedesmal in Keschs Körper eindringen.

Herzog drehte sich weiter um seine eigene Achse, rannte, sprang in die Luft und wirbelte seine Arme hin und her. Inzwischen war er naß vom eigenen Schweiß, und er hechelte nach Luft wie ein Schäferhund. Schließlich blieb er völlig erschöpft stehen, ließ sich zu Boden sinken, legte sich lang auf den asphaltierten Weg und streckte Arme und Beine weit auseinandergespreizt von sich. Ein Radfahrer stoppte und fragte, ob ihm nicht gut sei. Rudi stand auf, immer noch atemlos und sagte: „Mir ist es noch nie so gut gegangen." Dann lief er los, Richtung Kanalstraße. Er mußte nach Hause, um alles vorzubereiten. „Ich muß die Dinge ordnen." Er brauchte ein Messer. Und er mußte Gertrud anrufen. Herzog schaute auf seine Uhr. „Noch drei Tage und 20 Stunden."

In seiner Wohnung setzte er sich an den Schreibtisch, holte ein Blatt Papier und einen Kugelschreiber aus der Schublade und wollte gerade anfangen, die nächsten Schritte, die er machen mußte, zu notieren. „Ich bin ein gewissenhafter Mörder, ein deutscher Mörder." Noch bevor er das erste Wort geschrieben hatte, änderte er sein Vorhaben. Natürlich durfte er seine Pläne nicht aufschreiben. Auf einmal kam ihm die Idee, zu morden, ohne eine Fährte zu hinterlassen, die zu ihm führte. Kesch würde dann sicher zu den Hauptverdächtigen zählen. Herzog überlegte, ob er ein paar Spuren so legen konnte, daß sie bei Kesch endeten. „Das Messer.

Ich kann es nicht mit einem Messer aus meiner Küche machen." Es würde ihn verraten.

Herzog legte Papier und Schreiber beiseite und dachte darüber nach, welches Mordinstrument am besten geeignet wäre, ihn selbst nicht zum Verdächtigen werden zu lassen. Er konnte Gertrud mit einem Gegenstand aus ihrer Wohnung erschlagen. Eine schwere Vase wäre sicher geeignet. „Meine Fingerabdrücke." Er konnte schließlich um diese Jahreszeit schlecht bei Gertrud mit Handschuhen auftauchen, das würde sie zweifellos stutzig machen. „Meine Hände." Er mußte wie ein Handwerker vorgehen. Mit den bloßen Händen hatte er alle Möglichkeiten. „Ein Mörder verläßt sich nur auf seine Hände." Sie mußten im entscheidenden Augenblick reibungslos funktionieren. Daher der Ausdruck fingerfertig, dachte Herzog.

Waren seine Finger fertig für solch eine Tat? „Der Balkon." Gertrud wohnte im vierten Stock. Unten war eine Terrasse, die den Boden mit hartem Waschbeton versiegelte. Das war sicherer als der Versuch, Gertrud zu erwürgen. Menschen in Todesangst entwickelten schließlich enorme Kräfte. Womöglich würde Gertrud sich wehren. „Ich stoße sie vom Balkon." Sie würde hart aufschlagen, hart genug, den Aufprall nicht zu überleben. Herzog lehnte sich zurück, weil er wußte, daß er die Lösung gefunden hatte. Darauf durfte er anstoßen, vielleicht kam der *Andere* ja dazu, sie konnten den Entschluß auch gemeinsam feiern. Herzog stand auf, holte aus dem Kühlschrank zwei Flaschen Bier und wollte sie gerade öffnen, da klingelte das Telefon.

*

Gertrud bückte sich, hob den Brief auf und überflog die ersten Zeilen. „Dies ist ein Bericht ... da ich außer ein paar Vertrauten von Kesch die einzige Person bin... ungestraft weiter ihren Psychoterror ausführen... weil ich weiß, daß du Kesch erledigen kannst." Bis zu der Stelle war sie bereits vorhin gekommen, sie zwang sich weiterlesen, obwohl sie davor Angst hatte.

„Kesch hat Andrea wie in all den anderen Fällen schamlos ausgenutzt. Er hat sie erst psychisch abhängig gemacht und dann ihre Gefühle auf ihn selbst projiziert. Ein paar Monate hatten die beiden ein Verhältnis, obwohl Andrea noch in Therapie bei Kesch war und er sogar häufig ihre Gruppe selbst geleitet hat. Vor gut zwei Jahren wurde Andrea schwanger von Kesch. Erst hat sie es ihm ein paar Wochen verschwiegen, danach hat sie es erzählt, weil sie die Illusion hatte, sie könnte mit Kesch eine Familie gründen.

Kesch hat sie nicht nur zurückgewiesen, er hat auch eine Abtreibung verlangt. Ansonsten würde er dafür sorgen, daß Andrea in eine geschlossene Anstalt eingeliefert würde. Andrea hat sich geweigert, das Kind abzutreiben und gedroht, Keschs Vaterschaft notfalls einzuklagen. Blind gemacht, wie sie war, wollte sie ihn damit an sich binden. Das war ihr Verhängnis.

Kesch hat damals beschlossen, Andrea umzubringen. Er hatte sie schon vor der Schwangerschaft dazu gebracht, mit ihrem Wagen freihändig über die Autobahn zu fahren. Andrea hat es ein paarmal ausprobiert und war damals wie besessen von dem Gefühl. Sie hat es allen in ihrer Gruppe erzählt, deswegen war es nicht schwer, ihr einen Unfall anzuhängen. Mir hat sie aber damals erzählt, daß sie seit der Schwangerschaft plötzlich Angst davor gehabt hat, freihändig über die Autobahn zu rasen und es wegen des Kindes nicht mehr machen würde. Trotzdem ist Andrea zwischen Münster und Dortmund vor einen Brückenpfeiler gefahren, sie und ihr Kind waren sofort tot.

Ich habe später ein Gespräch zwischen Kesch und seinen engsten Vertrauten belauscht. Daraus ergab sich folgendes Bild: Lüneburg war nicht mehr als ein Lakai von Kesch und hatte fürchterlich Angst, aus dem Laden rausgeschmissen zu werden. Deswegen hat Lüneburg seine Chance gesehen, als Kesch ihn aufgefordert hat, Andrea aus dem Weg zu räumen. Lüneburg hat angeboten, an der Lenkung von Andreas Wagen etwas manipulieren zu lassen. Genau das ist ein paar Tage später passiert. Ungefähr zwei Monate danach hat Kesch Lüneburg trotzdem rausgeschmissen und ihm damit gedroht, den Mord auffliegen zu lassen, Lüneburg hatte nämlich den Fehler gemacht, Kesch schriftlich über den erfolgreichen Mord zu informieren ..."

Die Buchstaben zerflossen vor Gertruds Augen. Verzweifelt versuchte sie, den letzten Satz nochmals zu lesen. „...Fehler...Kesch...Mord..." Gertrud holte mehrfach tief Luft und hämmerte sich ein, daß sie wieder ruhig werden mußte. Lüneburg hatte schwarz auf weiß einen Mord gestanden. Das wußte Gertrud längst, denn sie hatte bis vor wenigen Stunden eine Kopie von dem Schreiben besessen. Aber sie hatte nicht geahnt, daß es dabei um den Mord an Andrea ging, weil Lüneburg ihren Namen nicht erwähnt hatte.

Gertrud versuchte, sich an den Wortlaut des Briefes zu erinnern. Lüneburg hatte etwas davon geschrieben, er habe die Person so sauber beseitigt, daß die Leiche schon kurz nach dem Tod von der Staatsanwaltschaft freigegeben worden war, ohne weitere Untersuchungen. Da war noch etwas gewesen, genau, ein Name. Ein Staatsanwalt Robert M. war erwähnt worden, der bei der raschen Erledigung der Formalitäten mitgeholfen hatte. Und Lüneburg hatte fein säuberlich und deutlich erkennbar den Brief unterschrieben.

„Der Brief.“ Eine Kopie davon, die sie sich heimlich besorgt hatte, fehlte jetzt in ihren Unterlagen. Irgend jemand mußte tatsächlich hier gewesen sein und ihn mitgenommen haben. Es kam nur eine Person in Frage. „Lüneburg ist der Mann in meiner Wohnung.“ Gertrud erstarrte plötzlich wieder und traute sich kaum zu atmen. Hatte sie ihm damals nicht ihren Wohnungsschlüssel geliehen? Genau, so war es gewesen. Sie war zehn Tage in Urlaub gefahren und hatte Lüneburg ihren Schlüssel überlassen, weil der in ihrer Abwesenheit zwei Freunde für ein paar Tage in Gertruds Wohnung unterbringen wollte.

Hatte Lüneburg sich einfach einen Nachschlüssel anfertigen lassen? Hatte er ihren Schlüssel überhaupt zurückgegeben? Schließlich hatte sie kurze Zeit später ein paar Monate ein Verhältnis mit Lüneburg gehabt. War der Mann jetzt noch nebenan? Sie hatte vorhin deutlich ein Geräusch im Flur gehört. Oder war es aus der Küche gekommen oder aus dem Bad? „Ich habe mich getäuscht.“ Sie wollte auf die Tür zugehen und dahinter nachsehen, um endlich Klarheit zu haben, aber im selben Moment war sie sich nicht mehr sicher, daß sie sich getäuscht hatte. Vielleicht war Lüneburg wirklich noch in der Wohnung. Und er war im Besitz ihres wichtigsten Beweisstückes gegen ihn selbst und gegen Kesch. „Er wird mich umbringen. Er muß mich umbringen.“

Auf einmal hatte Gertrud die rettende Idee. Sie konnte Lüneburg anrufen, vielleicht war er zu Hause und sie hatte sich alles nur eingebildet. Der Brief würde sich nachher womöglich in einem anderen Ordner finden. Gertrud wählte Lüneburgs Nummer, die sie noch auswendig kannte. Das Freizeichen. Wenn er gleich abnahm, würde sie ihn zur Rede stellen. Wieder das Freizeichen. Wenn er gerade im Bad war, konnte es einen

Moment dauern, bis er das Telefon erreichen würde. Wieder das Freizeichen.

Gertrud knallte mit einer blitzartigen Bewegung den Hörer auf die Gabel. „Wenn ich ihn zur Rede stelle, warne ich ihn.“ Dann würde er alles daran setzen, sie möglichst rasch aus dem Verkehr zu ziehen. Gertrud seufzte erleichtert und war heilfroh, daß ihr dieser rettende Gedanke noch rechtzeitig gekommen war. Ihr war einen Moment lang, als sei gerade eine schwere Last von ihr gefallen, als sei etwas soeben noch einmal gut gegangen. Sie stand auf und bückte sich nach den Ordnern, um alle gründlich durchzusehen. Da spürte sie einen Stich in der Herzgegend.

„Wenn Lüneburg hier war und den Brief genommen hat, weiß er, daß ich weiß, daß er ein Mörder ist.“ Gertrud wollte „Hilfe“ schreien, aber aus ihrem Mund kam nur ein schwacher, quietschender Ton. Blanke Angst packte sie und ließ sie frieren. Mit zittrigen Fingern wählte sie die Rufnummer von Silke Rodig, drückte aber wieder auf die Gabel und tippte Rudis Nummer ein.

*

Herzog vergaß die zwei Flaschen Bier vor sich und nahm den Telefonhörer ab.

„Rudi, bist du es?“ fragte eine schwache, weibliche Stimme, die er nicht sofort erkannte.

„Wer ist denn da?

„Ich bin es, Gertrud. Du mußt vorbeikommen, bitte, ich flehe dich an, komm so schnell du kannst.“

Rudi war für einen kurzen Augenblick völlig verwirrt. Das ging entschieden zu weit und zu schnell. Das Opfer konnte nicht einfach seinen Mörder anrufen und zu sich bestellen. Der Gedanke brachte Rudi aus dem Konzept. Er war noch nicht fertig mit seinen Planungen. Gertrud sollte frühestens morgen sterben, nicht heute.

„Ich kann jetzt noch nicht, aber morgen wäre es gut", sagte Rudi.

„Nein, bitte nicht, du mußt mir helfen. Rudi, komm sofort, ich bin in Lebensgefahr."

Das konnte er natürlich nicht abstreiten. Aber woher wußte Gertrud es? Rudi zögerte einen Moment und dachte darüber nach, ob es nicht ohnehin besser wäre, die Sache unverzüglich zu erledigen. Eigentlich waren seine Pläne ja bereits abgeschlossen. Er brauchte weder ein Messer noch ein Paar Handschuhe. Und insgeheim tendierte er dazu, die Sache so schnell wie möglich hinter sich zu bringen.

„Ich komme vorbei, in zehn Minuten bin ich da."

„Danke, aber beeil dich wirklich, ich halte es nicht mehr aus."

„Ja". Rudi legt den Hörer auf, zog seine Jacke an und verließ die Wohnung. Vor dem Haus schloß er sein Fahrrad auf und fuhr los. „Auch Mörder strampeln sich ab." Wie absurd dieser Gedanke war, dachte er im nächsten Augenblick und bog in die Warendorfer Straße ein, in der Gertrud wohnte.

Kurz darauf stand er vor ihrer Tür und klingelte. Er hörte ein lautes Geräusch, als würde jemand Möbel verrücken. Dann wurde die Tür aufgerissen. Vor ihm stand Gertrud, die Haare zerzaust, die Augen verweint. In der rechten Hand trug sie eine große Vase, die sie plötzlich zu Boden fallen ließ, bevor Gertrud in seine Arme fiel und schluchzte. Rudi spürte ein seltsames Kribbeln in seinen Händen. „Der Mörder ist kurz vor dem Ziel."

Zwanzig Minuten später saßen beide im Wohnzimmer. Gertrud hatte Rudi erzählt, welche Vermutung sie an diesem Abend in Todesangst versetzt hatte. Gemeinsam hatten sie die Wohnung nach einer dritten Person durchsucht, ohne etwas zu finden. Rudi musterte die Frau und dabei fiel ihm sein eigentlicher Auftrag wieder ein. „Ich muß natürlich stehen und sie muß sitzen." Rudi stand auf und blieb ein paar Sekunden unschlüssig stehen. Wie kam er plötzlich darauf, daß es hier im Raum geschehen sollte? Hatte er nicht inzwischen ganz andere Pläne gemacht? „Sie muß unten hart aufschlagen."

„Was ist mit dir, Rudi?" fragte Gertrud. „Du schaust mich so komisch an. Laß das, da kriege ich ja Angst."

„Ich brauche frische Luft, komm mit auf den Balkon."

Er öffnete die Tür, die nach draußen führte, und trat hinaus. Die Luft war noch warm vom Tage, und während Rudi einmal tief einatmete, sah er den Mond. Vollmond. Rudi suchte mit seinen Augen angestrengt nach Wolken am Himmel, konnte aber nur wenige entdekken. Das Mondlicht fiel in die Gärten unter ihm, und Rudi konnte die Konturen von Bäumen, Büschen, Sandkästen und Zäunen deutlich erkennen. Es war schon weit nach Mitternacht, aber in einem Haus gegenüber saßen noch Leute auf einem Balkon. „Gegenüber steht ein Mann auf einem Balkon", würden sie vielleicht gerade sagen.

Rudi zuckte zusammen, als Gertrud ihm auf die Schulter tippte, und drehte sich blitzschnell um. Vor ihm stand jetzt sein Opfer, aber Rudi erkannte in diesem Augenblick, daß er einen fatalen Fehler gemacht hatte. Warum war er vorausgegangen? Jetzt berührte er mit dem Rücken das Geländer und Gertrud hätte vielleicht sogar die Möglichkeit gehabt, ihn mit einer überraschenden Attacke hinunterzustürzen. Stattdessen blickte sie an ihm vorbei und sagte: „Guck mal, der Mond."

Rudi überlegte fieberhaft, wie er seine Position verändern konnte, ohne Verdacht zu erregen. „Der Mörder und sein Opfer müssen sich um 180 Grad drehen." Wie zwei Figuren in einer Spieluhr, bei der eine automatisch im Innern verschwindet, wenn die gegenüberliegende heraustritt. Rudi wollte sich gerade langsam nach vorne bewegen und dabei leicht drehen, da erst spürte er, daß seine Hände das Balkongeländer umklammerten und feucht geworden waren. Holländer hatte Recht, er war ein Versager. Er hatte eine riesige Chance verpatzt, nur weil er in die falsche Position gegangen war und dort jetzt festhing.

Seine Gedanken sprangen wild durcheinander. „Was sollte ich denn machen? Die Leute gegenüber konnten uns sehen. Der Mond schien hell. Ich konnte Gertrud nicht einfach packen und ans Geländer stellen, sie hätte geschrien." Rudi erschrak, als ihm klar wurde, daß er sich gedanklich gerade bei Kesch entschuldigte. Und daß er, seit Gertrud nach draußen gekommen war, innerlich froh war, daß sich die Umstände unmordsmäßig entwickelt hatten. Er konnte die Tat auch auf morgen verschieben, würde alles noch einmal planen, diesmal bis ins letzte Detail.

Gertrud machte zwei Schritte schräg nach vorne und stand plötzlich keine dreißig Zentimeter von Rudis linker Hand entfernt. Mit dem Bauch berührte sie das Balkongeländer, legte ihre Hände darauf und beugte den Oberkörper ein wenig nach vorn. Ihre Beine standen auf festem Grund, aber Brust und Kopf ragten jetzt über die Absperrung hinaus. Rudi ließ mit der rechten Hand das Geländer los und drehte sich gegen den Uhrzeigersinn um 90 Grad, bis ihre beiden Körper eine Figur bildeten, die von weitem wie ein breitgezogenes T wirkte. Im Augenwinkel sah Rudi, daß sich Wolken vor den Mond geschoben hatten. Im Haus gegenüber war das Licht auf dem Balkon erloschen. Rudi erkannte noch ganz schwach die Konturen von Bäumen und Zäunen schräg unter ihnen, bevor sie verschwammen. Aus seinem Magen stieg ein galliges Gefühl hoch. Dann hob Rudi die rechte Hand und drückte sie fest auf seinen Mund.

Als er über der Toilette kniete, mußte er sich mehrfach übergeben. Danach fühlte er sich besser und stark genug, seinen Plan jetzt auszuführen. Rudi dachte an Keschs Worte von damals: „Ich will dich pissen sehen!" Jetzt hörte er in Gedanken wieder seinen früheren Meister sprechen: „Ich will dich töten sehen!" Er würde gleich töten müssen, aber nicht, weil er Kesch noch hörig war, sondern weil er ihn endlich vernichten wollte.

Rudi sah in den Spiegel und ballte seine Hände zu Fäusten. Er fühlte sich stark, und zum ersten Mal an diesem Abend spürte er eine Kraft in sich, die ausgereicht hätte, Gertrud und Kesch gleichzeitig über die Balkonbrüstung zu stürzen. Rudi öffnete die Badezimmertür, ging durch den Flur ins Wohnzimmer und schritt zielstrebig auf die halbgeöffnete Balkontür zu, die er mit einem Ruck ganz aufriß. Keine Sekunde später stand Rudi direkt vor Gertrud und hatte das Gefühl, sie sei Lichtjahre vom Geländer entfernt. Gertrud lehnte neben der Tür mit dem Rücken an der Hauswand, in der Dunkelheit sah es aus, als sei sein Opfer mit dem Mauerwerk verwachsen.

Seit sie nach draußen gegangen waren, hatte sie nicht viel gesagt. Jetzt spürte Gertrud ein starkes Verlangen, mit Rudi zu sprechen.

„Willst du nicht endlich aussteigen aus dem Laden?"

Gertrud wartete die Antwort nicht ab. „Ich habe Angst, das sind Leute, die gehen über Leichen. Die haben sich ein kleines Sektenimperium aufgebaut, und sobald das ganze ins Wanken gerät, schlagen die gnadenlos zurück. Weißt du, daß gegen Kesch bei der Staatsanwaltschaft ermittelt wird?"

Gertrud machte eine Pause und dachte daran, wie sie vor kurzem die Ermittlungsbehörden eingeschaltet hatte. Heute wußte sie nicht mehr genau, ob sie diesen Schritt bereuen sollte oder nicht. Die Tatsache, daß jemand in ihre Wohnung eingedrungen war, daß diese Person wahrscheinlich Lüneburg gewesen war, hing wie eine schwere Last über ihr, die auf sie zu stürzen drohte.

„Rudi, du mußt aussteigen und mußt mir helfen. Ich weiß sonst kaum jemanden, dem ich vertrauen kann. Weißt du noch, unser erstes gemeinsames Wochenende im Sauerland? Wir waren wie betäubt, wie im Rausch."

„Wir waren betäubt, Kesch hat uns alle betäubt", sagte Rudi.

„Du weißt, daß Andrea ermordet worden ist, von Lüneburg, auf Befehl von Kesch?"

„Ich weiß, sie hat quergeschossen und ist gefährlich geworden."

„Ich bin auch gefährlich geworden, Rudi. Ich war mitten drin im Allerheiligsten, ich war die Geliebte von Kesch, ich weiß soviel über das Imperium, daß ich zwanzig Leute hochgehen lassen könnte. Seitdem ich ausgestiegen bin, bin ich für die wahrscheinlich ein ständiger Alptraum."

„Was weißt du denn alles?"

„Fast alles, wie die arbeiten und Leute ködern. Wie die ihr Schwarzgeld waschen. Daß die so eine Art Geheimdienst aufgebaut haben, der die Klienten überwacht und einschüchtert, falls nötig. Ich kenne auch die wichtigsten Verbindungsleute. Bei der Steuerfahndung sitzt ein Top-Informant. Beim Gesundheitsamt haben sie einen, der dafür sorgt, daß die Qualifikationen der angeblichen Psychologen nicht überprüft werden. Bei der Handwerkskammer wird Kesch hofiert und als psychologisch versierter Unternehmensberater weitergereicht. Bei den Krankenkassen haben die ihre Leute, die dafür sorgen, daß ein Großteil der Therapien von dort bezahlt wird. Rudi, das ist wie eine kleine Mafia, und ich bin in ihren Augen eine Verräterin."

„Verräter werden von der Mafia liquidiert", dachte Rudi und plötzlich fiel ihm sein eigentlicher Grund wieder ein, weshalb er überhaupt zu Gertruds Wohnung gefahren war. Warum hatte er sich bloß dermaßen davon ablenken lassen. Gertrud stand längst nicht mehr mit dem Rücken zur Wand, sie war wieder zwei Schritte nach vorne gegangen, hatte ihre Hände auf das Geländer gelegt und den Oberkörper und Kopf erneut vorgebeugt. Draußen war es noch dunkler und stiller als vorhin. Rudi wäre am liebsten hinter Gertrud getreten, um sie über das Geländer zu stoßen, aber bevor er den entscheidenden Schritt machen konnte, fing sie wieder an zu reden.

„Kennst du den Charly genauer, ich habe mich immer gefragt, welche Rolle der spielt? Charly ist der einzige, von dem ich nicht viel weiß. Irgendwie hat der sich immer zurückgehalten, aber irgendwie hat er auch immer zum inneren Zirkel gehört."

In dem Punkt mußte Rudi passen, aber das spielte in dieser wichtigen Situation keine große Rolle. Wenn Gertrud jetzt endlich aufhören würde zu reden, würde er zuschlagen. „Ich kann sie nicht mitten im Satz herunterstoßen." Womöglich würde sie noch während des Sturzes weiterfragen: „Weißt du was über Charly oder nicht?" Den Gedanken daran fand Rudi abstoßend, und er wartete noch einen Augenblick in der Hoffnung, daß Gertrud ein paar Sekunden schweigen würde.

„Rudi, wenn ich dir einen Auftrag erteile, wirst du ihn ausführen?"

Rudi stand vor Gertrud wie gelähmt. Einen Meter trennten die beiden Körper, und er war im Moment nicht in der Lage, die kurze Distanz zu überwinden und Keschs Untergang zu besiegeln. „Ich habe bereits einen

Auftrag", dachte Rudi und fragte: „Was für ein Auftrag?"

Gertrud drehte sich um und stand jetzt mit dem Rükken zum Geländer. Sie zog einen Brief aus ihrer Hosentasche und reichte ihn Rudi. „Wenn mir etwas passieren sollte, dann gib dies hier persönlich bei Silke Rodig ab. Die leitet die psychologische Beratungsstelle *Rückenwind*. Die kennst du doch, oder?"

„Ja, flüchtig. Was soll dir denn passieren?"

„Rudi, wie naiv bist du eigentlich? Meine Aussage bei der Staatsanwaltschaft kann Kesch Jahre in den Knast bringen. Meinst du, der unternimmt nichts dagegen?" Gertrud hatte sich jetzt wieder umgedreht und Rudi sah, daß bereits ein Teil ihres Körpers über das Geländer ragte.

Rudi bemühte sich krampfhaft, locker zu sprechen. „Doch, Kesch wird was gegen dich unternehmen. Aber ich weiß, wie wir ihn ins Gefängnis kriegen."

8.

Kesch saß an seinem Schreibtisch, hielt den Brief in der Hand und spürte, wie Angstschweiß langsam die Oberfläche seines Körpers bedeckte. Auf der Stirn, unter den Achseln, in den Handflächen, auf dem Rücken. Es war keine Todesangst, das merkte er innerlich. Es war die Angst davor, die totale Kontrolle über sein Imperium zu verlieren, auf die er immer äußersten Wert gelegt hatte. Wenn er ehrlich war, und er selbst war die einzige Person, zu der er ehrlich war, hatte er diese Kontrolle schon ein Stück verloren, weil jemand sich gegen ihn auflehnte, ihn bedrohte, ihn zur Reaktion zwang. Seit mehr als fünfzehn Jahre war er es gewohnt, uneingeschränkt zu agieren. Er hatte sich Kronprinzen herangezüchtet und sie an der langen Leine gehalten, um ihnen das befriedigende Gefühl zu geben, sie handelten aus eigenem Antrieb heraus. Tatsächlich hatte er ihnen diese vorgetäuschte Freiheit gelassen, um sich jederzeit von seinen Kronprinzen distanzieren zu können, für den Fall, daß es Schwierigkeiten mit den Justizbehörden geben würde.

Aber, verdammt, er hatte immer die Leine in der Hand gehalten, sie wahlweise etwas angezogen oder gelockert. Und nie hatte es jemand gewagt, die Leine an sich zu reißen, geschweige denn zu zerschneiden. Aber jetzt war der Augenblick gekommen, vor dem er sich immer fürchterlich geängstigt hatte. Auf einmal war er nicht mehr ganz Herr des Geschehens, das machte ihn total verrückt. Jemand bedrohte und erpreßte ihn, eine Person, die ihn offenbar genau kannte. Anders war die Tatsache nicht zu erklären, daß diese Person ihn unter Druck setzte, ohne konkrete Vorwürfe zu erheben. Diese Person drohte, sein Lebenswerk ans Tageslicht zu zerren, und Kesch wußte, daß dies für ihn hinter Gittern enden würde. Viel schlimmer war, daß die andere Person das offenbar ebenso wußte, und nicht nur das. Sie wußte anscheinend auch, daß eine pauschale Drohung ausreichte, ihn, Kesch, mit den Nerven fertigzumachen.

Kesch nahm den Brief erneut in die Hand und las. „DU WEISST WENN ICH WILL WIRST DU BALD EINGEHEN ICH KANN JEDERZEIT ALLES AUSPACKEN ODER DAS VERFAHREN EINSTELLEN WENN DU ZAHLST ICH VERLANGE EINE MILLION BIS ZUM 4.8. DU HÖRST VON MIR WANN ICH DAS GELD ÜBERNEHME." Kesch lief rot an, als er den Brief zum wiederholten Mal las. Wer immer das geschrieben hatte, die Person war gefährlich und dreist. Die Person hatte sich nicht einmal die Mühe gemacht, einen neuen Brief aufzusetzen. Sie hatte lediglich das erste Drohschreiben kopiert und durch ein paar zusätzliche Worte ergänzt. „DU WEISST". Die Person war sich absolut sicher, daß er den ersten Brief erhalten und, was viel beunruhigender war, ernstgenommen hatte. „WANN ICH DAS GELD ÜBERNEHME". Diese Person verlangte nicht nur, sie war sich schon sicher, daß sie das Geld erhalten, übernehmen würde.

Übernehmen, das klang so, als müsse er sein Imperium auf jemand anderen überschreiben. Kesch tobte innerlich und schwitzte noch mehr. Die Person hatte den Brief in Münster abgeschickt, quasi vor seiner Haustür aufgegeben. Die Person hatte es nicht einmal für nötig befunden, Spuren nach außerhalb von Münster zu legen. Die Person. Warum dachte er pausenlos an eine unbestimmte Person, hatte er nicht längst deren Identität ausgemacht? „Die Person ist womöglich gar nicht Gertrud." Kesch merkte in diesem Augenblick, daß er krampfhaft über eine Person nachgedacht hatte. Aber eben nur über eine Person, nicht über Gertrud. War sie es vielleicht gar nicht, die ihn bedrohte und enthaupten wollte? „DAS VERFAHREN EINSTELLEN".

„Charly, du kleines, mieses Schwein. Natürlich, ein Staatsanwalt leitet Verfahren ein - und er stellt sie ein." Eigentlich war er sich bei Charly nie richtig sicher gewesen. Und Charly gehörte zu den wenigen Personen, die wußten, daß er, Kesch, eine Million problemlos zahlen konnte. Kesch drückte die Ruftaste und befahl seiner Sekretärin Babsi, sämtliche Bilanzen der letzten fünf Jahre zu kopieren. „Und zwar beide, die grünen und die schwarzen. Und ich möchte die Akte Charly haben, komplett, alles, was wir bisher über ihn gesammelt haben."

*

Silke Rodig schüttelte die Hand von Hauptkommissarin Else Frohwein und setzte sich ihr direkt gegenüber auf einen Stuhl. Die Chefin der Sitte war schätzungsweise Ende vierzig, hatte einen dunklen, frechen Kurzhaarschnitt und trug über einer roten Bluse eine Jeansweste. „Sympathische Erscheinung", dachte Silke Rodig und sagte: „Ich hatte Ihnen schon am Telefon erzählt, daß ich die Psychologische Beratungsstelle in Münster leite. Zu uns sind in den letzten Monaten einige Frauen gekommen, die alle ziemlich miese Erfahrungen mit einem bestimmten Therapeuten gemacht haben. Da ist es offenbar auch zu sexuellem Mißbrauch gekommen."

„Reden Sie zufällig über einen Therapeuten, der seine Praxis im Erpho-Viertel hat?" fragte Else Frohwein.

„Sie kennen ihn also?"

„Nicht persönlich, aber bei mir waren auch schon Frauen. Das erste Mal vor drei oder vier Jahren."

„Wie bitte?!" Silke Rodig war total überrascht und fragte: „Was haben Sie denn unternommen?"

„Eine Menge natürlich. Wir haben brav Protokolle geschrieben, wir haben versucht, den Frauen wirklich zuzuhören. Wir haben sogar die Staatsanwaltschaft eingeschaltet. Mein Kollege hat mehrere Gespräche mit einem Herrn Robert Meininger geführt, aber das konnten wir vergessen, die Sachen sind..."

„Moment mal, Entschuldigung, haben Sie gerade Robert Meininger gesagt?" fragte Silke Rodig. „Ist der Staatsanwalt?"

„Ja, kennen Sie ihn?"

„Kennen ist gut, das war mein Mann, wir haben ein Kind zusammen. Vor sechs Jahren haben wir uns getrennt, aber er nimmt regelmäßig unsere Tochter zu sich, deswegen haben wir alle paar Wochen Kontakt."

„Ist ja interessant, wie klein Münster ist. Wir haben Ihren Ex laufend informiert, wenn wieder eine Frau bei uns aufgetaucht ist und ihre haarsträubenden Geschichten erzählt hat. Aber der Kollege Staatsanwalt konnte genauso wenig unternehmen wie wir. So ungefähr vor einem Jahr hat er den Buchstaben K wohl abgegeben, das heißt, er ist damals irgendwie die Treppe hochgestiegen. Jetzt kümmert sich ein Kollege um unsere Informationen."

„Wieso konnten Sie nie was unternehmen, die Vorwürfe sind doch schlimm, da werden Frauen reihenweise mißbraucht, das läuft immer nach dem gleichen Schema ab. Vertrauen aufbauen, die Zwangslage der Klientinnen erkennen und knallhart ausnutzen. Die werden reihenweise flachgelegt, und wenn die Frauen merken, was mit ihnen passiert ist, kommt der große Zusammenbruch. Wissen Sie, daß viele aus der Praxis Kesch in der Klapse landen oder versuchen, sich umzubringen?"

„Ich weiß", sagte die Kommissarin. „Wir haben hier offensichtlich die gleichen oder zumindest ähnliche Fälle gehabt. Mir ist das Strickmuster bekannt. Erst werden die Leute beeindruckt und dann ausgezogen, auch finanziell. Aber kennen Sie die Rechtslage? Therapeuten, die mit ihren Klientinnen ins Bett gehen, machen sich nicht strafbar. Es gibt dafür keinen Paragraphen im Strafgesetzbuch."

„Moment", sagte Silke Rodig. „Strafbar ist der sexuelle Mißbrauch von Widerstandsunfähigen, ist extra ein Paragraph im Strafgesetzbuch, 179. Im einschlägigen Kommentar steht, daß das auch für psychisch schwer Kranke gilt."

„O.K., Sie sind gut informiert. Aber der Kommentar meint in erster Linie Widerstandsunfähige im Sinne von narkotisiert oder behindert. Mir ist nur ein Fall bekannt, in dem in Deutschland ein Therapeut wegen sexuellen Mißbrauchs von Klientinnen verurteilt worden ist. Das war in Koblenz. Sie müssen sich das mal in der Praxis vorstellen. Ohne die konkrete Aussage des Opfers läuft gar nichts. Und wenn die Frauen vor Gericht aussagen würden, sie seien zum Zeitpunkt des Mißbrauchs psychisch schwer krank gewesen, dann kommt der Anwalt von Kesch und erklärt sie für verrückt und nicht zurechnungsfähig."

„Also ist juristisch nichts drin?"

„Ich fürchte, zumindest im Fall Kesch wird es schwer. Die Frauen, die bei mir waren, hatten alle Angst, als Zeuginnen vor Gericht öffentlich aufzutreten. Es gab einen Fall, da hat ein Journalist mißbrauchte Klientinnen interviewt und ihre anonymisierten Aussagen in einem Radiobeitrag veröffentlicht. Der ist von dem betroffenen Therapeuten sofort verklagt worden. Und als sich der Journalist vor Gericht geweigert hat, seine Informanten namentlich zu benennen, hat ihn das Gericht verurteilt. Begründung: Er könne seine Vorwürfe nicht mit Zeugenaussagen vor Gericht belegen."

„Wo war das?"

„In Frankfurt. Sie müssen das so sehen. Der Journalist hat zum Beispiel den Nervenarzt einer geschädigten Klientin als Zeugen benannt. Der hätte unter Berufung auf seine Schweigepflicht den Fall seiner Patientin haargenau schildern können, ohne den Namen preiszugeben. Und was hat das Gericht gemacht? Es hat den Arzt gar nicht erst gehört. Es hat argumentiert, der Journalist müsse seine Informanten schon selbst auftreten lassen, in aller Öffentlichkeit. Der Pressemensch hätte damit den Informantenschutz aufgeben müssen, wozu er nicht bereit war."

„Das heißt im Umkehrschluß: Wenn ich als Therapeut meine Klientinnen nicht nur mißbrauche, sondern auch so sehr einschüchtere, daß sie vor Gericht den Mund halten, bin ich außen vor?"

„Ja, leider", sagte die Kommissarin. „Kesch ist so ein typischer Fall, bei dem man den Beschuldigten nur über andere Schienen packen kann, zum Beispiel Betrug beim Abrechnen mit Krankenkassen."

„Aber das ist doch gemessen daran, was der Kerl macht, ein Kavaliersdelikt."

„Wem sagen Sie das? Aber ich kann Ihnen nicht weiterhelfen. Trotzdem würde ich mich freuen, wenn wir Kontakt halten würden."

„Auf jeden Fall", sagte Silke Rodig. „Meine schriftlichen Berichte haben Sie ja. Wie hat denn damals mein Ex-Mann reagiert, hat der wenigstens was versucht?"

„Der war sogar sehr interessiert, aber letztlich sah Herr Meininger genauso wenig Möglichkeiten wie wir, etwas zu unternehmen. Er hat jedenfalls sämtliche Protokolle angefordert und uns mehrfach dazu Stellungnahmen geschickt."

Silke Rodig verabschiedete sich, ging die Treppe hinunter und stand kurz danach vor dem Gebäude der Kriminalpolizei. Einen Moment blieb sie stehen. Sie hatte das Bedürfnis, sofort irgend etwas zu unternehmen, das sie in der Sache weiterbringen könnte. „Ich werde mich bei Kesch als Klientin anmelden."

*

„Ich möchte, daß du sofort Holländer und Giesi in mein Büro bestellst!" befahl Kesch Barbara Meier über die Gegensprechanlage. „Und wenn sie nicht zu erreichen sind?" fragte die Sekretärin am anderen Ende mit leiser Stimme. „Dann rufst du sie über ihr Handy an und holst sie her."

„O.k., Hans, was ist mit deiner Gruppe um 17 Uhr? Die Leute kommen gleich."

„Sag der Hunberg Bescheid, die soll die leiten. Die hat schließlich genug von mir gelernt. Und komm mal rüber. Ich brauche ein paar Titten."

Aus der Sprechanlage kam keine Reaktion mehr. Kesch lehnte sich in seinem Ledersessel zurück, aber er konnte sich nicht richtig entspannen. Wenn er jetzt alles aufgeben würde, einfach abhauen? Er konnte gar nicht weg, das wußte er am besten. Längst war die Macht über andere Menschen zu seiner Sucht geworden. Und er merkte auf einmal, daß nicht allein seine Klientel von ihm abhängig war. Auch er war ihr ausgeliefert, weil er nicht darauf verzichten konnte, diese anderen Menschen hörig zu machen.

Und nun war er in eine Situation gekommen, von der er zwar häufig geträumt, aber die er nie ernsthaft durchdacht hatte. Jemand erpreßte ihn und die Staatsanwaltschaft ermittelte. Beides hieß noch nicht, daß er am Ende war. Nur mußte er ernsthaft überlegen, auf wen er sich noch verlassen konnte. Babsi war die einzige, die bisher beide Drohbriefe kannte. „Was sie wohl denkt? Ist sie immer noch willig?"

Barbara Meier trat ein, ohne zu klopfen. Sie trug diesen Schottenrock und eine weiße Bluse, und spätestens ihre dunkle Hornbrille machte sie zu seiner Sekretärin. Damals war sie zu ihm gekommen, als Klientin, und er hatte eine Veränderung bei ihr herbeitherapiert. Kesch dachte zurück. Babsi, seinerzeit 33, Beziehungskrise, Probleme im Job, kinderlos, in ihrer Wohnung die Dominanz der rechten Winkel, und dazu noch die fehlgeschlagene Abnabelung vom Elternhaus. Sie war der Prototyp von Klientin, und er hatte es geschafft, aus der verklemmten Barbara eine passable Babsi zu formen. Selbstgefällig, egoistisch, ein future-Typ, der seine Ellbogen benutzt und Arme und Kranke verachtet. Kesch wußte, daß Babsi nur einen Guru akzeptierte, und das war er selbst. „Eine der wenigen Personen, auf die ich mich jetzt noch verlassen kann."

Kesch setzte sich kerzengerade hin. Einen Moment war er sich bei Babsi nicht mehr ganz sicher, die immer noch an der Bürotür stand. Sie war vor ungefähr zwei Jahren zu ihm gekommen, und er hatte sie von einer I-Männchen-Klientin zügig zu seiner Privatsekretärin aufsteigen lassen, ohne jemals ihren Ausweis gesehen zu haben. „Jetzt fange ich an zu spinnen." Kesch versuchte sich genau zu erinnern. Er sah sie vor sich, wie sie das erste Mal sein Büro betreten hatte. Ziemlich verschüchtert war sie hereingekommen, und er konnte sich noch gut an ihre schweißnasse Hand erinnern, die sie ihm zögernd entgegenstreckte. Sie hatte ihn auf Anhieb an Andrea erinnert, die Gesichtszüge und auch ihre Bewegungen und die Mimik waren verblüffend ähnlich. Vielleicht hatte er sie deswegen von Anfang an bevorzugt behandelt, weil sie für ihn Andrea wieder ein bißchen lebendig gemacht hatte. Babsi war damals aus Köln nach Münster gezogen, nachdem ihr langjähriger Freund sie verlassen hatte. „Hat sie mir erzählt."

Kesch hatte das selten zum Thema in der Therapie gemacht. Er hatte noch nie ein Interesse gehabt, die tatsächlichen Gründe seiner Klientinnen für den Schritt in eine Therapie anzugehen. Das lenkte im allgemeinen zu sehr von seinen Vorstellungen ab, wonach jede Person, die zu ihm kam, ein potentielles Rädchen in seinem Imperium war. Deswegen hatte Kesch wenig über Babsis damalige Probleme erfahren, und das ärgerte ihn jetzt. Warum hatte er sich nie ernsthaft mit Babsis Vergangenheit beschäftigt? Und warum hatte sie nie darauf gepocht, an den Dingen zu arbeiten, weswegen sie zu ihm gekommen war? Einerseits kam ihm das auf einmal verdächtig vor, andererseits reihte es sich nahtlos in sein therapeutisches Strickmuster ein.

Er hatte immer nur ihre Zukunft aufgebaut, und die war geprägt von seinen eigenen Wünschen. In den meisten Fällen funktionierte das prächtig, aber im Fall Babsi störte es ihn, daß er zwar alles über seine Privatsekretärin, aber fast nichts über Barbara Meier wußte. Während sie verdammt viel über ihn erzählen konnte. Über seine Potenz, seine Schwarzgeschäfte, seine versteckten Beteiligungen, seine Helfer in wichtigen Positionen. Sogar den Stand auf den Schweizer Konten kannte sie besser als er selbst. Und sie wußte als einzige Person, daß er Ängste hatte. Er hatte es ihr verraten, vor ungefähr drei Monaten, weil er sich endlich einmal aussprechen wollte. Seine Angst davor, daß irgendwann eine Klientin nicht mit ihm ins Bett gehen würde, weil sie seine dürren, etwas krummen Beine abstoßend fand. Seine Angst vor einem Aufstand der Thronfolger, der von ihm ausgebildeten und danach geknebelten Therapeutenschar, deren Putsch er ständig fürchtete. Seine Angst vor dem Finanzamt, dessen Razzia er täglich erwartete. Die Angst vor den Angehörigen seiner

Opfer, welche unter dem Druck seiner Herrschaft verrückt geworden waren oder nicht mehr lebten.

„Verdammt!" Er hätte jetzt gut die Hilfe eines professionellen Therapeuten gebrauchen können, aber das durfte er sich auf keinen Fall anmerken lassen. Und Babsi war er einfach ausgeliefert, weil er sich unmöglich allein um alle Angelegenheiten seines kleinen Reiches kümmern konnte. „Ich muß an Babsi glauben." Sein ganzes Leben war längst ein Pokerspiel, und Babsi war entweder sein Trumpf oder eine Lusche. Eine Karte, mit der er gewinnen oder verlieren, die er aber nicht austauschen konnte.

Barbara stand nicht mehr an der Tür, sondern direkt vor seinem Schreibtisch. „Da hat gerade jemand von der Kripo angerufen, von der Mordkommission. Eine Frau hat sich von ihrem Balkon gestürzt, und die Polizei hat in ihrer Wohnung deinen Namen und Briefe an dich gefunden. Die wollen dich unbedingt sprechen."

„Gertrud", zischte es durch Keschs Kopf, und er merkte, wie die Farbe aus seinem Gesicht wich und dann zurückkam, weil ihm plötzlich klar wurde, daß sich damit ein Problem erledigt hatte. Kesch mußte schmunzeln, obwohl ihm dies im selben Augenblick peinlich war. „Wie heißt die Frau?" fragte er.

„Das haben sie nicht gesagt. Ich habe einfach erzählt, daß du nicht da bist. War das falsch?" Barbara Meier machte eine Sprechpause und fuhr dann fort: „Aber die wollen dir unbedingt Fragen stellen."

„Ja, und weiter?"

„Da will jemand nachher vorbeikommen."

„Ja und, was haben die noch gesagt?"

„Es könnte auch Mord gewesen sein."

9.

Silke Rodig bat die Frau, Platz zu nehmen. Sie hatte sich heute nachmittag anonym telefonisch gemeldet und um einen Gesprächstermin am Abend gebeten, bei dem es um Kesch gehen sollte. Silke Rodig hatte rein äußerlich eine andere Person erwartet als diese etwas schüchtern wirkende Frau mit Schottenrock und dunkler Brille. Silke Rodig bot Kaffee an und versuchte, mit ein paar Eingangsworten eine vertraute Atmosphäre zu schaffen. Aber die Frau ihr gegenüber brauchte gar keine Hilfe, um sich entspannt zu fühlen. Ihr Vertrauen hatte sie offenbar mitgebracht und obwohl Silke Rodig um ihr Einverständnis bat, einen Recorder einschalten zu dürfen, legte die Frau unbekümmert los.

„Hans Kesch ist schmierig, hat fettige Haare und stinkt. Und Paul Holländer ist ein kleines dickes Ungeheuer."

„Trotzdem kommt es offenbar immer wieder vor, daß Kesch und seine Therapeutenkollegen sexuelle Kontakte zu ihren Klientinnen haben." Silke Rodig dachte in diesem Augenblick, daß ihre Ausdrucksweise einer Polizeisprache ähnelte und hätte sich dafür ohrfeigen können, aber die Frau störte das nicht.

„Letztendlich ist es egal, wie du aussiehst, wurde uns immer eingepaukt. Wichtig ist allein, daß du dir die Sachen nimmst, die du haben willst und zwar rücksichtslos. Das war immer so ein therapeutischer Spruch. Kesch hält sich besonders gut daran."

„Welche Rolle spielt Sexualität in der Therapie?"

„Je nachdem, wie du selber deine Sexualität lebst, ob du die sehr offensiv lebst, dann wird dir auferlegt, enthaltsam zu sein. Und diejenigen, die sehr vorsichtig - auch innerhalb der Gruppe - damit umgehen, die werden dazu aufgefordert, nun mach mal."

„Gab es bestimmte Aufgaben im Bereich Sexualität, die gestellt wurden?" fragte Silke Rodig und hakte damit eine weitere der Fragen ab, die sie sich vor dem Gespräch notiert hatte.

„Es gab diese berühmt-berüchtigte rail-and-fuck-Aufgabe, die zum Inhalt hat, daß man auf der Strecke Münster-Hamburg in einem besetzten Zugabteil mit irgendjemandem bumst, den man nicht kennt."

„Haben das denn tatsächlich Leute gemacht, mitten im Zug gevögelt?"

„Und wie. Denen war ja eingetrichtert worden, daß sie mit solchen Übungen die eigenen Grenzen erweitern. Und weil fast alle den großen Meister anhimmeln oder Angst haben, als Versager in der nächsten Sitzung gedemütigt zu werden, wurde gehorcht."

„Ist denn eine Frage erlaubt an den Therapeuten, was eine solche Übung soll?"

Die Frau lachte auf einmal und schüttelte dann ihren Kopf. „Nee, also klar, das fragt jeder mal, aber da kommt nichts. Das ist einfach so und indem du diese Therapie machst, läßt du dich auch darauf ein. Also, das Ziel ist auch, daß du ohne Vorbehalte deine Therapie machst und ganz besonders, ohne Vorbehalte gegenüber deinen Therapeuten, die sollst du ja lieben und wenn die dir sagen, du machst das und das jetzt, ja, dann machst du das."

„Wurde kontrolliert, ob das denn auch tatsächlich befolgt worden ist von den einzelnen Leuten?"

„Auf jeden Fall von der Gruppe. Dieses Bestreben, nun ja gut zu sein in der Therapie, also die Aufgabe auch wirklich zu erfüllen, funktioniert auch durch einen unheimlichen Gruppendruck. Jeder guckt bei dem anderen, ob er sich traut."

„Wie ist denn das Verhältnis der einzelnen Gruppenmitglieder untereinander?"

„Eine der wichtigsten Aussagen in der Therapie ist, daß du kaum noch Kontakt haben darfst zu Leuten, die keine Therapie machen. Du wirst immer in die Richtung geführt, daß die anderen, die keine Therapie machen, dich nicht verstehen. Du konzentrierst dich immer mehr auf deine Gruppe und bist irgendwann ziemlich alleine, hast nur noch deine Gruppe und dann funktioniert das erstklassig. Wo willst du denn sonst noch hin? Es gibt zusätzlich die Aufgabe der Elterntrennung, daß man sich also für ein Jahr von seinen Eltern und seinen Geschwistern verabschiedet, keinen Kontakt zu denen hat. Und dann bleibt nicht viel über."

„Kann man sagen, daß es in der Therapie zu einer Abhängigkeit kommt gegenüber dem Therapeuten?"

„Ja, ganz klar und ganz massiv."

„Wie wird das denn gemacht, welche Schritte folgen da aufeinander?"

„Ich kann das noch nicht mal aufzählen. Der Therapeut wird so etwas wie die Leitfigur. Der setzt die Aufgaben, der führt die Gespräche, der führt die gesamte Gruppe, zum Teil auch in die Freizeit rein, daß Aufgaben gestellt werden, die am Wochenende zu machen sind. Es sind ständig irgendwelche Parties, da muß man ja auch hin, damit man dabei bleibt. Und das wird so dicht, und das verstärkt sich natürlich im Laufe der Therapie. Es ist so, daß wenn eine Therapie abgeschlossen ist, eine Gruppentherapie, daß man dann wie in ein Loch fällt. Man hat keine Aufgabe mehr, man muß sich irgendwas neues suchen und da ist es natürlich ganz toll, daß es dann eine weiterführende Gruppe gibt."

„Kannst du dich an besonders markante oder vielleicht auch verletzende Äußerungen durch die Therapeuten erinnern gegenüber den Klienten?"

„Frauen sind häufig die Schlampen."

„Von wem stammt das?"

„Das habe ich selber von meinem Therapeuten gehört, von Paul Holländer. Er sagte zum Beispiel zu mir: 'Na, du Schlampe, wann hast du das letzte Mal dein Klo geputzt?'"

„Du hast gesagt, daß es eine starke Abschottung nach außen gibt. Trägt das ganze schon sektenhafte Züge, was da abläuft?

„Ja, weil man wirklich keine Außenkontakte mehr hat. Die Therapie ist natürlich auch sehr, sehr teuer. Wer nicht zahlen kann, putzt dann eben die Therapieräume oder die Wohnung des Therapeuten. Und mittlerweile gibt es diese Haushaltswaren-Läden, eine ganze Kette. Von Kesch vor Jahren gegründet. Da arbeiten seine Schäfchen, die er vorher überredet hat, aus ihren bürgerlichen Berufen wie Lehrer, Richter oder Büroangestellte auszusteigen. Die verdienen zwar nicht viel, aber sie können ja mehr Stunden machen und sind immer nah bei ihrem Meister, auch wenn der sich fast nie blicken läßt. Wenn man einmal in der Mühle drin ist, ist es ganz, ganz schwer, wieder rauszukommen."

„Kommt es im Verlaufe der Therapie zu Persönlichkeitsveränderungen?"

„Ja. Ich war vorher eher ein ängstlicher, zurückhaltender Typ, und innerhalb der Therapie habe ich mir selber viel mehr zugetraut. Ich hab sehr viel mehr gemacht, ich bin rausgegangen. Ich habe früher zum Beispiel nie getanzt und dann mit einem Mal häufig."

„Aber das ist doch eher ein Vorteil."

„Ja, klar, aber es passiert noch mehr. Du änderst dich total. Wenn du früher Röcke gemocht hast, darfst du nur noch Hosen tragen, oder umgekehrt. Wenn du dich für Musik interessiert hast, wird das systematisch lächerlich gemacht, und du gibst es irgendwann auf. Wenn du die Farbe rot gemocht hast, wird dir blau als Lieblingsfarbe eingetrichtert. Und so geht das mit allen Bereichen.

Leute, mit denen man vorher zusammen war, erkennen einen plötzlich nicht wieder, weil man natürlich auch einen bestimmten Sprachgebrauch übernimmt. Freunde wenden sich von dir ab. Und irgendwann erreichst du den Punkt, an dem deine ganze Vergangenheit quasi ausradiert worden ist, von den Therapeuten und der Gruppe. Du suchst dann verzweifelt Halt, und den gibt es nur noch in der Sekte, wenn du dich entsprechend bedingungslos unterordnest. Das ist der Punkt, an dem du nur noch Befehle ausführst, wenn es sein muß. Hauptsache ist, du gehörst irgendwie dazu und jemand vermittelt dir Werte, egal welche, weil deine früheren ja in der Therapie so dermaßen lächerlich gemacht worden sind, daß du dich dafür nur noch schämst."

Die Frau blickte auf ihre Uhr, stand auf und sagte: „Ich muß jetzt gehen, aber ich möchte noch mehr erzählen, am besten schon bald. Ich rufe an. Tschüß." Die Frau öffnete die Bürotür und ging aus dem Raum, ohne sich noch einmal umzudrehen.

Silke Rodig blieb sitzen und dachte sehr lange und intensiv nach. Die Angaben der Frau deckten sich absolut mit Aussagen anderer Frauen, die ebenfalls jahrelang bei Kesch in Therapie gewesen waren. Und dessen Praxis existierte nun schon über fünfzehn Jahre, ohne daß jemals ein Staatsanwalt, ein Psychotherapeut oder ein Journalist interveniert hatten. Obwohl seit langer Zeit hinter vorgehaltener Hand massive Vorwürfe gegen Kesch und sein Imperium in der Stadt erhoben wurden. In Kneipen, auf Fachtagungen und in der münsterschen Ärzteschaft, wenn wieder einmal ein Kesch-Opfer in einer psychiatrischen Praxis gestrandet war. „So viele wissen Bescheid, aber fast alle schauen weg. Schweigen, damit ihr Arschlöcher bloß keinen Ärger riskiert."

Silke Rodig fröstelte vor Ekel, weil es erbärmlich war. Die Lokalzeitungen beispielsweise, was war mit denen?

Entweder sie wußten Bescheid, dann verhielten sie sich zumindest moralisch gesehen kriminell. Oder sie übersahen vor lauter Schützenfesten, Karnevalssitzungen und Kunstakademie-Sponsoren die wichtigen Geschichten, dann hatten sie ihren Beruf verfehlt.

Und die schätzungsweise 500 Psychotherapeuten und Therapeutinnen in Münster? Zuviel Rebirthing und ein Haufen Geldscheine machten sie blind für Keschs verbrecherische Machenschaften.

Bisher jedenfalls hatte gerade eine Handvoll von ihnen versucht, kranke Menschen aus den Fängen des Sektenführers zu befreien. „Ich muß mich unbedingt bei Kesch als Klientin anmelden." Vorher wollte Silke Rodig noch ihren Ex-Mann, den Staatsanwalt, informieren.

10.

Derek MacCoin fuhr zur Raesfeldstraße, dem Tatort, und wieder mußte er einem deutschen Bereitschaftspolizisten erklären, daß er tatsächlich der stellvertretende Leiter der münsterschen Mordkommission war. Die Tatsache, daß seine Eltern aus Schottland stammten, verfolgte ihn wegen seines Namens bis heute, obwohl er selbst akzentfrei deutsch sprach und mit seinen dunklen Haaren nicht gerade ausgesprochen schottisch aussah.

MacCoin stapfte die Treppen hoch und ärgerte sich darüber, daß in diesem Haus kein Fahrstuhl vorhanden war. Wenn er die Zeit addierte, die er in seinem Berufsleben bereits fürs Treppensteigen investiert hatte, um zu irgendwelchen Tatorten zu gelangen, dann reichte die Summe locker aus, um einen zusätzlichen Todesfall aufzuklären.

Oben in der Wohnung war sein Mitarbeiter Frank Gallop damit beschäftigt, die Räume nach Spuren zu untersuchen, die zur Aufhellung des Falls beitragen konnten. Als MacCoin eintrat, kam der junge Kripobeamte sofort herüber und gab seinen Bericht ab. „Moin, wir haben bisher nicht viel gefunden, was die Sache aufklärt. Wieder so ein 50:50-Fall. Die Hälfte spricht für Selbsttötung, die andere für Mord. Es gibt keine Spuren von Gewalt, aber auch keine Indizien für einen freiwilligen Sprung vom Balkon."

„Mal langsam, wieso 50:50? Warum nicht 1:1?"

„Chef, ihr Humor in Ehren, aber wir können noch nicht viel sagen. Die Frau war 38 und zumindest bis vor zwei Jahren als Lehrerin am Ratsgymnasium beschäftigt."

„Und danach nicht mehr?"

„Weiß ich nicht, aber wir haben nur Besoldungsbescheinigungen gefunden, die zwei Jahre zurückreichen."

„Hat sie keine Angehörigen?"

„Hatte, Chef, hatte. Die ist nämlich mausetot. Das wissen wir immerhin definitiv. Der Arzt sagt, daß sie unmittelbar nach dem Sturz vom Balkon gestorben ist. Bis jetzt haben wir noch keine Hinweise auf Angehörige gefunden, aber wir sind ja mit der Durchsuchung noch lange nicht fertig. Sie schien aber hier in der Wohnung alleine zu leben."

„Was ist mit diesem Therapeuten, von dem Sie mir am Telefon erzählt haben?"

„Den habe ich schon angerufen, war nicht da. Die Frau ist auf jeden Fall bei ihm in Therapie gewesen, wohl schon seit längerer Zeit und ziemlich heftig."

„Woher wissen Sie das?"

„Wir haben Tagebücher gefunden." Frank Gallop ging ein paar Schritte Richtung Wohnzimmer und nahm von einer Kommode einen Stapel Kladden. „Da stehen jede Menge Therapieprotokolle und auch Namen mit Telefonnummern drin."

MacCoin nahm die Bücher in Empfang und blätterte. Er überflog die Seiten, auf denen es offensichtlich um Aufzeichnungen aus Therapiestunden ging. Dann schlug er ein Blatt auf, das mit Namen und Telefonnummern beschriftet war. Er las: „Rudi Herzog, Rainer Lüneburg, King Kesch, Charly, Paul Holländer, Ulf Giesi, Andrea Hermes."

Derek MacCoin legte die Bücher beiseite und inspizierte die Wohnung. Erst ging er in die Küche, die ziemlich einbaumäßig aussah. Dann betrat der Kommissar das Schlafzimmer der Toten. Auch hier gab es auf den ersten Blick keine Hinweise, die den Beamten in diesem Moment weitergebracht hätten. Im Raum standen ein

Bett, ein Schrank, eine Kommode, ein Frisiertisch mit Spiegel und Stuhl davor. „Ziemlich durchschnittlich", dachte MacCoin und betrachtete eine Fotografie, die unter einem Glasrahmen steckte und über dem Bett hing. Das Bild zeigte ein Gruppe Männer und Frauen, die meisten schätzungsweise um die 40 Jahre alt, die offensichtlich damit beschäftigt waren, irgendeinen Garten herzurichten. MacCoin war sich sicher, einen der abgebildeten Männer zu kennen, ohne darauf zu kommen, woher. Eine schwache Erinnerung deutete dem Kommissar an, daß er diesen Mann schon einmal im Justizgebäude gesehen hatte. Möglicherweise war es ein Richter oder ein Staatsanwalt, mit dem er in irgendeinem Fall einmal zu tun gehabt hatte, MacCoin konnte sich nicht genauer erinnern.

Er ging wieder in den Flur, da fiel es ihm plötzlich ein. Der Mann auf dem Bild war Staatsanwalt Robert Meininger. MacCoin hatte vor ungefähr zwei Jahren in einem Mordfall als Zeuge ausgesagt. Damals hatte Meininger die Anklageseite vertreten. Daß sein Bild im Zimmer einer gerade Verstorbenen hing, war vermutlich nur Zufall. „Leider", dachte MacCoin, „sonst hätte ich wenigstens einen weiteren Hinweis gehabt, in welche Richtung ich ermitteln soll." Er mußte sich wohl zunächst die Namensliste aus dem Tagebuch vorknöpfen. Netterweise waren größtenteils die Telefonnummern angegeben.

*

Silke Rodig schloß die Tür der „Psychologischen Beratungsstelle" ab, ging zu ihrem Fahrrad und fuhr los. Sie war innerlich aufgewühlt, weil sie immer noch das Gespräch mit der Kripo-Dame im Kopf hatte, vor allem aber die Unterhaltung mit der Kesch-Klientin gerade vor ein paar Minuten. Unterwegs merkte sie ihre eigene Unruhe, als sie an einer Ampel kurz anhalten mußte. Sie blickte sich um, um sich zu vergewissern, daß niemand ihr folgte. Das war ein Fehler, denn um diese Zeit waren auf der Promenade eine Menge Menschen per Rad unterwegs, und jede einzelne Person konnte ein Verfolger oder eine Verfolgerin sein. Silke Rodig wurde dadurch nicht gerade ruhiger.

Als die Ampel grünes Licht zeigte, fuhr sie weiter und redete sich ein, auf offenem Radweg könnte ihr wohl kaum Gefahr drohen. Trotzdem bog sie bei der nächsten Möglichkeit rechts ab, obwohl es nicht der direkte Weg zu ihrer Wohnung war. Plötzlich hielt sie an und sah sich wieder um, konnte aber keine ihr verdächtig erscheinende Person entdeckten. Danach fuhr sie zu ihrer Wohnung.

Als sie die Haustür aufgeschlossen hatte und den Flur betrat, hatte sie wieder ein mulmiges Gefühl und war froh, daß der Fahrstuhl zufällig ebenerdig wartete. Sie ging hinein, zog die Stahltür hinter sich zu und drückte schnell die Taste für den sechsten Stock. Ein kurzes Rukken, dann fuhr der Aufzug los. Sekunden später sah Silke Rodig, wie auf dem Display unter der erleuchteten Ziffer 6 die 2 blinkte. Das Surren der Drahtseile, die den stählernen Korb zogen, wurde leiser, während der Lift im zweiten Stock stoppte. Silke Rodig sah, wie sich die Tür öffnete und ein blondhaariger, großer Mann eintrat. Er trug eine braune Jacke und blaue Jeans, und in dem Augenblick, nachdem er die Tür hinter sich zugezogen hatte, war Silke Rodig sicher, den Mann heute schon irgendwo gesehen zu haben.

In Bruchteilen von Sekunden rasten Gedanken durch ihren Kopf. Warum war sie nicht schnell im zweiten Stock ausgestiegen, bevor der Mann den Fahrstuhl betreten hatte? Aber vielleicht hätte er sie einfach zurückgedrängt? Sie hätte dann immerhin laut ins Treppenhaus schreien können. Es waren um diese Tageszeit bestimmt einige Mitbewohner zu Hause. „Wie spät ist es eigentlich genau?“ Im selben Moment kam ihr diese Überlegung angesichts ihrer Situation reichlich banal vor. Oder war es typisch menschlich, daß jemand in Lebensgefahr seine genaue, potentielle Todeszeit wissen wollte, als würde das irgendwie helfen? Sollte sie jetzt noch schreien, obwohl sich die Stahltür gerade wieder geschlossen hatte? „Wo habe ich den Mann heute gesehen?“ Der Fahrstuhl begann zu ruckeln, und es kam ihr vor, als setzte er sich in Superzeitlupe in Bewegung. Wieso war der Mann gerade eingestiegen? „Er hat nicht einmal auf eine Taste gedrückt. Er fährt einfach da hin, wo ich hinfahre.“

Silke Rodig machte einen Schritt nach vorn und wollte den Knopf für den dritten Stock drücken, aber der Mann war schneller. Seine Hand berührte den Nothalt, und der Fahrstuhl stoppte so abrupt, daß Silke Rodig das Gefühl hatte, sie würde einen Moment schweben. Dann griff der Mann in die Seitentasche seiner braunen Jacke.

*

MacCoin suchte auf der Klingelleiste nach dem Namen Rudi Herzog, fand ihn und drückte zweimal kräftig auf das runde Plastikknöpfchen. Es dauerte eine Weile, dann ertönte ein Summen, und die Tür ließ sich durch ein leichtes Drücken dagegen öffnen. Der Kommissar stand im Treppenhaus eines vermutlich hundertstöckigen Gebäudes und wieder war kein Aufzug in Sicht, dabei sehnte er sich nach dem Ruckeln beim Anfahren einer solchen technischen Errungenschaft und dem Surren der Drahtseile, die den stählernen Korb ziehen. Genervt stieg er die Treppen hinauf, sah aber schon im ersten Stock einen Mann in einer halb geöffneten Wohnungstür stehen.

„Sind Sie Rudi Herzog?"

„Ja, was wollen Sie denn von mir?"

„Meine Güte", dachte MacCoin, „der ist ja sowas von verunsichert, den kann ich am besten gleich festnehmen." Die Stimme von Herzog klang zittrig, und der Kommissar sah in zwei weit aufgerissene Augen, die zu einem Gesicht gehörten, dessen Haut mit roten Flecken bedeckt war. MacCoin zeigte seinen Dienstausweis und sagte: „Ich muß mit Ihnen sprechen und möchte hereinkommen."

Rudi Herzog machte fast fluchtartig einen Schritt zurück und zog dabei die Tür ganz auf. „Was ist denn? Kommen Sie rein. Ich hätte mir denken können, daß die Polizei vorbeikommt."

„Das erstaunt mich jetzt aber", sagte MacCoin und trat in die Wohnung ein. „Wieso haben Sie die Kripo erwartet? Haben Sie ein Verbrechen begangen?"

„Es ist wegen Kesch, Sie sind doch wegen Kesch gekommen, oder?"

MacCoin merkte, wie der Blick seines Gegenübers sich änderte. Die Panik war gewichen, stattdessen wirkte Herzog auf einmal wie erleichtert. „Meinen Sie einen gewissen Hans Kesch, einen Psychotherapeuten aus Münster?"

„Das ist nicht irgendein Psychotherapeut, das ist *der* Psycho-Guru von Münster. Haben Sie ihn endlich am Wickel?"

„Über Herrn Kesch reden wir später, und die Fragen würde ich gerne stellen. Dabei würde ich mich ebenso gerne setzen."

„Entschuldigung, hier geradeaus, ich gehe vor."

Die beiden betraten ein Wohnzimmer, das MacCoin ziemlich unspektakulär fand. Eine graue Sitzgarnitur stand in einer Ecke und war bereits leidlich verschlissen. Im Zimmer waren einige Regale angebracht, an einer Wand stand ein Schreibtisch mit Stuhl davor. Ein Aquarium und zwei volle Flaschen Bier auf einem flachen Couchtisch waren noch das Lebendigste in dem Raum. An der Wand hing ein Foto, auf dem MacCoin Staatsanwalt Meininger erkannte, umringt von Leuten, die Sektgläser hochhielten. Der Kommissar stutzte einen Moment, dann entschloß er sich, später nach dem Bild zu fragen.

MacCoin setze sich in einen Sessel und sagte: „Es geht um eine Klientin von Kesch, Ihr Name, Herr Herzog, stand im Telefonbuch der Frau. Sie ist vergangene Nacht von einem Balkon gestürzt, und wir wissen noch nicht, ob es Mord oder Selbstmord war. Sie ist ..." MacCoin hatte eigentlich noch weiterreden wollen, aber Rudi Herzog saß auf einmal vor ihm wie das geborene Elend. Sein Mund war weit aufgerissen, das Gesicht bis auf ein paar rote Flecken leichenblaß, die Arme hingen schlaff am Körper nach unten. Der Mann schien jeden Moment zu kollabieren, deswegen fragte MacCoin: „Ist Ihnen schlecht?"

Sein Gegenüber stand auf, und der Kommissar meinte zu erkennen, daß Rudi Herzog leicht taumelte. „Ich brauche eben etwas kaltes Wasser. Warten Sie einen Moment."

Rudi Herzog verschwand Richtung Badezimmer, schloß die Tür hinter sich und setzte sich auf die Klobrille. Ihm wurde schwarz vor Augen, deswegen hielt er sich am Waschbecken fest, das in Greifnähe angebracht war. Herzog schwitzte und spürte sein Herz wild schlagen. Er preßte die Hände fest zusammen, ihm war schlecht, und er fühlte sich wieder wie damals, als er zehnjährig von seinem Großvater beim Beschnuppern der familiären Unterwäsche erwischt worden war.

Dann nahm er die Hände auseinander und legte sie auf seine Oberschenkel. Er war müde und hätte sich am liebsten ins Bett verkrochen. Sein Kopf hing jetzt schlaff nach unten und stieß fast auf die Brust. Plötzlich mußte Herzog schmunzeln. „Gertrud ist tot", flüsterte er und freute sich, daß der *Andere* in dieser wichtigen Minute wieder bei ihm war. „Aber wir müssen leise sprechen, nebenan sitzt ein richtiger Kommissar. Und der ist Kesch jetzt endlich auf den Fersen, obwohl ich gar nicht verstehe, wie der so schnell auf mich gekommen ist."

Rudi flüsterte immer noch, hatte den Kopf wieder aufgerichtet und fühlte sich besser, wie befreit, wie ein Sieger, aber es störte ihn, daß der *Andere* nicht etwas näher kam, als wollte der sich von ihm distanzieren.

„Sie sind vielleicht schockiert, weil Sie mich für den Mörder halten?" Rudi meinte zu spüren, daß der *Andere* im Begriff war zu gehen. Verzweiflung stieg in ihm hoch, er wollte in diesem Moment auf keinen Fall alleine sein. „Ich flehe Sie an, bleiben Sie. Ich weiß, was Sie denken, aber es war ganz anders. Sie müssen mir glauben. Ich habe Gertrud nicht umgebracht."

Immerhin war der *Andere* noch nicht gegangen, und Rudi Herzog überlegte, wie er den Fall glaubhaft schildern konnte. „Es ist richtig, ich habe Ihnen erzählt, daß ich Gertrud umbringen wollte. Ich habe Ihnen meine Gründe dafür genannt. Und zugegeben, ich hatte bereits meine Pläne gemacht."

Rudi Herzog hatte den *Anderen* einen Moment aus den Augen verloren und war sich plötzlich nicht mehr sicher, ob dieser soeben verschwunden war. Aber dann sah er ihn wieder, gerade einen Meter von der Klobrille entfernt. Der *Andere* stand dort mit verschränkten Armen und teilnahmslosem Blick, und Rudi Herzog erkannte, wie schwer es werden würde, ihn von der Wahrheit zu überzeugen.

„Ja, ich bin gestern bei Gertrud gewesen, aber nur, um die Lage zu peilen. Ja, wir standen auf dem Balkon, ich habe sogar daran gedacht, sie hinunterzustoßen. Aber glauben Sie mir, ich habe es nicht gewagt. Ich bin kurz danach wieder gegangen. Sie hat mich zum Abschied sogar noch umarmt."

Rudi Herzog sah dem *Anderen* jetzt fest in die Augen. „Wissen Sie, was das heißt? Ein anderer hat Gertrud umgebracht, und das kann nur einer gewesen sein, nämlich Kesch. Er ist derjenige, der wollte, daß sie stirbt. Verstehen Sie nicht? Ich bin raus aus der Sache, Kesch ist der Mörder. Ich war es nicht, das müssen Sie mir glauben. Als ich die Wohnung von Gertrud verlassen habe, lebte sie noch. Und jetzt ist die Polizei hinter Kesch her, deswegen müßten wir eigentlich feiern. Soll ich Ihnen eine Flasche Bier aufmachen?"

Rudi starrte erst geradeaus, dann blickte er sich im ganzen Badezimmer um, ohne den *Anderen* entdecken zu können. Jemand klopfte an die Tür.

„Herr Herzog, was ist mit Ihnen, machen Sie sofort auf!"

Das war der Kriminalbeamte. Dessen Aufforderung hörte sich fast an wie damals, als Kesch zu Herzog gesagt hatte: „Ich will dich pissen sehen!" Herzog stand auf, öffnete die Tür und sagte: „Es geht wieder. Ich war nur etwas verwirrt. Wann ist Gertrud umgebracht worden?"

„Wieso umgebracht?" fragte MacCoin. „Und die Tote heißt nicht Gertrud. Sie heißt Marion, Marion Wegner."

MacCoin ging voraus Richtung Wohnzimmer, als er hinter sich ein galliges Geräusch hörte. Fast gleichzeitig läutete das Telefon. MacCoin nahm den Hörer ab und sagte: „Hier bei Herzog."

„Ich möchte Rudi Herzog sprechen", sagte eine männliche Stimme, die etwas gereizt klang.

„Das geht im Moment nicht. Kann ich ihm etwas bestellen?"

„Er soll so schnell wie möglich zurückrufen."

„O.k., das kann ich ihm ausrichten, aber bei wem soll er sich melden?"

„Bei Kesch, in meiner Praxis, er hat die Nummer."

„Sind Sie Herr Hans Kesch?"

„Ja, der bin ich, wieso?"

„MacCoin, Mordkommission. Eine langjährige Klientin von Ihnen ist seit gestern tot, deswegen wollte ich Sie ohnehin sprechen. Sie heißt Marion Wegner."

„Wieso Marion?" fragte Kesch, und MacCoin glaubte aus den zwei Worten herauszuhören, daß sein Gesprächspartner mehr als ein wenig überrascht war.

„Mit wem hatten Sie denn gerechnet, mit Gertrud?"

MacCoin hatte Hans Kesch dermaßen auf dem falschen Ohr erwischt, daß dieser ganz gegen seine Gewohnheit einen Moment sprachlos war. Nach zwei Sekunden Funkstille fragte Kesch: „Wieso fragen Sie nach Gertrud, welche Gertrud meinen Sie?" Worte und Tonfall klangen ziemlich künstlich, und Kesch wußte das.

„Herr Herzog hat spontan den Namen Gertrud erwähnt, als er vom Tod einer ihrer Klientinnen erfahren hat. Und ich hatte eben das Gefühl, auch Sie hätten den Namen einer gewissen Gertrud eher erwartet als den von Frau Wegner."

Kesch hätte am liebsten in den Hörer gebissen, so groß war seine Wut auf Rudi, diesen ewigen Versager und Nichtsnutz. Wieso hatte der nichts besseres zu tun, als Gertrud ins Spiel zu bringen, wenn es um den Tod einer anderen Klientin ging? Und wieso war ausgerechnet jetzt Marion Wegner umgekommen? Ihm schoß ein fürchterlicher Gedanke durch den Kopf: Womöglich mußte er jetzt seinen Plan bezüglich Gertrud aufgeben? Fieberhaft versuchte Kesch, Haltung zu bewahren. „Frau

Wegner war seit einigen Jahren Klientin in meiner Praxis. Werden Sie mich jetzt verhaften, Herr Kommissar?"
Wieder war Kesch wütend, dieses Mal auf sich selbst. Die letzten Worte hatte er mit einem ironischen Unterton unterlegt, aber unmittelbar, nachdem er sie ausgesprochen hatte, war ihm klar, daß sie wie eine Kopie aus einem billigen Fernsehkrimi klangen. „Wie bei Derrick", dachte Kesch.

„Ich sehe im Moment keinen Grund, Sie zu verhaften, aber genügend Gründe, Sie zu vernehmen", sagte MacCoin.

„Machen Sie, was Sie für richtig halten, auf Wiederhören."

*

Hans Kesch saß an seinem Schreibtisch, den Rücken leicht nach vorn gekrümmt, die Ellbogen auf die Platte gelegt und die Hände unter sein Kinn geschoben, um das Gesicht zu stützen. Mit den beiden kleinen Fingern tippte er pausenlos gegen seine Augenbrauen. Innerlich brodelte es in Kesch wie in einer neuseeländischen, heißen Schwefelquelle. Er wurde erpreßt, die Staatsanwaltschaft ermittelte gegen ihn. Eine belanglose Klientin von ihm namens Marion Wegner hatte gerade die Löffel abgegeben. Und nun hatte er noch einen Bullen von der Mordkommission am Hals. Dabei sollte eigentlich Gertrud sterben, weil sie ihn hochgehen lassen wollte, aber wenn Rudi jetzt den Auftrag ausführen würde, wäre sein ganzes Imperium in die Sache tief hereingezogen. Er mußte Rudi so schnell wie möglich zurückpfeifen. Die Vorstellung, daß dieser dem Bullen vielleicht noch mehr Informationen über die Praxis gegeben hatte, machte Kesch schlicht und einfach fertig. Er vergrub sein Gesicht vollends in seinen Händen, schluchzte leise, und auf einmal traten Tränen in seine Augen. „Ich habe Jahrzehnte nicht geweint."

Damals, 1968, war er ein Teenager gewesen. Kesch sah das Bild in Gedanken vor sich. Seine Mutter, die beim Abschied ebenfalls weinte. Er stand vor ihr, fünfzehn Jahre alt, eine Reisetasche in der linken Hand mit seinen Platten und ein paar Büchern darin, die er besonders mochte. Sie war mit ihm zum Autobahnrastplatz Münsterland gefahren, zur „Übergabe", wie er es später immer genannt hatte. Irgendwo hinter ihm auf dem Parkplatz stand ein Wagen, in dem seine neuen Adoptiveltern auf ihn warteten. Ein Professorenehepaar, „gute Eltern", hatte seine Mutter die beiden genannt. Kinderlos waren sie und zu zweit alleine.

Auf dem Parkplatz wartete noch ein anderer Wagen. In dem saß der Mann, den seine Mutter in wenigen Tagen heiraten würde. Und ein kleiner Junge, so um die zehn Jahre alt. Kesch hatte gesehen, wie sein künftiger Stiefbruder plötzlich ausgestiegen war und herübergestarrt hatte. Regungslos stand das Kind mit weit aufgerissenen Augen und den Kopf nach vorne gestreckt vor dem Auto. Keine 20 Sekunden lang, aber die Zeit reichte für Kesch aus, um zu erkennen, daß der Junge darauf brannte, seinen Stiefbruder kennenzulernen. Kesch meinte sogar, an der Haltung des Jungen eine innere Verzweiflung erkennen zu können. Trotzdem konnte Kesch für seinen Stiefbruder kein Mitleid empfinden und wollte sich nicht mit ihm - nicht einmal in Gedanken - solidarisieren. „Dieser Junge wird künftig meine Mutter in Beschlag nehmen", dachte Kesch und war froh, als die Situation beendet wurde. Der Vater zerrte den Pimpf zurück in den Wagen.

„Wir haben es seit Papas Tod nicht mehr zusammen geschafft", hatte seine Mutter gestammelt, und Kesch hatte sich gefragt, was seine Mutter und er denn hätten schaffen sollen. Sie hatte ihn in den vergangenen vier Jahren fast nie verstanden. Sie hatte nicht begriffen, daß er nicht als Ersatz für den gestorbenen Ehemann herhalten wollte. Mindestens ein dutzend Mal war er von zu Hause abgehauen, hatte sich auf Bahnhöfen nach Menschen umgeschaut, die ihn verstehen wollten. Die Polizei hatte ihn jedes Mal gepackt und zurück zu seiner Mutter gebracht. Alle paar Wochen war ein Sozialarbeiter vom Jugendamt aufgetaucht und hatte etwas von Heimunterbringung gefaselt.

„Du hast es bei den Kohls bestimmt gut", hatte seine Mutter auf dem Rastplatz gesagt. „Ich möchte noch einmal in meinem Leben glücklich werden, nachdem ich soviel durchgemacht habe. Ich brauche eine richtige Familie." Kesch hatte in diesem Augenblick gespürt, daß seine Mutter nicht nur auf ihren künftigen Gatten scharf war. Sie schielte auch auf den Knirps, mit dem sie vielleicht mehr Mutterglück haben würde als mit ihrem leiblichen Sohn.

Kesch hatte sich damals plötzlich umgedreht, seine Tränen weggewischt und war auf das Auto der kinderlosen Adoptiveltern zugegangen. Sein neuer Vater war ausgestiegen, hatte ihm zugeblinzelt und gesagt: „Kopf hoch, mein Junge, wir bleiben ganz locker und kriegen das schon hin."

Kesch hatte sich in diesem Moment geschworen, es seinen künftigen Eltern und der Welt zu zeigen.

Aus der Sprechanlage kam leise die devote Stimme von Barbara Meier. „Hans, ich bin wieder zurück. Brauchst du irgend etwas?"

Hans Kesch brüllte wütend: „Verdammte Scheiße, ich brauche dich und du haust einfach ab! Wo bist du gewesen?"

„Ich habe mir einen Rock gekauft."

„Wieder so einen dämlichen Schottenrock? Ich hasse Schottenröcke."

„Du hast meinen ersten damals sehr gemocht."

„Das Leben ist Veränderung, wenn du stehenbleibst, verkümmerst du. Wenn du nicht fließt, kann auch das Geld nicht fließen. Das habe ich dir oft genug beigebracht. Wofür schicke ich dich eigentlich in die Gruppen?" Kesch merkte, daß er wieder da war.

„Ich habe mir übrigens einen schwarzen Mini gekauft."

„Das interessiert mich nicht. Ich will sofort Holländer und Giesi sprechen, und zwar hier bei mir im Büro! Und ich will die Akte Meininger haben, sofort!"

„Ich bringe sie rüber. Ich rufe vorher nur Holländer und Giesi an."

Wenig später betrat Barbara Meier sein Büro in einem schwarzen Mini, und Kesch zuckte bei dem Anblick leicht zusammen. Babsi erschien ihm verändert, ihr Aussehen, ihr Blick, ihre Gesten. Sie wirkte weniger steuerbar. „Was soll das, dich so zu prostituieren?" Er war verunsichert. Da stand nicht mehr seine kleine Sekretärin vor ihm, sondern eine attraktive Frau. Auf einmal hatte Kesch Angst, auch noch die Kontrolle über einen seiner letzten Trümpfe zu verlieren. Er durfte sich das um Himmels Willen nicht anmerken lassen.

„Erstens: Du gehst shopping, wenn ich dir frei gebe. Zweitens: Wenn dich die Polizei nach Gertrud fragt, sagst du, sie wäre eine normale Klientin gewesen, allerdings psychisch krank und damit nicht ganz zurechnungsfähig. Drittens: Du rufst Rudi an, er soll sofort vorbeikommen!"

Barbara Meier stand vor seinem Schreibtisch und reichte ihm einen Aktenordner. „Hier sind die Unterlagen über Charly." Dann drehte sie sich um und verließ den Raum.

Kesch fühlte sich ziemlich alleine und verspürte überhaupt keinen Drang, sich durch eine Akte zu arbeiten. Trotzdem griff er zu dem Ordner und schlug ihn auf. Als erstes stand dort ein Bericht der beiden Spitzel, die er auf Staatsanwalt Meininger angesetzt hatte. Kesch las: „Charly arbeitet wochentags immer zwischen ungefähr acht und 17 Uhr. In dieser Zeit verläßt er offensichtlich das Justizgebäude nicht. Mittags ißt er meistens in der hauseigenen Kantine. Es konnte nicht festgestellt werden, daß er zu irgendeinem Kollegen besondere Kontakte pflegt.

Abends ist Meininger offenbar meistens zu Hause, Ausnahmen sind die Tage, an denen er zu seiner Gruppe geht. Regelmäßig einmal pro Woche geht er abends in die *Bimmel*, ein Club, in dem sonst keine unserer Leute verkehren. Er verschwand jeweils sofort in einem hinteren Zimmer, das durch eine Tür vom Schankraum getrennt ist und durch einen Türsteher observiert wird. Vor dem Zimmer weist ein Schild darauf hin, daß nur Clubmitglieder Einlaß haben. Um welchen Club es sich handelt, konnten wir nicht erfahren. Meininger kam meistens nach ungefähr zwei Stunden wieder aus dem Raum und ging nach Hause.

An den Wochenenden ist er entweder mit ins Sauerland gefahren, oder er hat seine Tochter bei sich. Die holt er in solchen Fällen bei einer Silke Rodig ab, die interessanterweise die städtische Psychologische Beratungsstelle leitet. Meininger war bis vor vier Jahren mit Silke Rodig verheiratet, sie leben aber schon mindestens fünf Jahre getrennt. Meininger geht zum Einkaufen ..."

Kesch legte den Ordner auf den Schreibtisch. Meiningers Alltag verlief weitgehend so unspektakulär, daß es schon wieder verdächtig erschien. Was war das für ein Club, in dem Meininger regelmäßig verkehrte? Aber im Moment war ohnehin mindestens ein halbes

Dutzend Personen verdächtig. Babsi hatte sich verändert, ihr Blick und ihr Verhalten vermittelten kaum wahrnehmbar das Gefühl, als sei eine Belastung von ihr gewichen und stattdessen ein Stück Erleichterung in ihr Leben getreten.

Gertrud oder Lüneburg erpressten ihn, beide hatten jedenfalls ein Motiv. Und zumindest Lüneburgs Geldknappheit war szenebekannt, seit Kesch ihn aus seiner Praxis rausgeschmissen hatte. Oder Meininger war der Erpresser, über dessen Motiv Kesch sich allerdings noch nicht im klaren war.

Holländer und Giesi schienen auf seiner Seite zu sein, aber selbst bei den beiden engsten Vertrauten war er sich nicht mehr ganz sicher. Holländer wartete vermutlich nur darauf, daß Kesch sich irgendwann aus dem Geschäft zurückziehen und ins Ausland absetzen würde. Für diesen Fall spekulierte Holländer mit Sicherheit auf den Thron in Münster. Vielleicht wollte Holländer mit einer Erpressung die Thronbesteigung beschleunigen? Hatte Kesch nicht noch vor kurzem daran gedacht, alles hinzuwerfen und abzuhauen? War dies das Kalkül von Holländer?

Und Giesi war einerseits hörig, andererseits falsch und geldgierig. Ihm war immer jedes Mittel recht gewesen, an Geld zu kommen. Dies benutzte er mit Vorliebe, um seine tiefsitzenden Minderwertigkeitskomplexe zu kompensieren. Vielleicht war es ein Fehler von Kesch gewesen, die Komplexe in seinen Therapien zu zementieren, statt sie abzuarbeiten? Andererseits spürte Kesch seit Jahren, wie sehr Giesi ihn bewunderte und süchtig danach war, zum engsten Zirkel zu gehören. Deswegen hatte Kesch ihn in seiner Hierarchie bewußt nach weit oben geholt. Damit war Giesi ein gefügiger Anwalt und Lakai geworden, der nur einen Alptraum hatte, nämlich bei Kesch in Ungnade zu verfallen und aus den Top

Ten rauszufliegen. Die Frage war nur, was bei Giesi überwog, seine Geldgier oder seine Geltungssucht? Wobei die beiden Charaktereigenschaften durchaus kompatibel waren, das wußte Kesch aus eigener Erfahrung.

Der Lautsprecher der Sprechanlage knackte und Barbara Meier sagte: „Hier ist eine Frau, die will bei dir Therapie machen und möchte dich sprechen."

„Schick sie zum Holländer in die Gruppe, oder warte, besser zur Huhnberg."

„Die Frau besteht darauf, daß du ihr Therapeut wirst."

„Wie alt ist sie denn und wie heißt sie?"

„Das Alter weiß ich nicht, sie heißt Silke Rodig."

11.

Einen Tag vorher, am frühen Abend, saß Silke Rodig noch am Küchentisch in ihrer Wohnung und versuchte, einen klaren Kopf zu bekommen. Der Mann im Fahrstuhl hatte in seine Jackentasche gegriffen, einen Briefumschlag herausgezogen und gesagt: „Tut mir leid, daß ich so überfallartig auftauche, aber es ist wichtig. Das soll ich dir von Gertrud bringen. Wenn du den Brief gelesen hast, mußt du höllisch auf dich aufpassen. Es gibt Leute, die gehen über Leichen. Und Gertrud möchte nicht, daß du zu letzteren gehörst."

Dann hatte der Mann den Fahrstuhl wieder in Gang gesetzt, war mit ihr im sechsten Stock ausgestiegen und sofort die Treppe heruntergegangen. Auf den ersten Stufen hatte er sich noch einmal umgedreht und gesagt: „Paß wirklich auf dich auf. Du bist jetzt in einer Sache drin, die kein Kinderspiel ist."

In dem Brief hatte Gertrud über den Mord an Andrea berichtet und die Angst, das nächste Opfer sein zu können. Gertrud hatte außerdem geschrieben, jemand sei in ihre Wohnung eingedrungen. Und daß sie bereits bei der Staatsanwaltschaft eine Aussage gemacht hatte. Den Mord an Andrea hatte Gertrud dabei allerdings nicht erwähnt, weil ihr die Staatsanwaltschaft einen solchen Vorwurf sicher nicht geglaubt hätte ohne ein Beweisstück. Und genau das hatte der Eindringling in Gertruds Wohnung entwendet.

„Arme Gertrud", dachte Silke Rodig und erinnerte sich an ihr erstes Treffen im *Bunten Vogel*. Gertrud hatte damals zunächst ihren Namen verschwiegen, dann waren sie beide von dem Therapeuten Holländer überrascht worden. Seitdem hatte Gertrud offenbar eine Menge durchgemacht.

Was immerhin einigermaßen beruhigend war: Gertrud hatte diesen Rudi Herzog ins Vertrauen gezogen, der sich jetzt um sie kümmerte. Silke Rodig lief ein eisiger Schauer durch den ganzen Körper. „Gertrud hat Todesängste, weil sie von einem Mord weiß, und ich weiß jetzt auch davon."

Sie mußte sofort etwas unternehmen und blickte auf ihre Armbanduhr, gerade sechs vorbei. Ihr Ex-Mann würde sicher schon zu Hause sein. „Ich werde ihn informieren." Robert war zwar ein schlechter Liebhaber, aber zumindest ein guter Staatsdiener gewesen. Immerhin hatte er sich in der Vergangenheit bereits im „Fall Kesch" engagiert, wie die Kripodame bestätigt hatte. Robert war vor einiger Zeit zum Oberstaatsanwalt befördert worden. Wenn einer die Macht hatte, jetzt schnell zu handeln, dann war es ihr Ex.

Silke Rodig wählte seine Nummer und hatte ihn sofort am Telefon. Hastig erzählte sie ihm, worum es ging. Über den Mord, über die Gefahr, in der Gertrud und sie selbst jetzt schwebten. Und daß Gertrud bereits ausgesagt hatte und Ermittlungen eingeleitet worden waren. Silke Rodig bat Robert Meininger innständig, die Sache zu beschleunigen. „Gertrud Schröder weiß alles über den Laden, sie kennt alle Leute dort und ihre Verstrickungen. Du mußt ihr helfen, es ist deine Pflicht. Ich werde mich jetzt bei Kesch als Klientin anmelden."

„Du mußt mir vorher den Brief von dieser Gertrud vorbeibringen, das ist ein wichtiges Beweisstück."

„Gut, ich bin in zwanzig Minuten bei dir."

Nach dem Telefonat fühlte sie sich etwas besser und zog ihre Jacke an. Dann ging sie nach draußen, schloß ihr Fahrrad auf und fuhr zu ihrem Ex-Mann. Nachdem sie ihm den Brief von Gertrud gegeben hatte, radelte sie wieder los, dieses Mal Richtung Erphoviertel, aber sie spürte eine innere Unruhe. Minutenlang überlegte sie, ob es die Angst vor der Begegnung mit Kesch war, was das Gefühl verursachte.

Dann fuhr sie an einem Ladenlokal vorbei, und in ihren Augenwinkeln nahm sie eine Werbetafel wahr: „Fotokopien ab 5 Pfennig." Silke Rodig bremste und kam kurz hinter dem Copy-shop zum Stehen. „Ich habe mir von Gertruds Brief keine Kopie gemacht." Es beunruhigte und ärgerte sie zugleich. Wie hatte sie nur dermaßen unprofessionell handeln können? Sie hatte sich schon vor Jahren in ihrem Beruf angewöhnt, von jedem Schriftstück, das nur ansatzweise im Verdacht stand, wichtig zu sein, eine Kopie anzufertigen und sorgfältig aufzubewahren. Und Gertruds Brief stand nicht nur in dem Verdacht, er war enorm wichtig. Sie überlegte einen Moment, dann faßte sie den Entschluß, später am Abend ihren Ex-Mann anzurufen und ihn zu bitten, ihr sofort eine Kopie zu machen. Dagegen sprach nichts, und wenn er es wirklich ernst meinte mit seinen Ermittlungsabsichten, dann würde sie schon bald eine Kopie des Briefes besitzen. Der Gedanke daran beruhigte sie etwas, und sie fuhr wieder los und versuchte, sich auf ihren ersten Besuch in Keschs Praxis zu konzentrieren. Es gelang ihr nicht, deswegen bog sie bei der nächsten Gelegenheit ab und fuhr wieder zu ihrer Wohnung. Morgen früh würde sie den Schritt wagen, da war sie sich ganz sicher. Eine Nacht noch brauchte sie, um Kraft dafür zu sammeln.

*

MacCoin legte den Telefonhörer auf den Tisch und drehte sich um. Rudi Herzog kniete auf dem Boden und mühte sich, mit einem Lappen Kotzspuren von dem Läufer im Flur zu entfernen.

„Herr Herzog, kommen Sie bitte ins Wohnzimmer, ich möchte mit Ihnen noch einmal sprechen."

Rudi Herzog sah vom Boden auf. Er spürte, daß sein Gesicht aschfahl war und sich unter seinen Augen dunkle Ränder gebildet hatten. Sein Blick huschte verzweifelt hin und her, weil er auf der Suche nach dem *Anderen* war. Das einzige, was er sah, war ein Kommissar, der ungeduldig im Wohnzimmer wartete und eine unwiderstehliche Autorität darstellte. Erneut kam es ihm so vor, als stände dort Kesch. „Ich will dich pissen sehen!"

Rudi Herzog stand auf und ging ins Wohnzimmer.

„Setzen Sie sich", sagte MacCoin. „Her Kesch hat eben angerufen. Warum will er Sie sofort sprechen, und wer ist Gertrud?"

Als Rudi Herzog ihren Namen hörte, spürte er unverzüglich wieder diesen Schmerz in der Magengegend und das Verlangen, sich zu übergeben.

„Wer ist Gertrud?" fragte sein Gegenüber, und Rudi Herzog hatte das Gefühl, jemand schlage mit einem harten Gegenstand auf seinen Kopf, um die Schädeldecke zu öffnen. Er spürte auf einmal, wie sich seine Kopfdecke einen winzigen Spalt öffnete und Gertrud und der *Andere* durch die offene Stelle herausquollen. Rudi Herzog schlug die Hände vors Gesicht und schrie: „Gertrud! Lassen Sie Gertrud los! Sie gehört mir!"

„Herr Herzog, nehmen Sie jetzt bitte einmal Ihren Verstand zusammen und beantworten Sie meine Fragen!"

Rudi Herzog zuckte zusammen und merkte, wie sein Körper langsam in zwei Teile gerissen wurde. „Ich erzähle ihm alles, über Kesch, über den Mordauftrag." Der Gedanke erleichterte Herzog für den Bruchteil einer Sekunde. „Wenn ich Gertrud nicht töte, wird Kesch nicht bestraft."

„Herr Herzog, ich werde gleich ernsthafte Konsequenzen ziehen und Sie mitnehmen."

„Konsequent sein, ich muß konsequent sein. Gertrud muß sterben", dachte Herzog und sah neben dem Regal etwas versteckt den *Anderen* stehen, der ganz leicht nickte und ihm einen aufmunternden Blick zuwarf. „Gertrud ist eine Freundin von mir, wir haben uns bei Kesch in der Therapie kennengelernt, ich glaube vor ungefähr fünf Jahren."

„Na also, warum haben Sie vorhin spontan ihren Namen erwähnt, als ich gesagt habe, eine Klientin von Kesch sei tot?"

„Weil sie nicht mehr lange zu leben hat", sagte Herzog und erschrak. „So schlecht, wie es ihr geht."

„Warum geht es dieser Gertrud so schlecht und wie heißt sie mit Nachnamen?"

„Schröder, ja, Gertrud Schröder, sie kommt einfach nicht mehr klar."

„Aha, wie interessant. Ich hätte das gerne etwas konkreter. Spielt Herr Kesch da zufällig eine Rolle?"

„Kesch spielt immer eine Rolle", sagte Herzog und sah zu dem *Anderen* herüber. Der hatte vier Finger der rechten Hand zu einer Faust geballt und nur den Daumen nach oben gestreckt. Herzog überlegte. Wenn er jetzt schon den Verdacht auf Kesch lenken und anschließend Gertrud töten würde, konnte nichts mehr schieflaufen. „In diesem Fall spielt Kesch eine besondere Rolle. Sie hat ihn verlassen, und so etwas nimmt Kesch nicht ungestraft hin."

„Verstehe ich Sie richtig, Sie haben geglaubt, Kesch hätte dieser Gertrud etwas angetan."

Herzog suchte nach Instruktionen durch den Anderen, aber er konnte jetzt nur noch das Regal erkennen und daneben stand niemand. „Nein, das haben Sie falsch verstanden. Gertrud geht es sehr schlecht, und ich hätte mich nicht gewundert, wenn sie sich umgebracht hätte."

„Wer ist diese Frau Wegner?"

„Eine Klientin von Kesch, aber eher so eine nebenbei. Sie lief zweiter Klasse mit."

MacCoin wollte die nächste Frage stellen, aber sein Handy klingelte, und ein Kollege informierte ihn, in Frau Wegners Wohnung seien interessante Aufzeichnungen gefunden worden, sehr interessante. „Leg die Papiere auf meinen Schreibtisch, ich bin in zehn Minuten da."

MacCoin stand auf und sagte: „Ich werde mich morgen mit Ihnen weiter unterhalten. Wiedersehen. Sie sollen übrigens Herrn Kesch anrufen." Dann verschwand er durch die Wohnungstür.

Rudi Herzog blieb in seinem Sessel sitzen und dachte nach. Wenn er Gertrud jetzt möglichst zügig umbringen würde, wäre der Verdacht gegen Kesch noch sehr frisch. Er konnte in Keschs Büro eindringen, auch ohne den Nachschlüssel, den Kesch ihm damals natürlich abgenommen hatte, als er ihn kotzend hinter den Übergardinen entdeckt hatte. Er konnte aus Keschs Schreibtisch die Pistole mitnehmen. Er konnte damit Gertrud erschießen und dabei Handschuhe tragen. Er konnte die Pistole dermaßen dilettantisch verstecken, daß die Polizei die Waffe finden würde. Sicher wären Keschs Fingerabdrücke auf der Waffe. Kesch wäre der Hauptverdächtige. Kommissar MacCoin würde sich daran erinnern, daß ein gewisser Rudi Herzog bereits mehr beiläufig angedeutet hatte, Kesch könnte Gertrud etwas antun. Die Information würde in diesem Fall in den Akten stehen und langsam zu einem Selbstläufer werden. Die Polizei würde in der Richtung weiterermitteln. Kesch würde erklären, jemand sei bei ihm eingebrochen, habe die Pistole entwendet und anschließend damit Gertrud umgebracht. Die Aussage würde wie eine Ausrede klingen und Kesch damit noch verdächtiger machen. Die Polizei würde Kesch vorhalten, er habe den Einbruch nur vorgetäuscht, um den Verdacht abzulenken. Und Herzog würde, mehr nebenbei erklären, er habe eigentlich stündlich damit gerechnet, daß Kesch sich an Gertrud rächen würde.

Er konnte sogar, um seine Aussage zu untermauern, etwas von einer Erpressung erfinden. Natürlich würde Kesch ihn beschuldigen, aber, und jetzt sah er auf einmal den *Anderen* vor sich stehen: „Herr Kesch kann mich gar nicht wirklich belasten. Stellen Sie sich vor, er erzählt die Geschichte mit dem Mordauftrag, dann ist er selber dran. Immerhin ist das Anstiftung zum Mord. Kesch wird der Polizei erzählen, ich hätte Gertrud umgebracht, ohne seinen eigenen Auftrag dafür zu erwähnen. Nur, ihm wird niemand glauben. Man wird seine Anschuldigungen als weiteres Indiz dafür werten, daß er versucht, den Kopf aus der Schlinge zu ziehen. Verstehen Sie, wie ich das meine? Wenn Kesch den Mord lediglich leugnen würde, hätte er eine gewisse Chance. Er wird aber mich des Mordes bezichtigen, weil er weiß, daß ich der Mörder bin, und das ist sein Fehler. Er wird diesen Fehler machen, weil er angesichts der Tatsache, daß ihm lebenslange Haft droht, sein Heil in der Wahrheit suchen wird, obwohl ihn die Wahrheit bisher wenig interessiert hat. Er wird als Angeklagter auf einmal verzweifelt darauf hoffen, daß in diesem Staat letztlich die Gerechtigkeit siegt. Er wird bis zuletzt darauf setzen und trotzdem verlieren, weil er den entscheidenden Hinweis verschweigen muß: Daß er selber mir den Befehl zu dem Mord gegeben hat."

Rudi Herzog lächelte bei dem Gedanken, daß Kesch schon bald einen entscheidenden Fehler machen würde, ja, machen mußte. „Eigentlich ist alles klar", dachte Herzog. „Ich brauche nur ein Alibi für die Tatzeit."

„Ich kann für Sie bürgen", sagte der *Andere*, und Rudi Herzog freute sich, daß der *Andere* zum ersten Mal selbst das Wort ergriffen hatte und auch noch Hilfe anbot.

12.

Am nächsten Abend stellte Gertrud Schröder ihren Wagen auf einem Parkplatz ab, der nur wenige Schritte von ihrer Wohnung entfernt war. Sie hatte den ganzen Tag im Büro verbracht, ohne wirklich ernsthaft arbeiten zu können. In der Mittagspause war sie zum zweiten Mal zur Staatsanwaltschaft gefahren, um dort eine Aussage zu Protokoll zu geben. Sie hatte davon erzählt, daß Klientinnen von Kesch regelmäßig sexuell mißbraucht wurden. Sie hatte dem Beamten geschildert, wie die Klientel in den mittlerweile zwanzig Praxen einer Gehirnwäsche ausgesetzt war, die ihre Wirkung nicht verfehlte. Sie hatte berichtet, daß sich dadurch das Imperium von Kesch wie eine Krake erst über das Münsterland, dann ganz Nordrhein-Westfalen, danach bis Hessen und Niedersachsen ausgebreitet hatte. Sie hatte die ihr bekannten Firmen genannt, die in dem System eine Rolle spielten. Eine Kette von Läden für Haushaltswaren und Lampen mit dem Namen *Kochen + Inspiration*. Filialen gab es vorzugsweise in den Städten, in denen zuvor neue Praxen gegründet worden waren. Dazu gehörten Kesch eine Karateschule, ein Party-Service, ein Makler-Büro, ein Vertrieb für rechtsdrehenden Joghurt, eine Entrümpelungsfirma und noch ein paar andere Betriebe. Sie hatte erzählt, daß ein Teil der Klientel von Kesch und seinen Handlangern in den anderen Städten durch die Therapien dazu gebracht wurde, in eine der Firmen einzusteigen, natürlich stets mit dem Risiko, finanziell und psychisch dabei zugrunde zu gehen. Und sie hatte zu Protokoll gegeben, daß durch eine Verschachtelung der Firmen Geld gewaschen wurde, wobei es vor allem um in bar eingenommene Therapeutenhonorare ging, die mittlerweile sicherlich einen mehrstelligen Millionenbetrag ausmachten.

Der Staatsanwalt hatte ihre Angaben penibel protokollieren lassen und mehrfach nach Details gefragt. Nachdem sie Ihre Aussage gemacht hatte, hatte er sich bedankt und gesagt: „Der Fall könnte so gravierend sein, daß ich den Oberstaatsanwalt einschalten werde. Er wird sich möglicherweise noch einmal mit Ihnen in Verbindung setzen."

Gertrud Schröder öffnete die Haustür, fuhr mit dem Fahrstuhl in den vierten Stock und stand vor ihrer Wohnung. Sie steckte den Schlüssel ins Schlüsselloch und drehte ihn herum. Einmal, zweimal, dann zog sie ihre Hand zurück. Hatte sie heute morgen beim Verlassen der Wohnung wie gewohnt die Tür einmal abgeschlossen? Oder hatte sie den Schlüssel zweimal rumgedreht, was sie selten tat? Sie überlegte, aber es fiel ihr nicht mehr ein. Normalerweise schloß sie ihre Wohnungstür einmal ab. Sie gehörte nicht zu den Menschen, die meinten, durch das Verriegeln und Verrammeln von dünnen, für Einbrüche anfälligen Türen, vor Eindringlingen sicher zu sein. Aber sie gehörte zu den Menschen, die manchmal, fast panikartig, versuchten, durch das doppelte Abschließen der Wohnungstür ein Stück Sicherheit zu ergattern. Und jetzt wußte Gertrud Schröder nicht mehr, ob sie heute morgen eher normal oder eher panikartig abgeschlossen hatte. Offensichtlich hatte niemand ihre Wohnungstür aufgebrochen, aber was wäre, wenn eine Person in ihre Wohnung eingedrungen war, die einen Schlüssel besaß? Womöglich wartete diese Person jetzt auf sie?

Gertrud Schröder begann, den Schlüssel ein weiteres Mal herumzudrehen und spürte, daß der Widerstand des Schlosses nachgab und die Tür aufsprang. Einen Moment lang überlegte sie, wegzurennen, doch dann betrat sie ihre Wohnung wie ferngesteuert, und die Angst, die sie vorhin noch gehabt hatte, war hinter dem festen Willen zurückgetreten, ihre Wohnung als ihr Refugium zu betrachten, das ihr niemand streitig machen durfte.

Sie ging vom Flur direkt ins Badezimmer, in dem ihr nichts besonderes auffiel. Danach inspizierte sie die Küche, in der Licht brannte. Hatte sie das nach dem Frühstück angelassen? Ihr fiel auf einmal ein, daß sie heute morgen die Wohnung verlassen hatte und ganz bewußt den Schlüssel nur einmal umgedreht hatte. Genau, so war es gewesen. Sie hatte überlegt, es sich zu merken, um damit die Möglichkeit zu eröffnen, eine Person, die einen Schlüssel für ihre Wohnung besaß, in eine Falle tappen zu lassen. Heute morgen beim Abschließen war sie sich sicher gewesen, daß eine andere Person, die in ihre Wohnung eindringen würde, die Tür anschließend wieder sorgsam verschließen würde, vermutlich zweimal. Die Tür war eben zweimal umschlossen gewesen, und damit hatte sich die andere Person verraten. Schon wieder war jemand hier gewesen.

Gertrud Schröder stand in der Küche, die eine Hand auf den Tisch gestützt, und rührte sich nicht. „Eine Tür läßt sich auch von innen zweimal verschließen.“ Wieso hatte sie gerade geglaubt, die Person sei hier gewesen? Vielleicht war die Person immer noch in der Wohnung? „Ich hätte das Schloß auswechseln lassen sollen.“

Sekunden verharrte Gertrud in ihrer Stellung, immer noch ohne sich zu bewegen. Lüneburg hatte einen Schlüssel von ihrer Wohnung. Nein, das war nicht ganz richtig, er konnte einen haben, falls er sich damals einen Nachschlüssel gemacht hatte. Oder falls sie ihm damals einen Schlüssel gegeben hatte, ohne ihn zurückzuverlangen. Das wußte sie nicht mehr genau. Hatte sie ihm überhaupt jemals einen Schlüssel gegeben? Wahrscheinlich, wer sonst war gestern in ihrer Wohnung gewesen, wenn nicht Lüneburg? Wer sonst hätte gezielt nach ihrem einzigen Schriftstück gesucht, das Lüneburg als Mörder entlarvte, und es mitgenommen?

„Er hat bereits einen Menschen umgebracht." Gertrud Schröder dachte auf einmal an ihre Kindheit, an ihre Eltern, ihre Geschwister, ihre Lehrer und ihren ersten richtigen Freund. Ein pickeliger, vierzehnjähriger Junge, der im selben Schulbus mitgefahren war. Auf der Kirmes, in der Raupe, hatten sie sich zum ersten Mal geküßt. Sie dachte an die Beatles-Poster in ihrem Zimmer, an ihren ersten Rucksack-Urlaub, an heiße Liebesnächte auf Kreta. An ihre Studentenzeit in Münster, an das erste selbstverdiente Geld, an die Versuche, von ihrem inzwischen verstorbenen Mann schwanger zu werden, an dessen Unfall und die zwei Tage ohne Schlaf, an denen sie gehofft hatte, er würde überleben. Sie dachte an die Jahre danach und ihre Suche nach einem neuen Glück, an den Tip ihrer Freundin, mit Keschs Hilfe ein zweites Leben anzufangen, an das erste Gespräch mit ihm, an das neue Zuhause, das sie damals gefunden hatte.

Immer neue Bilder aus der Vergangenheit kamen hoch, grüßten sie und flogen davon. Und Gertrud Schröder merkte, daß sie gerade dabei war, mit ihrem Leben abzuschließen. Sie hatte nicht mehr die Kraft, um Hilfe zu rufen oder eine Waffe in die Hand zu nehmen. Obwohl sie seit einiger Zeit energisch und zielstrebig versuchte, Kesch in den Knast zu bringen, spürte sie auf einmal, wie schwach sie tatsächlich war und wie sehr sie sich in Wirklichkeit nach Ruhe sehnte. Das Leben war unruhig und anstrengend, und der Gedanke an den Tod beruhigte sie sogar ein bißchen. Sie war nicht lebensmüde, aber sie hatte auch keine Angst vor dem Sterben. Sie fühlte, wie froh sie darüber war, nicht mehr selbst entscheiden zu müssen, wie es nun weitergehen würde. Egal, was gleich passieren würde, sie würde es abwarten und hinterher in jedem Fall erleichtert sein. Entweder darüber, daß sie noch lebte, oder darüber, daß sie nicht länger leben mußte.

Gertrud Schröder löste die Hand vom Küchentisch. Dann ging sie langsam los, erreichte die Küchentür, trat in den Flur und zögerte einen Moment. „Soll ich erst ins Schlafzimmer oder erst ins Wohnzimmer gehen?" Im Grunde war es egal, wenn wirklich jemand sie umbringen wollte, dann passierte es eben jetzt gleich oder in einer Minute. Sie bewegte den rechten Fuß Richtung Wohnzimmer und ließ ihn einen Moment in der Luft schweben.

„Rudi hat meinen Wohnungsschlüssel." Natürlich, sie hatte ihm gestern abend einen gegeben, weil Rudi im Augenblick die einzige Person war, der sie voll vertrauen konnte. Sie hatte ihm sogar gesagt, er könne jederzeit vorbeikommen, auch wenn sie nicht zu Hause wäre, um auf sie zu warten. Sie hatte ihn sogar gebeten, ab und zu vorbeizuschauen. „Du brauchst nicht zu klingeln, komm einfach rein!"

Gertrud Schröder spürte ein angenehmes Kribbeln von oben nach unten durch ihren Körper sinken. Sie merkte jetzt, daß sie sich vorhin selbst etwas vorgemacht hatte. Natürlich wollte sie leben, es war sogar schön weiterzuleben. Wie hatte sie nur vor ein paar Sekunden dem Tod so gleichgültig begegnen können? Wieso hatte sie sich selbst verleugnet, indem sie so getan hatte, als sei es ihr egal, ob sie sofort oder vielleicht erst viel später sterben mußte?

Sie setzte den rechten Fuß auf den Boden und sah auf ihrem Weg ins Wohnzimmer bereits Rudi, der vermutlich in dem großen Ohrensessel sitzen würde. Er würde sich entschuldigen, aber sie würde abwehren und sagen, es sei vollkommen in Ordnung. Sie würde ihm Kaffee oder Bier anbieten. „Wenn Rudi hier ist, wieso hat er hinter sich die Wohnungstür abgeschlossen?" Gertrud Schröder hatte gerade den linken Fuß in der Luft, setzte ihn auf den Boden und erstarrte. Dann schoß es ihr blitzartig durch den Kopf. „Kesch hat einen Schlüssel."

Natürlich, sie hatte ihm schon vor über einem Jahr einen Zweitschlüssel für ihre Wohnung gegeben, damals, als sie noch ein Pärchen waren. Sie hatte es völlig vergessen, was vermutlich ein Teil ihrer Verdrängungsstrategie war, die sie seit Monaten benutzte, sobald nur das kleinste Gefühl für Kesch in ihr aufstieg. Und er wußte vermutlich längst, daß sie über ihn ausgepackt hatte. Wie immer er das auch herausbekommen hatte. Er wußte, daß sie die Kronzeugin war. Er wußte, daß er nicht mehr viele Chancen hatte, aber vielleicht die eine, die Kronzeugin im Wortsinn mundtot zu machen. „Wenn er überleben will, muß er mich umbringen." Und jetzt saß er keine zehn Meter von ihr getrennt nur durch eine lächerliche Holztür entweder im Wohnzimmer oder im Schlafzimmer und wartete darauf, daß sie eintrat. Dann würde er sie töten, ohne noch lange nach Einzelheiten zu fragen, dafür kannte sie ihn genug. Gertrud Schröder wankte ganz leicht, dann schrie sie. „Hilfe, Hilfe, Hilfe, Hilfe, Hilfe, Hilfe, Hilfe, Hilfe, Hilfe!"

Es klopfte plötzlich an der Wohnungstür, und Gertrud Schröder wußte nicht mehr, wieviel Zeit seit ihrem Schreien vergangen war. Zehn Sekunden, fünf Minuten? Es klopfte wieder, dieses Mal lauter und energischer und eine Stimme rief: „Frau Schröder, was ist mit Ihnen, brauchen Sie Hilfe?"

Sie erkannte die Stimme ihres Nachbarn, ein etwa 50jähriger Mann, mit dem sie manchmal im Treppenhaus ein paar Worte gewechselt hatte. Einmal in ungefähr vier Jahren hatte er bei ihr geklingelt, sich vielmals entschuldigt und um etwas Sahne gebeten. „Tut mir leid, daß ich Sie störe, aber ich bekomme nachher Besuch und bin gerade am kochen, und die Geschäfte sind schon zu, und ich brauche unbedingt noch etwas Sahne. Könnten Sie mir vielleicht mit etwas aushelfen?“ Sie hatte ihn damals erstaunt angestarrt, keineswegs angewidert oder erschreckt, lediglich überrascht, weil sie sich niemals hatte vorstellen können, daß ihr Nachbar selber eine Mahlzeit, dazu noch mit Sahne, für einen Besucher herrichten würde. Dann fiel ihr ein, daß es mit Sicherheit eine Besucherin sein würde, daß der Nachbar eine Dame zum Essen erwartete, der er kein verpatztes Essen vorsetzen wollte. Deswegen hatte er vermutlich allen Mut zusammengenommen und war zu ihr herübergekommen, um nach Sahne zu fragen. Der Appetit auf etwas weibliche Anerkennung war stärker gewesen als die Angst vor der für ihn unter normalen Hormonumständen peinlichen Frage nach Sahne. „Liebe macht nicht nur blind, sondern auch mutig“, hatte sie damals gedacht und eine Flasche Sahne aus der Küche geholt und ihm gegeben. Er hatte etwas von bezahlen gestammelt, aber sie hatte abgewunken und viel Spaß bei dem Essen gewünscht. Dann war er gegangen, und soweit sie sich erinnerte, hatte sie danach nur einmal mit ihm gesprochen. „Das war wirklich nett von Ihnen, mir die Sahne auszuborgen. Vielleicht kann ich es demnächst einmal wieder gutmachen“, hatte er gesagt.

„Jetzt“, dachte Gertrud Schröder. „Jetzt kannst du es mehr als gutmachen.“ In der Wohnung hatte sich nichts geregt, und sie stand immer noch wie angewachsen im Flur knapp einen Meter von der verschlossenen Wohnzimmertür entfernt. Seine Worte hatten so vielversprechend geklungen, so voller Leben. „Brauchen Sie Hilfe?“ Die Worte hallten in ihrem Kopf nach, dieser üppige, fette Klang, in dem etwas Angenehmes mitschwang. „Fast sahnig“, dachte Gertrud Schröder, tat vier Schritte zur Wohnungstür und öffnete sie.

Sie blickte ihrem Nachbarn in die Augen, die sich anfangs zu einem etwas besorgten, dann aber eher erleichterten Blick formten.

„Entschuldigen Sie, Frau Schröder,“ sagte ihr Nachbar. „Haben Sie eben um Hilfe gerufen, ich meine, stimmt irgend etwas nicht?“

Gertrud Schröder spürte, wie ein warmer Schauer über ihren Rücken lief, angenehm, nein, mehr noch, geradezu erotisch. Dieses prickelnde Gefühl in ihr zerrte sie auf die Seite des Lebens in ihrem Kampf zwischen Gleichgültigkeit vor dem Tod und dem festen Willen, weiterexistieren zu wollen. Aber ein Gedanke zog sie wieder zurück, lag wie eine Last auf ihr, die im Begriff war, sie zu erdrücken. „Ihr dürft Außenstehenden kein Sterbenswörtchen über die Inhalte der Therapie erzählen!“ Das hatte Kesch ihnen eingehämmert, und ihr Nachbar war ein Außenstehender. Die Tatsache, daß Kesch in ihrem Wohnzimmer saß und auf sie wartete, um sie umzubringen, war zwar nicht Teil ihrer Therapie, aber immerhin doch eine Folge. Sie wußte genau, daß es absurd war, sich in ihrer Situation an dieses Verbot zu halten, aber eine innere Energie zog sie in den Bann ihres früheren Therapeuten zurück.

„Nein es war nichts“, sagte Gertrud Schröder und bereute in dem Moment, als sie die vier Worte ausgesprochen hatte, ihre lapidare Antwort. Warum hatte sie ihn nicht angefleht: „Helfen Sie mir, ich habe Todesangst, in meinem Wohnzimmer sitzt ein Mann, der mich umbringen will, ich brauche dringend Hilfe!“ Warum fiel sie ihm nicht einfach um den Hals und klammerte sich an ihn? Warum um alles in der Welt spielte sie eine lebensgefährliche Situation so weit herunter, als sei dies hier ein Kinderspiel. „Du wärst jetzt der Mörder, ich wär' dein Opfer." Ein Spiel, das im Gegensatz zu ihrer tatsächlichen Situation jederzeit mit einem „ich habe keine Lust mehr" beendet werden konnte.

„Frau Schröder, was ist mit Ihnen?"

Da war sie, ihre zweite Chance. Sie konnte jetzt immer noch die Wahrheit erzählen und sich dafür entschuldigen, daß sie zunächst ausweichend und abwiegelnd geantwortet hatte. „Ich will nicht sterben." Das mußte ihr Nachbar verstehen, er mußte ihr helfen, er würde die Polizei rufen oder mit ihr die Wohnung durchsuchen. Er konnte sogar dabei einen schweren Gegenstand in der Hand tragen, ein Vase oder etwas ähnliches, falls es zu irgendwelchen Kämpfen kommen würde. Sie betrachtete ihn, er war nicht gerade klein und schien durchaus kräftig zu sein. „Bitte helfen Sie mir, ich werde bedroht", dachte sie und sah Kesch vor sich, der ihr bei ihrem Kampf ums Überleben wie die personifizierte Lähmung erschien.

„Entschuldigen Sie", sagte Gertrud, und sie hatte dabei das Gefühl, neben sich selbst zu stehen. Wie kannst du dich in deiner Situation entschuldigen, fragte die *Andere,* die außerhalb ihres Körpers stand. Sie schien sogar mit dem Kopf zu schütteln, aber die *Andere* war zu schwach, um die Dinge in eine lebensrettende Richtung lenken zu können.

„Ich war vielleicht etwas laut vorhin. Ich übe für ein Theaterstück, da ist eine Stelle, an der ich sterbe, ich muß dann um Hilfe schreien", log Gertrud und versuchte, dem Blick der *Anderen* auszuweichen und ihren Nachbarn mit einem möglichst gelassenen Gesichtsausdruck zu beruhigen. Es gelang ihr offensichtlich, denn ihr Gegenüber grinste auf einmal und schien sichtlich erleichtert.

„Da bin ich aber erleichtert. Ich wußte gar nicht, daß sie Theater spielen. Sie machen das bestimmt sehr gut, es klang jedenfalls ziemlich echt."

Herrgott nochmal, es war echt, dachte Gertrud und wünschte, ihr Nachbar würde jetzt nicht „Auf Wiedersehen" sagen. Noch stand er da, aber sie wußte, nachdem sie die zweite Chance verpatzt hatte, daß sie jetzt nur noch eine, ihre letzte, hatte. Noch war ihr Nachbar da, sie konnte ihn hereinbitten. Kesch hielt sich wahrscheinlich gerade hinter ihrem großen Bücherregal im Wohnzimmer oder dem Kleiderschrank im Schlafzimmer versteckt. Wie er sie wohl umbringen wollte, ob es weh tun würde? Warum sagte sie ihrem Nachbarn nicht einfach, er habe richtig gehört, sie sei völlig verzweifelt, jemand plane einen Mordanschlag auf sie? Nein, das würde zu nüchtern klingen. Frauen durften sich gegenüber Männern wesentlich emotionaler, wesentlich schwächer präsentieren. Sie sah sich in Gedanken tränenüberströmt in die Arme ihres Nachbarn flüchten.

Sie hätte diesen Traum gerne noch Stunden weitergeträumt, einfach um Zeit zu gewinnen, da streckte der Mann seine rechte Hand nach vorn, um sich zu verabschieden. Eine Sekunde hatte sie noch Zeit, sich in ihrem Kampf zwischen Gleichgültigkeit vor dem Tod und dem festen Willen, weiterexistieren zu wollen, auf die Seite des Lebens zu schlagen. Die Hand ihres Nachbarn war noch nähergekommen und berührte bereits fast ihre. Sie sah, wie er den Mund öffnete, um sich auch verbal zu verabschieden. Ihr blieb jetzt noch eine Zehntelsekunde, und sie versuchte in Lichtgeschwindigkeit, ihre Lebenskraft zu bündeln und aus den Fängen des lähmenden Kesch in die Arme des rettenden Nachbarn zu entkommen. Es blieb ihr noch eine Hundertstelsekunde, die passenden Worte zu finden, und deswegen riß sie sich zusammen und fragte: „Brauchen Sie vielleicht etwas Sahne?“

Ihr Nachbar lachte, drehte sich um und sagte: „Heute nicht, angenehmen Abend noch.“ Dann ging er durch die gegenüberliegende Tür in seine Wohnung, und Gertrud hatte das Gefühl, er sei im Diesseits verschwunden, während sie gerade auf dem Weg ins Jenseits war.

Gertrud Schröder wußte, daß sie aufs Ganze ging, als sie die Tür zum Schlafzimmer öffnete. Sie wollte jetzt eine Entscheidung, auch wenn es um Leben oder Tod ging. Mit der rechten Hand knipste sie das Licht an. Einige Sekunden wurde sie dadurch geblendet, dann hatten sich ihre Augen an die Helligkeit gewöhnt. Sie blickte in ihr Schlafzimmer, das ihr auf einmal sehr fremd vorkam. Im Zentrum stand das Bett, zwei Meter breit, eine Spielwiese für jedes verliebte Pärchen, aber sie hatte hier in den vergangenen vier Jahren nur selten gespielt. Ein paarmal hatte Kesch darin gelegen. Anfangs hatte sie die wenigen Male genossen. Später hatte sie stets das Gefühl gehabt, daß selbst ein zwei Meter breites Bett nicht ausreichte, um darin gemeinsam mit Kesch genügend Platz zu haben. Immer häufiger hatte sie diese Enge verspürt, weil außer ihr noch ein paar andere Frauen mit in dem geräumigen Bett lagen.

Wenn Kesch jetzt hier war, dann stand er hinter dem weißen Kleiderschrank, in dessen seitlichem Schutz sich ein Mensch bequem verstecken konnte, ohne von der Tür aus erkannt zu werden. „Hans, ich weiß, daß du hier bist“, sagte Gertrud leise. Nichts regte sich, und Gertrud ging zielstrebig auf den Schrank zu, um die dunkle Stelle an seiner Seite einsehen zu können. Als sie nah genug herangetreten war, konnte sie in der Nische deutlich eine Person erkennen, die regungslos und ohne einen definierbaren Gesichtsausdruck dastand. Es war die *Andere*.

„Mein Gott, ich werde verrückt.“ Gertrud Schröder wollte jetzt Klarheit. Sie kniete nieder und schaute unter dem Bett nach. Dann öffnete sie den Kleiderschrank und schob ihre Anziehsachen, die auf hölzernen Bügeln hingen, hin und her. Noch mehr Plätze, an denen sich ein erwachsener Mensch in ihrem Schlafzimmer verstekken konnte, gab es nicht. „Er lauert im Wohnzimmer.“

Sie war jetzt dermaßen entschlosssen, eine Entscheidung herbeizuführen, daß es ihr keine Probleme bereitete, den anderen Raum zu betreten. Sie konnte das gesamte Zimmer von der Tür aus einsehen, bis auf die Rückseite des großen Bücherregals, das sie als Raumteiler aufgestellt hatte. Dahinter konnten sich bequem drei erwachsene Menschen verstecken, und sie sah auf einmal in Gedanken, Rudi, Lüneburg und Kesch, wie sie dort standen und die Finger auf die Lippen legten, um den anderen zu signalisieren, sie mögen sich ruhig verhalten.

„Ich war heute mittag hier.“ Gertrud Schröder erschrak bei dem Gedanken und begann zu zittern. Sie war tatsächlich nach ihrem Besuch bei der Staatsanwaltschaft kurz zu ihrer Wohnung gefahren. Sie hatte die Wohnungstür aufgeschlossen, einmal hatte sich der Schlüssel herumgedreht. Eine halbe Stunde später hatte sie ihre Wohnung wieder verlassen. Sie hatte plötzlich einen panikartigen Anfall gehabt und ihre eigene Tür zweimal verschlossen. Warum hatte sie das vorhin völlig vergessen? Es kam ihr jetzt so vor, als habe sie sich selbst eine Falle gestellt. Zielstrebig ging sie ein paar Schritte durch den Raum und schaute hinter ihr Bücherregal. Dort stand niemand, nicht einmal die *Andere*.

Gertrud Schröder ließ sich in den großen Ohrensessel fallen. Sie fühlte sich gerädert und spürte, wieviel Kraft sie der heutige Tag gekostet hatte. Die Aussage bei der Staatsanwaltschaft, dann die Angst, in ihrer eigenen Wohnung umgebracht zu werden. „Du mußt entschuldigen, daß ich schon unter Verfolgungswahn leide, aber ich habe in den vergangenen Tagen soviel durchgemacht, das halten meine Nerven einfach nicht aus." Gertrud Schröder schaute der *Anderen* fest in die Augen, weil sie von ihr eine Reaktion erwartete, aber es kam keine. Die *Andere* war offenbar sehr schweigsam, aber sie mußte sie im Auge behalten. Irgendwie war ihr die *Andere* nicht ganz geheuer, und Gertrud nervte es jetzt sogar, daß sie zu der *Anderen* sprach, aber offenbar gegen eine Wand redete.

Gertrud Schröder entschloß sich, die *Andere* im Moment einfach zu ignorieren. Solange sie nicht sprach, hatte sie auch kein Recht, beachtet zu werden. Und schon gar kein Recht, mitentscheiden zu dürfen. Gertrud war sich auf einmal sehr sicher, daß die *Andere* ihr keine große Hilfe sein würde, eher ein Hindernis. Sie stand auf und wollte in die Küche gehen, und ihr Blick streifte den Kamin. Da fiel es ihr wieder ein: Sie hatte einen Aktenordner im Kamin versteckt, den sie nie befeuerte. Rasch ging sie ein paar Schritte geradeaus, fingerte in den Luftschacht und zog einen Ordner heraus, den sie im Kamin auf einem Mauervorsprung verstaut hatte. „Akte Kesch/ Lüneburg" las sie.

Gertrud Schröder öffnete den Ordner und sah als erstes den Brief von Lüneburg, in dem dieser den Mord an Andrea bestätigte. Eine Kopie, von der sie noch bis eben gedacht hatte, Lüneburg hätte sie aus ihrer Wohnung entwendet. „Lüneburg war gar nicht in meiner Wohnung. Niemand war in meiner Wohnung." Weder heute noch gestern. Als sie den Brief zum zweiten Mal las, kam sie sich selbst ziemlich lächerlich vor, weil sie zweimal geglaubt hatte, jemand würde ihr nach dem Leben trachten und sei in ihre Wohnung eingedrungen.

Verschämt blickte sie sich im Zimmer um, aber glücklicherweise war die *Andere* verschwunden.

13.

Am nächsten Morgen betrat Kesch seine Praxis, ging an Barbara Meiers Schreibtisch vorbei, kniff ihr in den Busen und fragte: „Was ist mit der Post?"

Er sah Babsis Blick und war leicht irritiert. War das ein Stück Verachtung, was da in ihren Augen schimmerte oder war es überspielte Unsicherheit? Überhaupt erschien ihm ihr Gesicht ziemlich verändert. Früher hatte sie es immer gemocht, wenn er sie überraschend befummelt hatte, glaubte Kesch. Sie war schon wieder anders gekleidet als Kesch es von ihr kannte. Sie hatte sich eine enge Jeans angezogen, in der ein breiter Gürtel steckte, der ihre schmale Taille betonte. Darüber trug sie eine bunte Bluse, deren grelle Farben nicht nur leuchteten, nein, sie schrien geradezu nach Beachtung. Warum trug Babsi seit einigen Tagen nicht mehr diese „Ich-bin-deine-Sekretärin-nimm-mich-Kleidung"? Während er noch überlegte, sagte sie: „Ich bringe die Post gleich rüber, hier ist ein Fax, das wird dich interessieren, es ist gestern am späten Nachmittag angekommen, als du schon gegangen warst."

Kesch nahm die drei Blatt Papier, die ihm seine Sekretärin entgegenstreckte, und betrat damit sein Büro. Schon auf dem Weg dorthin sah er, daß es eine Nachricht von Meininger war, der aber wohl vorsichtshalber unten seinem Decknamen Charly geschrieben hatte.

Kesch setzte sich an seinen Schreibtisch, überflog die Anrede und den Einleitungssatz und las ab der dritten Zeile: „...ist jetzt wirklich Alarmstufe eins. Gertrud hat einer gewissen Silke Rodig einen Brief übermittelt, in dem die Hintergründe mit Namen über den Fall Andrea geschildert werden. Schlimm genug, daß Gertrud offenbar minutiös über die Einzelheiten Bescheid weiß. Genauso schlimm ist es, daß sie ihr Wissen an Silke Rodig weitergegeben hat. Womöglich hat sie sogar noch andere Leute informiert, ausschließen können wir das wohl nicht. Du weißt, was das für uns alle bedeutet.

Was die ganze Sache noch schlimmer macht: Diese Silke Rodig leitet nicht nur die städtische „Psychologische Beratungsstelle", sie ist auch meine Ex-Frau. Das ist kein Scherz. Sie weiß allerdings nichts über meine Verbindung zu dir, ganz im Gegenteil. Sie hat mich gestern, nachdem sie einen Brief von Gertrud bekommen hatte, sofort angerufen und ihn mir vorbeigebracht, das Original. Sie meint, daß ich als Staatsanwalt die Pflicht hätte, in der Sache unverzüglich tätig zu werden. Auch wenn sie mich als Mann nicht mehr besonders schätzt, sie hält mich für einen gewissenhaften Staatsanwalt. Ich habe sie natürlich in dem Glauben gelassen.

Aber es kommt noch schlimmer: Gertrud war gestern zum zweiten Mal bei meinem Kollegen und hat über eine Stunde Aussagen über deine Praxen, deine Firmen, die Schwarzgelder, deinen Helfer beim Finanzamt usw. gemacht. Der Staatsanwalt, der die Sachen aufgenommen hat, arbeitet zum Glück in der Abteilung, die ich leite, weswegen er sofort zu mir gekommen ist. Er hielt den Fall für so brisant, daß er mich informieren wollte. Ich habe ihm zugestimmt und den Fall persönlich übernommen und von dem Kollegen sämtliche Unterlagen verlangt. Gertrud hat wirklich eine Menge zu Protokoll gegeben. Ich habe den Kollegen zu absolutem Stillschweigen verdonnert mit der Begründung, der Fall sei äußerst delikat und jede Diskussion darüber, auch in Kollegenkreisen, gefährde den Ermittlungserfolg. Aus den schriftlichen Unterlagen geht zumindest hervor, daß Gertrud nicht über den ..."

Kesch stutzte, nahm das Blatt Faxpapier hoch und hielt es dichter vor seine Augen. Die nächsten beiden Worte waren durchgestrichen und jemand hatte handschriftlich „Fall“ darüber geschrieben. Kesch las erneut: „...daß Gertrud nicht über den Fall Andrea ausgesagt hat.“ Dann versuchte Kesch, die ursprüngliche Version zu entziffern. Das erste durchgestrichene Wort begann mit einem Großbuchstaben, es konnte ein N sein. Das zweite Wort war ziemlich deutlich ein „an“. Kesch konzentrierte sich auf die vier Buchstaben des ersten Wortes und versuchte, seinen Sinn zu entziffern. N, dann ein a oder o, dann ein r, dann ein d oder a. Kesch sprach leise vor sich hin: „Nara an, Nora an. Kannte er eine Nora?“ Aber es ergab keinen Sinn: „..., daß Gertrud nicht über den Nora an.“ Er probierte weiter: „Nard an, Nord an.“ Plötzlich schoß es ihm durch den Kopf, da war kein N, sondern ein M durchgestrichen. „... über den Mord an Andrea...“

Die Entdeckung der ursprünglichen Fassung in Charlys Brief traf Kesch wie ein Hammerschlag. Er spürte, wie sein Herz plötzlich schneller zu schlagen begann und er am ganzen Körper schwitzte. Jetzt zitterten sogar seine Hände, ein Phänomen, das er kannte, aber nicht von sich selbst, sondern von seiner Klientel. Seit Andreas Tod hatten alle Eingeweihten stets vom „Fall Andrea“ gesprochen. Die Formulierung hatte sich in ihr Hirn eingefräst, Kesch meinte sogar zu wissen, daß die informierten Personen längst an einen „Fall Andrea“ glaubten. Ein tragischer Fall eben, aber solche Dinge passierten.

Und jetzt, wo sich die Schlinge ohnehin um seinen Hals immer enger zog, hatte Charly zunächst von „Mord“ geschrieben. Daß er sich korrigiert hatte, machte die Angelegenheit nicht besser. Kesch kam es vor, als sei eine uralte Wunde schlagartig wieder aufgerissen worden. Und er empfand Charlys ursprüngliche Formulierung wie eine erste Distanzierung des Schreibers von seinem langjährigen Meister. Er, Kesch, war damals der Auftraggeber für den Mord gewesen. Warum erinnerte Charly ihn ausgerechnet jetzt daran? Hatte er die beiden Worte womöglich bewußt so gezielt durchgestrichen, daß man sie zunächst überlas, mit etwas Mühe und Überlegung aber problemlos entziffern konnte? Trieb Charly, der Staatsanwalt, ihn jetzt absichtlich in die Enge? Wollte Charly ihn zu einem Fehler provozieren? Waren der Herr Staatsanwalt und die anderen Top Ten bereits dabei, ihn vom Thron zu stoßen? Aber weswegen? Charly hing auch in der Sache drin, wenngleich nicht so tief wie er. Wieviele Leute wußten eigentlich inzwischen, daß Andrea ermordet worden war?

Charly, klar, und Ulf Giesi. Ein Staatsanwalt und ein Rechtsanwalt, das war fast schon absurd, und Keschs Hände zitterten einen Moment lang nicht mehr, während er höhnisch grinste. Holländer, sein Stellvertreter, wußte Bescheid. Lüneburg, der Mörder, früher seine rechte Hand. Rudi, was war mit Rudi? Klar, Rudi hatte seinerzeit hinter der Gardine das Gespräch belauscht, in dem es um den Mord an Andrea ging. Und Gertrud wußte Bescheid, jetzt auch Silke Rodig. Natürlich war es kein Zufall, daß diese Rodig informiert worden war und gleichzeitig die „Psychologische Beratungsstelle" leitete. Die Einrichtung unterhielt seit einigen Monaten eine „Arbeitsgruppe gegen Verfehlungen in der Psychotherapie", und Kesch wußte durch einen weiblichen Spitzel, den er dort eingeschleust hatte, daß er bereits häufig Gesprächsthema Nummer eins gewesen war.

Das waren die informierten Personen, und Kesch überlegte fieberhaft, ob er damals einen Fehler gemacht hatte, ob ihm der Mordauftrag heute noch nachzuweisen war? Charly, Giesi, Holländer und Lüneburg konnten nichts bezeugen, sie hätten sich mit einer solchen Aussage selbst in den Knast gebracht, da alle an den Vorbereitungen beteiligt gewesen waren und Lüneburg die Tat sogar ausgeführt hatte. Es gab nur ein schriftliches Beweisstück, das war der Brief von Lüneburg an ihn nach dem Mord. Diesen Brief bewahrte er zu Hause in einem Safe auf, den er allein öffnen konnte, weil nur er die Zahlenkombination kannte. Dort versteckte er nicht nur den Brief von Lüneburg, den er deshalb nicht vernichtet hatte, weil er Erpressungspotential dieser Art grundsätzlich aufbewahrte. In dem Safe lagen noch diverse andere Unterlagen über sein Imperium, die für die Staatsanwaltschaft, selbst für Charly, höchst interessant waren. Bei einer Hausdurchsuchung würde die Kripo den Safe gewaltsam öffnen. Er mußte die Papiere möglichst schnell an einem anderen Ort verstecken, am besten noch heute abend.

Rudi war zu feige, etwas zu unternehmen, aber Silke Rodig, sie konnte gefährlich werden. Im Moment würde sie noch stillhalten, weil sie der Ansicht war, ihr Ex-Mann, ein Oberstaatsanwalt, würde sich persönlich um den „Fall Andrea" kümmern.

„Gertrud ist die große Gefahr." Sie wußte nicht nur über den Mord Bescheid, sie hatte bereits Details über sein Imperium bei der Staatsanwaltschaft preisgegeben. Sie war die Kronzeugin. Sie würde sicher bald auch über den Mord auspacken. „Gertrud, du mußt doch sterben, sofort!" Nach dem Tod von Marion Wegner hatte er ursprünglich die Absicht gehabt, den geplanten Mord an Gertrud zu verschieben. Dieser Kommissar MacCoin würde ihm bedrohlich nah auf die Pelle rücken, wenn innerhalb weniger Tage zwei Klientinnen von ihm starben, hatte er gestern überlegt und beschlossen, mit Gertruds Hinrichtung noch etwas zu warten. Jetzt hatte sich seine Position dermaßen verschlechtert, daß er auf die Kripo keine Rücksicht mehr nehmen konnte. Er mußte Rudi befehlen, seinen Auftrag sofort auszuführen. Was konnte man ihm dann schon beweisen?

Die Tür zu seinem Büro ging auf und Barbara Meier trat ein. „Babsi weiß von allen am besten Bescheid." Wieso hatte er sie vergessen? Ausgerechnet die Person, die sogar stets vor ihm sämtliche Informationen bekam. Nein, das stimmte nicht ganz. Den Brief von Lüneburg und die anderen Unterlagen in seinem Safe waren nie über ihren Schreibtisch gewandert. Aber sie war über den Mord an Andrea informiert, obwohl sie erst nach der Tat zu ihm gekommen war, zunächst sogar nur als einfache Klientin. Sie hatte heute morgen das Fax von Charly gelesen. Sie hatte dessen durchgestrichene Formulierung mit Sicherheit entziffert. Sie hatte ihn deswegen vorhin mit einem verächtlichen Blick gestraft. Sie sah ohnehin seit Tagen völlig verändert aus, vor allem ihr Gesicht. Er betrachtete sie und entdeckte, daß sie keine Brille mehr trug. „Andrea", hätte er fast zu ihr gesagt, denn die Ähnlichkeit war verblüffend.

*

MacCoin saß in seinem Büro und blätterte in einer Kladde, die sein Kollege in Marion Wegners Schlafzimmer unter der Matratze gefunden hatte. Die mittlerweile Verstorbene hatte in dem Buch interessante Aufzeichnungen bezüglich Kesch gemacht. „Laut Datum drei Tage vor ihrem Tod", murmelte MacCoin zu sich selbst und sah auf das erste Blatt. Die Schreiberin hatte es mit einer Linie in zwei Hälften geteilt und links darüber notiert, „Therapieleitsätze von Hans Kesch" und rechts die „Formulierungen des englischen Autors Richard Black" aufgelistet.

Kesch: „Mach, was du willst, aber mach es nicht erst morgen, mach es sofort""

Black: „Mach alles, was du willst, aber mach es nicht irgendwann, mach es sofort!"

Kesch: „Wenn du denkst, daß du denkst, dann denkst du nur, aber du mußt es fühlen!“

Black: „Wenn du denkst, du denkst, dann denkst du zwar, aber du mußt es auch fühlen!“

Kesch: „Was du bisher gespürt hast, sind nichts anderes als Fesseln. Sei anders als du bisher warst. Wirf sie ab, deine Fesseln!“

„Ich sprenge alle Ketten“, sagte MacCoin, dachte an einen Song von einem gewissen Ricky sowieso, pfiff ein paar Takte der Melodie und las, was Richard Black zu diesem Punkt zu sagen hatte.

Black: „Was immer du bisher gefühlt hast, es sind Fesseln. Sei nicht mehr so, wie du bisher warst. Wirf sie ab, die Fesseln!“

Kesch: „Ich will wirklich alles und noch mehr als das!“

Black: „Ich nehme mir alles und noch viel mehr als das!“

Kesch: „Du mußt eine Sau sein in dieser Welt!“

Black: „Sei ein Schwein in diesem Leben!“

MacCoin hatte keine Lust mehr, weiterzulesen. Er stufte die Sätze der beiden Autoren als hochpeinliche Ergüsse ein und fragte sich, ob erwachsene Menschen allen Ernstes ihre wertvolle Energie bei der Beschäftigung mit diesem potenzierten Schwachsinn verpulvert hatten? Noch mehr interessierte ihn die Frage, warum Marion Wegner die jeweils fast identischen Sätzen sauber nebeneinandergeschrieben hatte. Er blätterte weiter und fand auf der zweiten Seite der Kladde das gleiche Schema.

Kesch: „Heute hauen wir auf die Pauke und singen. Morgen hauen wir auch auf die Pauke. Ich haue jetzt jeden Tag auf die Pauke!“

Black: „Heute haue ich auf die Pauke. Morgen haue ich erst recht auf die Pauke. Laßt uns jetzt jeden Tag auf die Pauke hauen!“

MacCoin fand es mittlerweile mehr als albern und hätte das Buch am liebsten weggelegt. Aber er schlug trotzdem die nächste Seite auf. Dort standen ebenfalls noch ein paar Sätze, die sich inhaltlich, sofern man von einem Inhalt sprechen konnte, durch fast nichts unterschieden. In der Kesch-Spalte war unter dem letzten Eintrag notiert: „Keschs Therapieleitsätze seit 1985." Unter der Black-Spalte stand: „Richard Black, Aufforderungen eines Psychotherapeuten an das Volk, Flachgeist-Verlag, Graz/London 1975,."

MacCoin pfiff einmal langgezogen und sagte zu sich selbst: „Auf den ersten Blick nicht schlecht der Bursche, aber ein ziemlich billiger Plagiator." Dann blätterte der Kommissar weiter, sah aber eine Weile nur weiße Seiten. Warum hatte die Frau in einer offenbar nagelneuen Kladde Sätze von Kesch und einem englischen Autor aufgeschrieben? Hatte sie sich mit der Gegenüberstellung selbst genau vergewissern wollen, daß Kesch ein Plagiator war? Vermutlich ja, aber warum hatte sie die Sachen notiert, das Buch in ihrem Bett versteckt und war drei Tage später gestorben? Vor allem, wie war sie gestorben?

Im Moment war immer noch unklar, ob es Mord oder Selbstmord gewesen war. Sie hatte Kesch als Plagiator überführt, womit dieser ein Motiv gehabt hätte, die Frau umzubringen. Das setzte allerdings voraus, daß sie Kesch mit dem Vorwurf konfrontiert hatte, er sei ein peinlicher Plagiator. Aber selbst das war noch lange kein Beweis, daß Kesch sie daraufhin tatsächlich umgebracht hatte.

Denkbar war genauso gut, daß für Marion Wegner eine Welt zusammengebrochen war, als sie ihre Entdekkung gemacht hatte. Die Befragung von Freunden und Angehörigen hatte gezeigt, wie sehr die Tote in den vergangenen vier Jahren den Therapeuten Kesch verehrt hatte. Vielleicht war verehrt nicht der richtige Ausdruck? „Sie war ihm hörig, damit war sie allerdings keine Ausnahme“, hatte dieser Rudi Herzog gesagt, der selbst ein seltsames Verhältnis zu Kesch zu haben schien.

MacCoin blätterte immer noch in der Kladde, Seite für Seite, weil er sicher gehen wollte, mögliche weitere Einträge nicht zu übersehen. Er schlug die letzte Seite auf. Dort hatte Marion Wegner nichts geschrieben, sie hatte eine Skizze gemacht, und MacCoin fand sie überaus interessant. Von einem Balkon in einem angedeuteten Haus stürzte eine Person, ob männlich oder weiblich, war nicht auszumachen. Die Person befand sich bereits jenseits des Geländers und hing kopfüber in der Luft. Aber viel bemerkenswerter war die Tatsache, daß eine zweite Person auf dem Balkon stand, die ihre Hände ausgestreckt hatte. Versuchte sie, die erste Person noch festzuhalten, oder hatte sie die erste Person gerade absichtlich hinuntergestoßen?

MacCoin konnte die Frage im Moment nicht beantworten, aber er war sich sicher, daß er im „Fall Kesch“ noch eine Menge weiterermitteln mußte. Der Mann selbst hatte sich am Telefon äußerst merkwürdig verhalten. Und einer seiner Klienten, Rudi Herzog, hatte sich dermaßen seltsam gebärdet, daß an der ganzen Sache etwas faul zu sein schien. MacCoin faßte den Entschluß, möglichst viel über Kesch herauszubekommen, bevor er diesen verhören wollte. Der Kommissar griff zum Telefon.

Erst rief er bei Staatsanwalt Robert Meininger an, erfuhr von dessen Sekretärin, daß dieser inzwischen befördert worden sei, bekam ihn dann aber doch an die Strippe. Das Gespräch brachte zunächst nicht viel. Meininger erklärte lediglich, man habe diesen Kesch schon seit einigen Jahren im Visier, offensichtlich verhalte er sich aber gesetzeskonform. Von irgendwelchen abhängigen Klienten oder Klientinnen wußte Meininger angeblich nichts, wobei, sollte es so sein, dies leider kein Straftatbestand sei. Von Therapieleitsätzen, die irgendwo abgeschrieben waren, war Meininger ebenfalls nichts bekannt. Es laufe derzeit aber eine Vorermittlung wegen bestimmter Aussagen einer Person, hatte der Oberstaatsanwalt erklärt und angedeutet, die Kripo könne ihre eigenen Recherchen deswegen getrost einstellen, schließlich sei man schon auf höherer Ebene aktiv.

MacCoin merkte wieder einmal, wie ein Angehöriger der Staatsanwaltschaft indirekt sagen wollte, daß die Arbeit der Kripo nicht besonders erwünscht war, wenn sich bereits jemand aus den oberen Etagen der Justizbehörden mit der Materie beschäftigte. Das ärgerte ihn so sehr, daß er schließlich fragte: „Sie kannten doch eine Frau Marion Wegner, sie war etwa vier Jahre Klientin in der Praxis von Herrn Kesch?"

MacCoin meinte, am anderen Ende der Leitung ein Schlucken zu hören. Dann sagte der Oberstaatsanwalt: „Ja, Frau Wegner war eine flüchtige Bekannte von mir."

„In ihrem Schlafzimmer hängt ein Foto, auf dem Sie mit ein paar anderen Leuten abgebildet sind. Aber wieso sagten Sie, Frau Wegner war eine Bekannte von Ihnen? Wissen sie schon, daß sie tot ist?"

„Was, nein, wieso ist sie tot? Ich habe sie früher einmal kennengelernt. Sie ist tot? Seit wann?

„Seit gestern, vom Balkon ihrer Wohnung gestürzt. Wann haben Sie Frau Wegner denn zum letzten Mal gesehen?

Wieder entstand am anderen Ende der Leitung eine kurze Pause, dann sagte Robert Meininger: „Ich weiß es nicht mehr genau, aber, Herr Kollege, meinen Sie nicht, wir sollten lieber Hand in Hand arbeiten, statt uns gegenseitig zu verhören?"

Jetzt überlegte MacCoin einen Augenblick, bevor er antwortete. Wieso behandelte ihn der Oberstaatsanwalt plötzlich wie einen Kollegen, nachdem er vorhin ziemlich deutlich zum Ausdruck gebracht hatte, die Kripo könne sich ihre Ermittlungen im „Fall Kesch" sparen?

„Da bin ich ganz auf Ihrer Seite, Herr Kollege. Wir haben ein paar interessante Unterlagen bei Frau Wegner gefunden, die vielleicht zu ihren Ermittlungen passen. Danach ist Herr Kesch ein Plagiator allererster Güte. Er hat offenbar das, was er seiner Klientel als Weltanschauung verkauft hat, schlicht und ergreifend abgeschrieben. Da könnte es sich immerhin um eine Urheberrechtsverletzung handeln. Und das ist ein Straftatbestand."

Robert Meininger hatte noch versichert, seine Behörde werde sich um die Angelegenheit kümmern. Kurz darauf hatten die beiden Beamten das Telefonat beendet. MacCoin hatte das Gefühl, mit einer Person gesprochen zu haben, die vor allem durch devotes Wohlverhalten und protegiert von einem mächtigen Chef in die Top Ten aufgestiegen war. Jedenfalls weniger wegen fachlicher Kompetenz.

*

Barbara Meier hatte das Büro von Kesch wieder verlassen, und jetzt saß dieser nicht nur allein in dem, was er stets als seine heilige Halle angesehen hatte. Er fühlte sich auch allein. Er dachte an das Fax von Meininger, das ihm wie der Beginn einer Abnabelung vorkam. Er sah Babsi vor sich, die begann, eine unsichtbare Mauer zwischen ihm und ihr aufzubauen. Ihm fiel ein, daß sein Rechtsanwalt Giesi sich schon auffällig lange nicht mehr gemeldet hatte, und sein Therapeut Holländer sich momentan mehr in die Arbeit kniete, als er es seit vielen Jahren von ihm gewohnt war. Kesch hatte das Gefühl, in der Mitte eines gefährlichen Loslösungsprozesses zu stehen.

Er erinnerte sich daran, wie er einmal auf einer Ranch beim „Cutting“ zugesehen hatte, einer Disziplin im Westernreiten. Beim „Cutting“ versucht ein Reiter auf einem Western-Pferd, ein bestimmtes Rind möglichst schnell von der Herde abzuschneiden, beispielsweise um es zu brandmarken. Kesch hatte damals sehr interessiert zugeschaut und die Bewegungen des Pferdes bewundert, das dank seiner Ausbildung die Arbeit fast allein verrichtete, gelenkt lediglich von wenigen, kaum wahrnehmbaren Befehlen durch den Reiter.

Noch interessierter hatte er das Rind beobachtet, das von der Herde getrennt werden sollte. Als das Pferd eine bestimmte Nähe erreicht hatte, war das Rind fast gelangweilt mit der gesamten Herde langsam losgelaufen, in der Hoffnung, ein paar Meter weiter wieder den gewohnten Tätigkeiten nachgehen zu können, fressen und scheißen. Dann war der Moment gekommen, als die Herde bemerkte, daß es sich um eine ernste Angelegenheit handelte. Die Tiere liefen schneller, sie versuchten auszuweichen, nicht panisch, aber ängstlich. Doch das Pferd kam immer näher, rückte immer gezielter auf die Herde vor und machte bereits Anstalten, ein bestimmtes Rind abzufangen. Da erkannte die Herde die ganze Tragweite der Situation und spürte instinktiv, daß eines ihrer Mitglieder direkt bedroht war. Alle Herdentiere rannten jetzt um ihr Leben, aber das Pferd hatte längst seine Arbeit an der Seite aufgenommen, wo das auszusondernde Rind galoppierte. Und schließlich schob sich der clevere, schnellere Vierbeiner wie ein Keil zwischen Herde und Opfer. Ein paar kurvenreiche Galoppsprünge noch, dann war das eine Rind, im Wortsinn, allein auf weiter Flur. Es machte noch ein paar hilflose Versuche, seinem Schicksal zu entgehen und Kesch glaubte damals, in den Rinderaugen Todesangst gesehen zu haben. Er hatte eine Kreatur beobachtet, die spürte, in eine ausweglose Situation geraten zu sein. Während die Herde sich abgesetzt hatte und in sicherer Entfernung begann, ihr Alltagsgeschäft wieder aufzunehmen: Fressen und Scheißen.

Kesch kam sich genauso vor wie dieses Rind, bedroht und kurz davor, gebrandmarkt zu werden. Er hatte das Gefühl, seine Herde würde gejagt, nicht nur von einem Pferd, sondern gleich von mehreren. In seinem Fall hatten es die Jäger nicht auf irgendein Rind, sondern den Leithammel abgesehen. Und seine Herde schien genauso zu reagieren, wie diejenige damals beim „Cutting“, die statt zu kämpfen nur ein Ziel vor Augen gehabt hatte, möglichst bald wieder in Ruhe fressen und scheißen zu können. Während man ihn, Kesch, von seiner Herde abzuschneiden versuchte, um ihn zu brandmarken - oder gar zu schlachten.

Auf einmal erschrak Kesch bei dem Gedanken, daß er sich gerade mit einem Rind verglichen hatte, wenngleich nicht mit irgendeinem Rind, sondern mit demjenigen, das sich eine Herde hielt. „Ich bin kein Rind, aber ich habe eine große Herde.“ Kesch drückte sich mit seinen Füßen vom Boden ab und rutschte im Schreibtischstuhl nach oben, bis er mit durchgedrücktem Rücken aufrecht saß. „Ich muß kämpfen, kämpfen, kämpfen!“ Er würde sich durch keinen Kommissar und durch keine Erpressung kleinkriegen lassen. Noch hatte er reichlich Karten in der Hand und die würde er jetzt gezielt und mit der Macht seiner Position einsetzen. Er mußte die Dinge ordnen. Er mußte die Top Ten dazu zwingen, allein für ihn zu arbeiten, notfalls mit Erpressung. Aber als erstes mußte die Kronzeugin ausgeschaltet werden, danach womöglich Silke Rodig.

Kesch drückte einen Knopf an seiner Telefonanlage und bekam nicht nur eine Freileitung, damit umging er auch, daß Barbara Meier für ihn den Gesprächskontakt herstellte. Kesch wählte Rudi Herzogs Nummer, aber der Anschluß war besetzt. Immerhin schien Herzog zu Hause zu sein, und das war gut so. In ein paar Minuten würde er es noch einmal probieren und ihm die definitve Order geben, Keschs dringendstes Problem binnen 24 Stunden zu lösen.

*

Rudi Herzog saß völlig verspannt in einem Sessel, den Oberkörper hatte er weit nach vorne gebeugt und die Knie aneinandergepreßt. Seine rechte Hand klammerte sich an der linken Hüfte fest, seine linke Hand an der rechten Hüfte, so daß beide Unterarme auf seinen Bauch drückten. Herzogs Körper hatte auf den Tod von Marion Wegner und das Verhör durch den Kommissar mit der unangenehmen Kombination aus Blähungen und Durchfall reagiert. Jedes Mal, wenn er Luft abließ, hatte er Angst, dünnflüssig in die Unterhose zu stuhlen. Gleichzeitig peinigte ihn wieder dieses gallige Gefühl im Magen.

Minutenlang saß Herzog in der gekrümmten Haltung, ohne sich zu regen. Nur seine Pupillen wanderten ständig von einem Augenwinkel zum anderen und stießen so häufig an ihre Grenzen, daß sie zu schmerzen begannen. Er suchte den *Anderen*, nicht weil er ihn herbeisehnte, sondern weil er sich im Moment davor fürchtete, von dem *Anderen* in diesem Zustand gesehen zu werden. Bisher meinte Herzog bemerkt zu haben, daß der *Andere* ihn durchaus respektierte und zu schätzen gelernt hatte. Nur so war es zu erklären, daß der *Andere* sich Herzog langsam genähert hatte. Aus dem stillen

Beobachter und Zuhörer war im Laufe ihrer Bekanntschaft eine Person geworden, die ihm irgendwann aufmunternd zugenickt, ihm später deutliche Zeichen mit Hilfe von Körpersprache gegeben, und die schließlich sogar zu ihm gesprochen hatte.

Bisher hatte Herzog es noch nicht gewagt, einen bestimmten Gedanken auszudenken, aber jetzt tat er es. Er empfand den *Anderen* inzwischen ein bißchen wie einen großen Bruder, ja, warum sollte er sich in diesem Punkt etwas vormachen? „Ich habe endlich einen großen Bruder", dachte Herzog und schmunzelte, wobei er einen Augenblick das Rumoren in seinen Gedärmen und den Geschmack von Magensaft im Mund vergaß. Dann erschrak er schlagartig, weil ihm einfiel, daß er bereits zweimal einen großen Bruder verloren hatte. Wieder schnellten Herzogs Pupillen hin und her, wieder schmerzten seine Augen und wieder konnte er den *Anderen* nicht sehen. Aber was, wenn der große Bruder sich hinter ihm aufhielt, oder gerade genug seitlich, daß er außerhalb von Herzogs Blickfeld stand?

Der Gedanke quälte ihn so sehr, daß seine Hände die Hüfte losließen, sein Rücken sich senkrecht stellte und sein Oberkörper samt Kopf sich erst nach links, dann nach rechts drehte. Dabei hatte er den gesamten Raum einmal kurz überblicken können und niemanden entdeckt. Rudi Herzog fühlte sich erleichtert und merkte, wie die Spannung in seinem Körper nachließ. Gleichzeitig stieg sie in seinem Gehirn.

In Gedanken sah er Marion Wegner von einem Balkon in die Tiefe stürzen, und in seiner Vorstellung hörte er ihren dumpfen Aufprall, das Brechen und Zerbersten von Knochen, das er wie das Zersplittern von morschen Ästen unter seinen Füßen beim Gang durch einen Wald empfand. Er hörte ihren Kopf aufschlagen, und es klang wie das stählerne Gegengewicht eines Fahrstuhls, der sich im Erdgeschoß in Bewegung setzt und dabei einen dumpfen Knall durch den Schacht nach oben schickt, während jemand im zehnten Stock vor der Aufzugtür wartet.

Herzog sah den leblosen Körper am Boden liegen, wegen der Dunkelheit nur schemenhaft. War es überhaupt dunkel, als Marion starb? Er wußte es nicht und konnte sich auch nicht daran erinnern, ob der Kommissar etwas über die Todeszeit gesagt hatte. Jetzt sah Herzog, wie an einem Ende des nur schwer erkennbaren Torsos sich deutlich ein Kopf abzeichnete, dann ein Gesicht, Mund, Nase, Augen, Stirn, Falten, Härchen, ein Muttermal, eine Narbe am Kinn. Herzog erkannte, daß dort Gertrud am Boden lag.

„Du solltest dir deine Pläne noch einmal gut überlegen", sagte eine vertraute Stimme hinter ihm, und Herzog zuckte zusammen, als hätte ihm jemand einen Stromstoß verpaßt. Er drehte sich blitzschnell um und erkannte seinen großen Bruder, sah dessen klare Augen und den leicht geöffneten Mund. Die Stellung der Lippen signalisierte eine Mischung aus erwartungsvoller Anspannung und Lächeln.

Erst jetzt wurde Herzog klar, daß der *Andere* ihn mit „Du" angesprochen hatte. Warum hatten sie nur solange um den heißen Brei herumgeredet? „Brüder sagen 'Du' zueinander". Herzogs Schmerzen waren verschwunden, und er fühlte sich glücklicher als jemals zuvor in seinem Leben. Er stand auf und ging auf seinen großen Bruder zu, um ihn zu umarmen. Ein halbes Leben hatte es gedauert, bis sie einander gefunden hatten. Herzog schritt mit ausgebreiteten Armen auf den *Anderen* zu, aber als er diesen fast schon berühren konnte, war der plötzlich verschwunden. Herzog drehte sich um und sah ihn in der anderen Hälfte des Zimmers stehen und Herzog begriff.

„Ich weiß, daß es nicht leicht für dich ist, mich zu umarmen. Weil du meinst, ich würde Gertrud umbringen. Ich kann gut verstehen, daß du keinen zukünftigen Mörder anfassen möchtest." Herzog machte eine Sprechpause, um seine Worte kurz wirken zu lassen und wartete auf eine Antwort seines großen Bruders. „Das ist genau das Problem", hörte Herzog ihn sagen und merkte im selben Augenblick, daß der *Andere* gar nicht gesprochen, sondern Herzog ihm in Gedanken die Worte in den Mund gelegt hatte. Verzweifelt starrte Herzog auf das Gesicht seines großen Bruders und flehte ihn innerlich an, doch wenigstens zu nicken. Denn längst hatte Herzog sich die nächsten Worte zurechtgelegt, die die beiden Brüder für immer vereinen würden. Und jetzt, jetzt endlich sah er, wie der *Andere* seinen Kopf ganz leicht rauf- und runterbewegte.

„Ich werde Gertrud nicht umbringen", sagte Herzog. „Ich rufe sie jetzt an und erzähle ihr alles. Daß Kesch mir den Auftrag gegeben hat, sie auszuschalten, damit ..." Herzog wollte eigentlich weitersprechen, aber er brach den Satz ab. Er kam sich auf einmal gegenüber seinem großen Bruder niederträchtig vor, weil er davon gesprochen hatte, Gertrud „auszuschalten", obwohl er eigentlich „zu ermorden" hatte sagen wollen. Für den Bruchteil einer Sekunde realisierte Herzog, daß er mit Rücksicht auf den verlorenen großen Bruder Kesch den wirklichen großen Bruder hatte täuschen wollen.

Herzogs Herz begann zu rasen, ihm fiel ein, daß er nicht einmal den Namen des *Anderen* kannte, den er so gerne in seine Arme geschlossen hätte. Er befürchtete, sein großer Bruder würde sich jetzt enttäuscht verabschieden und gehen, da hatte Herzog die rettende Idee. „Ich rufe augenblicklich Gertrud an." Er setzte sich wieder in den Sessel, griff zum Telefon, wählte Gertruds Nummer und lächelte den *Anderen* dabei an. In wenigen Augenblicken würde er die Sache mit Gertrud bereinigen, dann würde sein großer Bruder ihn in die Arme nehmen, lange und intensiv. Sie würden womöglich ein wenig feiern und hätten sich eine Menge zu erzählen. Herzog lauschte gespannt, dann hörte er ein Besetztzeichen und legte auf. Unmittelbar danach klingelte sein Telefon.

Herzog riß den Hörer an sein Ohr, hechelte ein „Ja“ und wartete darauf, daß sich am anderen Ende Gertrud melden würde.

„Hier ist Kesch“, hörte er stattdessen und hatte das Gefühl, der Hörer in seiner Hand hätte sich in eine weiche Knetgummimasse verwandelt. Herzog wurde schwarz vor Augen, und er sah Myriaden von winzigen Sternen vor seinen Augen tanzen. Dann saß er in einem Karussel, das sich rasend schnell bewegte, so daß alles um ihn herum vorbeiflog, egal ob es Menschen, Lichter oder Gegenstände waren, die zum Karussel gehörten. Die Gondel, in der er sich befand, drehte sich zusätzlich um die eigene Achse, und ein paarmal, als er gerade unmittelbar vor der Laufbahn herumwirbelte, die den äußeren Ring des Fahrgeschäftes bildete, sah er seine beiden großen Brüder an ein Geländer gelehnt stehen. Keine zwei Meter trennten die beiden voneinander, aber sie schienen sich gegenseitig genausowenig zu beachten wie ihn. Herzog konnte jeweils nur für die Dauer eines Wimpernschlages ihre Gesichter sehen, die teilnahmslos ins Leere blickten.

„Herzog, ich warte darauf, daß du deinen Auftrag erfüllst!“

Keschs Worte wirkten wie die gemeine Tonfrequenz eines elektronischen Weckers, der gerade jemanden aus einem Tiefschlaf reißt. Herzog schnellte mit dem Oberkörper nach oben und saß kerzengerade in seinem Sessel. Die Fahrt im Karussel war jäh beendet worden, und er fand sich in seinem eigenen Wohnzimmer wieder. Immer noch hielt er den Telefonhörer an sein Ohr und jetzt hörte er die Worte in Gedanken wie ein Echo noch einmal. „Herzog, ich warte darauf, daß du deinen Auftrag erfüllst!"

Es war kein direkter Befehl, aber es war ein Satz, bei dem er spürte, wie ungezählte Ausrufezeichen sich auf ihn stürzten und ihn zwingen wollten, der Aufforderung sofort nachzukommen. Herzog wußte, daß er sich ohne fremde Hilfe ergeben würde, deswegen riß er seine Augen auf und starrte in die Richtung, in der er seinen neuen großen Bruder zuletzt gesehen hatte. Tatsächlich, dort stand der *Andere* und gab eindeutige Zeichen. Seine rechte Hand bewegte sich rasch hin und her, wobei der *Andere* mit vier Fingern eine angedeutete Faust gebildet hatte und nur den Zeigefinger fast senkrecht nach oben streckte. Gleichzeitig sah Herzog, wie der *Andere* heftig mit dem Kopf schüttelt und verstand die Botschaft.

„Ich werde Gertrud nicht umbringen." Der Satz stand im Raum, und Herzog realisierte sofort, daß er die beschönigende Formulierung von vorhin, „ausschalten", nicht gebraucht, sondern die Sache auf den Punkt gebracht hatte: „Umbringen." Das ermunterte ihn, seinem früheren großen Bruder endgültig den Gehorsam zu verweigern. „Ich folge deinen Befehlen nicht mehr, ich werde dich ausschalten." Herzog merkte als erstes, daß seine Worte einer Palastrevolution gleichkamen, dann wurde ihm klar, daß er die letzten Sätze lediglich gedacht, statt ins Telefon gesprochen hatte.

Herzog mußte jetzt etwas sagen, Kesch erwartete es von ihm. Er spürte, wie seine beiden großen Brüder an ihm zerrten. Der *Andere* stand immer noch im Raum und versuchte, ihn zu sich zu ziehen. Herzog war bereit, den Telefonhörer aufzulegen, da sagte Kesch: „Ich schließe aus deinem Schweigen, daß du deinen Therapeuten nicht genug liebst, so wie du deine Stiefmutter nie genug geliebt hast."

Herzog fühlte einen Stich in seinem Bauch und dachte an seine Therapiesitzungen bei Kesch. „Du mußt deinen Therapeuten lieben!" Diesen Satz hatte er zigmal gehört und er war ihm erklärt worden. „Wenn du dich deinem Therapeuten nicht öffnest, hat die ganze Therapie keine Chance." Herzog erinnerte sich daran, wie ihm immer wieder eingehämmert worden war: „Deswegen mußt du deinen Therapeuten lieben, er liebt dich auch und will nur dein bestes!"

Wie seine Stiefmutter. Herzog sah deutlich die Frau vor sich, dann hatte er das Gefühl, sie sei jetzt statt Kesch am Telefon. Schmerzhaft spürte er noch einmal sein kindliches Verlangen damals, ihr einen Gefallen zu tun, wieder und wieder. Er erinnerte sich daran, wie er als Junge abends im Bett gelegen und krampfhaft überlegt hatte, mit welchen Mitteln er die Liebe seiner neuen Mutter gewinnen konnte. Er fühlte die Verzweiflung von damals, weil er sich stets so verhalten hatte, daß er der Meinung gewesen war, sie müsse ihn nun lieben. Stattdessen hatte sie ihn jedes Mal wissen lassen, er habe falsch gehandelt und sei deswegen schuldig. Und sie hatte ihre Ansicht begründet: „Ich schließe aus deinem Verhalten, daß du deine Stiefmutter nicht genug liebst. Wenn du dich deiner Stiefmutter nicht öffnest, hat die ganze Familie keine Chance. Deswegen mußt du deine Stiefmutter lieben, sie liebt dich auch und will nur dein bestes!"

Herzog suchte mit den Augen den *Anderen* und sah, daß dieser inzwischen aufgehört hatte, zu gestikulieren und nun regungslos und mit einem verständnislosen Blick dastand. Herzog hätte so gerne die Liebe seines neuen großen Bruders gewonnen, aber die Sehnsucht nach der Liebe des verlorenen großen Bruders war stärker. Herzog spürte die Abhängigkeit von Kesch jetzt körperlich. Er merkte, wie dieser die Arme von hinten um seinen Brustkorb gelegt hatte und zudrückte. Herzog hatte ihn schon einmal verloren, weil er versagt und sich schuldig gemacht hatte. „Ich darf nicht schon wieder versagen!" Er mußte sich die Liebe des verlorenen großen Bruders erkaufen, indem er dessen Befehle befolgte. Er würde alles machen, wenn dadurch sein größter Wunsch in Erfüllung gehen würde: „Ich will einen großen Bruder."

Herzog ließ den Telefonhörer aus der Hand gleiten und vergrub das Gesicht in seinen Händen, dann schluchzte er leise, und auf einmal traten Tränen in seine Augen, und er dachte wieder an damals, 1968, als er zehn Jahre alt gewesen war. Herzog sah ein bestimmtes Bild in Gedanken vor sich, eine Szene auf irgendeinem Autobahnrastplatz in der Nähe von Münster. Er sah eine Frau, die ebenfalls weinte. Vor ihr stand ein Junge, vielleicht vierzehn oder fünfzehn Jahre alt, der in der linken Hand eine Reisetasche trug. Hinter dem Jungen auf dem Parkplatz stand ein Wagen, in dem zwei erwachsene Menschen saßen, ein Paar.

Herzog selbst saß in einem anderen Wagen, der ebenfalls auf dem Parkplatz wartete. Vor ihm rutschte sein Vater nervös auf dem Fahrersitz hin und her und wartete auf die weinende Frau, die er in wenigen Tagen heiraten und die Herzogs neue Stiefmutter sein würde. Plötzlich war Herzog ausgestiegen und hatte zu dem älteren Jungen herübergestarrt. Herzog hatte begriffen, dies war sein Stiefbruder, aber er durfte ihn nicht kennenlernen. Der Gedanke hatte so sehr geschmerzt, daß er sekundenlang mit weit aufgerissenen Augen und den Kopf nach vorne gestreckt vor dem Auto gestanden hatte. Herzogs innere Verzweiflung war zwar groß gewesen, aber gleichzeitig hatte er für seinen Stiefbruder Mitleid empfunden und versuchte, sich mit ihm - wenigstens in Gedanken - zu verbünden. Dann war Herzog von seinem Vater zurück in den Wagen gezerrt worden.

„Du bekommst jetzt eine neue Mutter, und wir drei werden es schon schaffen", sagte sein Vater im Auto. „Du wirst es bei ihr bestimmt gut haben. Du möchtest doch wieder richtig glücklich werden, nachdem du seit Mamas Tod soviel durchgemacht hast. Du brauchst eine richtige Familie."

Herzog hatte sich in diesem Moment geschworen, seiner neuen Mutter zu zeigen, wie sehr er sie mochte. Und er hatte sich geschworen, dafür zu kämpfen, irgendwann einmal einen großen Bruder zu besitzen.

Vor ihm lag immer noch das Telefon auf dem Tisch, und er hörte aus der Muschel deutlich die Worte „Auftrag ausführen" und „sofort". Der *Andere* war gegangen und Herzog wußte, daß er Keschs Befehl vollstrekken mußte.

14.

Silke Rodig stieg die Stufen zu Keschs Praxis herauf und stand vor einer schweren Holztür, in die in Kopfhöhe ein kleines Fenster aus Spiegelglas, geschützt mit schweren Eisengittern, eingelassen war. Silke Rodig versuchte durch das Fenster ins Innere des Hauses zu schauen, aber alles, was sie erkannte, war ihr eigenes Spiegelbild. Sicher konnte man von der anderen Seite durch das Glas sehen und jede Person erkennen, die außen vor der Tür stand. Ob sie bereits beobachtet wurde? Ob bestimmte Besucher oder Besucherinnen gar nicht erst eingelassen wurden, nachdem Keschs Leute sie heimlich begutachtet hatten?

Silke Rodigs Arm bewegte sich ganz leicht ein Stück auf den Klingelknopf zu, hielt aber noch einmal inne. „Was will ich hier eigentlich?" fragte sie sich in Gedanken. Sie war Mutter eines Kindes, das sie liebte. Sie war gesund, hatte eine gute und interessante Stellung, besaß eine Eigentumswohnung, hatte Freunde, seit einem halben Jahr auch wieder einen Lebensgefährten. Sie spielte regelmäßig Squash, manchmal Tennis und verdrängte nicht nur beim Sport die Gedanken an die oft verzweifelten Menschen, um die sie sich fast täglich bei der Arbeit kümmern mußte.

Sie hatte die *taz* und die *Brigitte* abonniert, war passives Mitglied bei „Bündnis 90/Die Grünen", sortierte Kunststoff, Glas und Papier und kaufte Milch, Joghurt und Sahne in Pfandflaschen. Sie tanzte gerne und nutzte fast jedes Wochenende, an dem ihre Tochter bei Robert war, um auf irgendeine Party oder in eine Disco zu gehen. Sie kochte gerne und züchtete mit Vorliebe Kakteen. Sie achtete auf ihre Figur und hatte den Wunsch nach vollwertiger Ernährung mit mehreren Invasionen von Trockenobstmotten bezahlt.

Sie wußte von einem Mord, den Kesch in Auftrag gegeben hatte. Sie wußte von Frauen, die von ihm sexuell, psychisch und finanziell mißbraucht worden waren. Sie wußte von Klientinnen, die versucht hatten, sich umzubringen oder die monatelang in der Psychiatrie verbracht und die mehrere Jahre psychologische Betreuung benötigt hatten, um die bei Kesch erlittenen Seelenschäden zu verarbeiten.

Sie konnte jetzt hier klingeln und versuchen, sich bei Kesch einzuschleichen, um weitere Beweise zu sammeln. Sie würde sich dabei in Gefahr begeben, in Lebensgefahr. Sie sah in Gedanken ihre Tochter, zögerte und zog ihren Arm zurück. „Ich kann jetzt wieder gehen", dachte sie und war hin- und hergerissen, da wurde die Tür vor ihr geöffnet. Erst fingerbreit, dann wurde der Spalt ein winziges Stück größer, jetzt paßte schon eine Hand hinein, dann zwei Hände. Obwohl die Tür tatsächlich in Sekundenbruchteilen aufging, hatte Silke Rodig das Gefühl, sie öffne sich im Zeitlupentempo. Silke Rodig erkannte einen Arm, einen Körper, ein Gesicht. Vor ihr stand eine Frau, die den rechten Zeigefinger fest auf die Lippen preßte. Silke Rodig zuckte zusammen und riß ihre Arme instinktiv über Kreuz an die Brust, um ihren Oberkörper zu schützen. „Wie die Eisenstangen vor dem Fenster an der Tür zu Keschs Praxis", dachte sie.

Vor ihr stand jene Frau, die gestern in Silke Rodigs Büro gekommen war und eine halbe Stunde über Kesch erzählt hatte. Sie hatten sogar ein weiteres Treffen vereinbart, und jetzt öffnete diese Frau ihr die Tür zu Keschs Praxis, ohne daß Silke Rodig geklingelt hatte. Es blieb keine Zeit mehr, darüber nachzudenken, denn die Frau sagte: „Guten Tag, wenn Sie zu uns wollen, kommen Sie doch bitte herein."

Silke Rodig fühlte, wie sie am Arm in das Haus gezogen wurde, durch einen kurzen Flur, bis sie in einem

Raum stand, der an die Empfangshalle eines Hotels erinnerte.

„Setzen Sie sich bitte", hörte Silke Rodig die Frau sagen und sah, wie diese mit ausgestrecktem Arm einen Stuhl anbot, der vor einem Schreibtisch stand. Die Frau ließ sich auf der anderen Seite des Tisches nieder und sagte: „Was können wir für Sie tun? Wünschen Sie eine psychotherapeutische Hilfe?"

Die Frau kritzelte dabei etwas auf einen kleinen Zettel und reichte ihn Silke Rodig. „Heute abend um 18 Uhr bei dir." Ein oder zwei Sekunden sprach niemand in dem Zimmer, dann sagte Silke Rodig: „Ich möchte bei Herrn Kesch eine Therapie anfangen."

Der Mann war hager und hielt ihr seine dürre Hand hin. „Trinken Sie einen Kaffee?" hörte sie ihn fragen und dachte daran, wie sie selbst mit dieser Eingangsfrage die Peinlichkeit zu überspielen versuchte, wenn ihr gerade eine Klientin oder ein Klient eine vor Aufregung schweißnasse Hand gereicht hatte.

„Sie ist nervös", dachte Kesch und fragte sich sofort, ob sie dadurch leichter steuerbar oder gefährlicher war. Er wußte nur zu gut, warum sie hier saß, aber wußte sie auch, daß er das wußte? „Ich muß ihr den Eindruck vermitteln, daß sie für mich eine ganz normale Klientin ist, sie darf keinen Verdacht schöpfen", dachte Kesch, bestellte per Sprechanlage zwei Tassen Kaffee und sagte: „Was wäre die Welt ohne Kaffee?"

„Warum fragt er nicht, was ich von ihm will?" dachte Silke Rodig und überlegte, daß sie in solchen Gesprächssituationen auch versuchte, ihre Klientel langsam warmzureden. „Ohne Kaffee gäbe es nicht Hunderttausende von ausgebeuteten Kaffeepflückern", schoß ihr durch den Kopf, dann sagte sie: „Trinken sie den Kaffee auch mit Milch?"

„Aha, jetzt hat sie sich schon verraten, sie will von sich selbst nichts preisgeben, aber etwas über mich erfahren“, dachte Kesch. Es überraschte ihn nicht. Sie wußte von dem Mord an Andrea, den er in Auftrag gegeben hatte. Sie wußte sicher auch eine Menge über seine Therapiemethoden, über sein Verhältnis zu Klientinnen. Sie war mit einer vorgefertigten Meinung hergekommen und wollte jetzt die letzte Gewißheit. Er mußte ihre Vorurteile bestätigen, um sie in Sicherheit zu wiegen, nur so konnte er sie ausschalten. „Ich trinke den Kaffee ganz schwarz, obwohl ich mehr auf Blondinen stehe. Zum Beispiel gefallen mir Ihre Haare ausgezeichnet“, sagte Kesch. „Sind Sie ledig?“ Er grinste.

„Will der mich jetzt wirklich anmachen, weil er ahnungslos ist oder will der mich aus der Reserve locken“, überlegte Silke Rodig. Sie wußte von dem Mord an Andrea, sie wußte von seinen menschenverachtenden Therapiemethoden. Wußte oder ahnte er, daß sie das wußte? Nebenan im Vorzimmer saß eine Frau, die sich als ihre Verbündete entpuppt hatte. Außer zu ihr hatte sie zu der ehemaligen Kesch-Klientin Gertrud Schröder Kontakt gehabt. Die hatte sich ihr erst in einer Kneipe offenbart und dann den Brief geschickt, in dem es um den Mord an dieser Andrea ging. Ja, und sie kannte zufällig Rudi Herzog, von dem wußte sie einiges, aber er wußte nicht viel von ihr, schon gar nichts über ihre Informationen bezüglich Kesch. Gestern Abend hatte sie ihren Ex-Mann eingeschaltet, aber daß konnte Kesch nicht wissen und sie hatte es allein zu ihrer eigenen Absicherung getan. Robert mußte tätig werden, wahrscheinlich war er längst dabei zu ermitteln. Sie hatte alle Trümpfe in der Hand. Sie mußte Kesch in Sicherheit wiegen, nur so konnte sie ihn ausschalten. „Danke, das tut gut“, sagte Silke Rodig und strich sich durch ihre blonden Haare. Plötzlich fiel ihr ein, daß sie Kesch ganz einfach auf die Probe stellen konnte. „Ich war früher verheiratet, mit einem Staatsanwalt namens Robert Meininger."

„Jetzt keine Regung zeigen", hämmerte es in Keschs Gehirn. War ihre Frage eine Falle oder pure Naivität? War sie hergekommen, gegen ihn zu ermitteln, weil sie sich auf der sicheren Seite wähnte, nachdem sie ihren Ex-Mann und Staatsanwalt eingeschaltet hatte? „Sie kann nichts über meine Beziehung zu Charly wissen, sonst hätte sie ihm niemals den Brief von Gertrud gegeben", dachte Kesch und war erleichtert. Sie war eine Einzelkämpferin, und das war beruhigend. Sie war ein leichtes Opfer. Er mußte jetzt nur seine Rolle weiterspielen, möglichst so, daß sie bestätigt wurde in dem, was sie von ihm dachte. Er war sich noch nicht hundertprozentig sicher, ob hier gerade ein Spiel ablief. Ein bißchen fühlte er sich wie ein Boxer im Ringkampf, der in der ersten Runde seinen Gegner umkreist und umtänzelt, ohne dessen Stärke genau einschätzen zu können. Deswegen durfte er sich auch keine Blöße geben und mußte sich langsam an die entscheidenden Schläge herantasten. „Sie sind jetzt also geschieden, und das macht Ihnen Probleme, nehme ich an. Ich kann Ihnen da helfen", sagte Kesch und grinste wieder. „Wollen Sie zu mir in die Therapie, weil Sie sich einsam fühlen? Einsame sucht Einsamen zum Einsamen."

Silke Rodig hatte, bevor sie die Praxis von Kesch betrat, ein bestimmtes Bild von ihm im Kopf gehabt. Geprägt durch Erzählungen einiger seiner ehemaligen Klientinnen, war er für sie bereits ein Arschloch gewesen, ohne daß sie ihn jemals gesehen hatte. Jetzt wurden ihre schlimmsten Erwartungen noch übertroffen. Vor ihr saß ein fetthaariger, bohnenstangiger, selbstherrlicher Macho mit der erotischen Ausstrahlung eines Kuhfladens. Sein Gesicht war leicht aufgedunsen und mit den auffällig schwarz gefärbten Haaren versuchte ihr Gegenüber offenbar krampfhaft, jugendliche Frische vorzugaukeln. Sie fragte sich, was diverse Klientinnen an diesem Mann gefunden und bei ihm gesucht hatten. Es gab nur eine Erklärung. Es waren Frauen, die sehr verzweifelt und hilfsbedürftig gewesen waren, und die ihre gesammelten Sehnsüchte auf Kesch projiziert hatten, weil dieser die aussichtslose Lage der Klientinnen erkannt und zu mißbrauchen verstanden hatte. Er hatte vermutlich stets zuerst seine Schulter zum Anlehnen angeboten, danach den interessierten Zuhörer gemimt. Anschließend war er als kurzfristige Lösung für die Probleme der Frauen aufgetreten, er hatte sie gestreichelt, scharf gemacht und befriedigt. Er war für seine Klientinnen zur Droge geworden, und diese waren allmählich auf immer neue Dröhnungen angewiesen, um nicht in ein schwarzes Loch zu fallen. Hätten sie ihre sexuellen Beziehungen zu Kesch abgebrochen, hätten sie gemerkt, daß ihre Probleme nicht geringer, sondern größer geworden waren. „Kesch ist die Droge gewesen." Je länger die Frauen auf diese Droge gesetzt hatten, desto schwerer war es gewesen auszusteigen. Und wer jahrelang auf einen Guru baut, kann nur für den schmerzhaften Preis aussteigen, erkennen zu müssen, daß die vergangenen Jahre völlig verpfuscht waren.

Hier saß vor ihr ein skrupelloser Mensch, der über Leichen ging. Sie wußte das, aber er konnte nicht wissen, daß sie es wußte. Das war ihr Trumpf, und deswegen wollte sie jetzt mit ihm spielen. Sie mußte nun etwas sagen, weil sie bereits sekundenlang nachgedacht und stumm vor ihm gesessen hatte. Es mußte etwas sein, daß ihn völlig einlullte und sie zu einem neuen, benutzerfreundlichen Lamm in seiner Herde stempelte. Je naiver und willfähriger sie sich gab, desto offener und skrupelloser würde er sich an sein menschenverachtendes Geschäft machen. Nur so konnte sie möglichst viel über das herausfinden, was in dieser Praxis hinter verschlossenen Mauern ablief. „Ganz im Gegenteil", hörte sie sich sagen. „Ich bin nicht einsam, ich habe zuviele Männer. Ich werfe mich jedem an den Hals, weil ich die Anerkennung brauche. Ich bin besessen davon, jeden Mann zu erobern, um mir meine Attraktivität zu beweisen. Das ist wie eine Sucht."

Silke Rodig war über ihre eigenen Worte ziemlich erstaunt, aber jetzt hatte sie eine geniale Idee, wie sie, einmal soweit gegangen, erklären konnte, warum sie darauf bestanden hatte, bei ihm, bei Kesch, eine Therapie zu machen. Jetzt würde sie einen Köder auswerfen und Kesch würde anbeißen. „Deswegen habe ich darauf bestanden, bei Ihnen Therapie zu machen. Ich wollte einen Mann, keine Frau. Das ist ein Test für mich. Ich erwarte von Ihnen professionelle Hilfe bei meinem Problem. Als Therapeut haben Sie die Pflicht, mich als Neutrum zu sehen. Wenn ich erlebe, daß ein Mann in der Lage ist, mich als Person und nicht als Frau zu sehen, dann hilft mir das vielleicht weiter."

Silke Rodig war sich ganz sicher, ihn mit ihren Worten in eine ausweglose Falle gelockt zu haben. Kesch, der sich nach den Aussagen ehemaliger Klientinnen für unwiderstehlich hielt, mußte ihren Fall als besondere Herausforderung ansehen. Er würde alles daransetzen, mit ihr möglichst schnell im Bett zu landen. Er würde dabei Fehler machen. Er würde ihr tiefe Einblicke in seine Therapiemethoden geben und sie würde schon bald in der Lage sein, vor Gericht eine dezidierte Aussage über das Innenleben der Praxis Kesch zu machen. Ihre Aussage würde fast das Gewicht eines Gutachtens haben, da es die Auskünfte einer Expertin sein würden. Der Gedanke daran, wie sie vor Gericht stehen würde, um ihre Aussage zu machen, ließ sie innerlich triumphieren, und sie mußte sich ernsthaft bemühen, ihre Genugtuung über den Verlauf des Gesprächs nicht nach außen zu zeigen.

Kesch triumphierte innerlich. Seine neue Klientin war sich ihrer Sache offenbar absolut sicher, und das konnte nur heißen, sie wußte nicht, daß er wußte, daß sie vorhatte, sich bei ihm einzuschleichen. Das war sein Trumpf. Damit hatte sie sich in eine ausweglose Falle begeben, denn nun konnte er mit ihr spielen. Kesch zog mit der rechten Hand unwillkürlich die mittlere Schublade an seinem Schreibtisch auf und sah durch den schmalen Spalt den Lauf einer Pistole. Die Frau war ein überaus leichtes Opfer, aber er wußte, daß sie nicht nur dumm, sondern auch gefährlich war und deshalb mußte sie am Ende des Spiels ausgeschaltet sein. „Ich versichere Ihnen, daß Sie schon bald keinem Mann mehr um den Hals fallen werden", dachte Kesch und mußte sich zwingen, nicht zu lachen. „Seit wann haben Sie ihr Problem und was glauben Sie selber, ist der Grund dafür?" fragte Kesch und hätte sich im selben Moment ohrfeigen können. Völlig unprofessionell hatte er gerade zwei Fragen auf einmal gestellt und seine Klientin damit natürlich überfordert.

„Dieser Stümper", dachte Silke Rodig. Unprofessioneller ging es wirklich kaum noch, aber andererseits war sie beruhigt, weil er offenbar in seinem gewohnten Trott weitermachte und ihr damit auf den Leim gegangen war. Jetzt mußte sie nachlegen, mußte neue Köder auslegen. „Seit meiner Pubertät leide ich darunter", sagte Silke Rodig und war mit ihrer Antwort hochzufrieden. Selbst Möchte-Gern-Psychologen stürzten sich gerne auf die Kindheit und Jugend ihrer Klientel. „Vielleicht liegt es daran, daß ich als einziges Mädchen mit fünf Brüdern aufgewachsen bin", log sie und fand allmählich Gefallen an ihrer Legende. „Ich habe immer verzweifelt um die Anerkennung durch meinen Vater gekämpft, aber er hat mich meistens spüren lassen, daß ihm seine Söhne wichtiger waren." Silke Rodig fand sich zunehmend gut, weil ihre Geschichte haargenau auf einen Möchte-Gern-Psychologen wie Kesch zugeschnitten war. Sie bot ihm diverse Ansätze für eine Pseudo-Therapie, und das war für diesen Mann gerade richtig. Sie hatte längst das Gefühl, mit ihm zu spielen, und die Angst und Nervosität von vorhin waren verflogen.

„Wer so dreist lügt, ist wirklich gefährlich", dachte Kesch und überlegte, wie er diese Person am schnellsten und sichersten würde ausschalten können. Er mußte sie am Wochenende unter einem Vorwand in sein Haus im Sauerland locken. Bis dahin hatte er noch zwei Tage Zeit zu überlegen, wie er diese Person ausschalten und gleichzeitig jeden Verdacht von sich lenken konnte. „Wir bieten an diesem Samstag und Sonntag eine Wochenend-Therapie in einem Haus im Sauerland an, das wäre der ideale Einstieg für Sie. In der Gruppe sind fünf Männer, und wir werden Ihre Probleme reflektieren, und Sie werden sich in Ihre Kindheit zurückversetzt fühlen, und das ist der beste Anfang für eine erfolgreiche Therapie."

„Das läuft ja fast märchenhaft gut", dachte Silke Rodig und überlegte, wenigstens pro forma noch ein paar Bedenken anzumelden. Sie mußte Kesch das Gefühl geben, daß ihr diese Art von Therapiebeginn zu schnell ging. „Diese Art von Therapiebeginn geht mir zu schnell", sagte sie.

„Das sagt sie jetzt pro forma, um nicht den Eindruck zu erwecken, daß sie geradezu darauf brennt, möglichst schnell in ein Wochenende bei mir zu rutschen", dachte Kesch. Sie würde auf jeden Fall zusagen, nur mußte er ihr am besten eine Brücke bauen, damit der Schein gewahrt wurde. „Ich kann bestens verstehen, daß Sie sich quasi überrumpelt fühlen, aber ich tendiere in Ihrem Fall dazu, nach dem Prinzip der RRT zu verfahren, der Rapid Reaction Therapy. Dabei wird unmittelbar und gezielt auf die Bedürfnisse des Klienten, oder in ihrem Fall, der Klientin reagiert. Sie haben natürlich die Möglichkeit, jederzeit sanft auszusteigen, wir nennen das die SG-Tür, die soft getaway-Tür." Kesch fand sich zunehmend gut, weil seine Therapievorschläge haargenau auf die Geschichte eines Möchte-Gern-Spitzels wie Silke Rodig zugeschnitten waren. Er bot ihr den Ansatz für eine flüchtige Recherche vor Ort, und das war für diese Frau gerade richtig. Er hatte längst das Gefühl, mit ihr zu spielen, und die Unsicherheit von vorhin war verflogen. „Die RRT hat in Amerika in jüngster Zeit, verbunden mit der SG-Tür, zu erstaunlichen Ergebnissen geführt." Kesch fand sich jetzt so gut, daß er am liebsten noch mehr Therapieansätze samt Fluchtwege erfunden hätte, aber er bremste sich, um die Sache nicht überzustrapazieren.

Silke Rodig ging in Gedanken einen Moment die Fachliteratur durch, dann war sie sich sicher, daß Kesch sich gerade irgendwelche angeblichen Therapieansätze aus Amerika ausgedacht hatte. Offenbar war ihm jedes Mittel recht, die enorme Herausforderung anzunehmen, die sie für ihn mit ihrer Legende darstellte. Sie hatte gewonnen. Er würde auf sie hereinfallen. „Er ist schon auf mich hereingefallen", dachte Silke Rodig und sagte: „Sie haben mich überzeugt, das mit der RRT hört sich plausibel an. Aber ich lege Wert auf diese GSG-Tür."

Kesch hätte seine neue Klientin am liebsten geknutscht. Er hatte sie mit ein paar einfachen Winkelzügen in eine ausweglose Falle gelockt. Das Kapitel Silke Rodig konnte er damit praktisch abhaken. Er war auf einmal wieder auf der Gewinnerstraße. Gertrud würde auch bald kein Problem mehr sein. Und Charly und der andere würden dafür sorgen, daß bei den Behörden alles klarging. „SG-Tür", sagte Kesch, „nicht GSG-Tür", und er dachte darüber nach, wieviele Tote er dem Anderen wohl zumuten konnte, ohne daß dieser als sein Verbündeter wegbrechen würde. „Wann und wo das Therapiewochenende stattfindet, erfahren Sie von meiner Sekretärin." Kesch dachte darüber nach, daß am kommenden Wochenende ausnahmsweise in seinem Haus im Sauerland kein Therapie-Wochenende stattfinden würde, und er malte sich in Gedanken aus, wie er die Zeit allein mit Silke Rodig verbringen würde. Viel Zeit würde ihr dann nicht mehr bleiben.

Silke Rodig erschrak erst, dann lief ein warmer Schauer über ihren Rücken. Ihr wurde auf einmal klar, daß sie hier nicht alleine saß. Nebenan, nur eine Tür weiter, war ihre Verbündete. Sie wußte noch nicht viel über diese Frau, aber sie wußte immerhin, daß sie heute abend bei ihr vorbeikommen würde, um mehr zu erzählen. Und daß sie es gemeinsam schaffen würden, diesen Verbrecher zur Strecke zu bringen. Sie würde natürlich an dem Therapie-Wochenende teilnehmen und mit den anderen aus der zusammengewürfelten Gruppe von Anfängern RRT und andere Sachen ausprobieren. Sie würde die Männer in der Gruppe anmachen, um Kesch herauszufordern. Sie würde ihn letztlich ködern. „Sie haben mich überzeugt, ich wende mich dann an Ihre Sekretärin", sagte Silke Rodig, stand auf und sah in Keschs Augen. Sie waren stahlblau und stechend.

*

MacCoin hatte geistesgegenwärtig bei der Kollegin von der Sitte angerufen und einen Volltreffer gelandet. Er spürte nach dem Telefonat, daß er einer großen Sache auf der Spur war, und daß in Keschs Imperium, so mußte er es wohl bezeichnen, einiges oberfaul war. MacCoin hatte anschließend mit Oberstaatsanwalt Meininger telefoniert, und die Tatsache, daß dieser die Ermittlungen nicht gerade mit einem Übereifer vorantrieb, beschäftigte den Kommissar mehr als ihm lieb war. Immer wieder mußte er darüber nachdenken, was ihn von anderen Dingen abhielt. Warum lobte ihn der Staatsanwalt erst? „Sehr gute Überlegung, Herr Kollege. Da bringen Sie mich auf eine interessante Spur, Herr Kollege." Und warum bremste er anschließend die Ermittlungen der Kripo, und warum versuchte er, die Sache an sich zu ziehen? „Herr Kollege, wir müssen da sehr vorsichtig vorgehen, ich denke, das ist ein Punkt, um den sich meine Behörde kümmern wird. Sie haben das Feld hervorragend beackert, ich werde da anknüpfen, aber überlassen Sie die weiteren Schritte der Justiz, verehrter Kollege. Wir haben reichlich Erfahrungen mit solchen Dingen und schon eine prall gefüllte Akte über diesen Herrn Kesch."

MacCoin überlegte, ob ein Mann in Meiningers Position grundsätzlich so handeln mußte? Kürzlich war dieser zum Oberstaatsanwalt aufgestiegen, weshalb er vermutlich eine Heidenangst hatte, auch nur den kleinsten Fehler zu machen. Und wer wenig oder gar nichts unternimmt, kann keine Fehler machen. Wie würde er sich selbst verhalten, wenn er demnächst zum Leiter der Mordkommission aufgestiegen war, was in knapp einem Jahr passieren würde, weil sein Chef dann in den Ruhestand ging?

Andererseits hatte MacCoin irritiert, wie Meininger den Namen Kesch ausgesprochen hatte. War da nicht eine gewisse Hochachtung mitgeklungen oder gar ein devoter Unterton? Und dann dieses Bild im Schlafzimmer der toten Kesch-Klientin, auf dem Meininger mit der Verstorbenen und ein paar anderen Leuten bei irgendeiner Gartenarbeit zu sehen war. Dazu die Fotografie in Rudi Herzogs Wohnzimmer, das Meininger ebenfalls, sogar in feuchtfröhlicher Pose, zeigte. MacCoin hatte den Verdacht, daß es zwischen Kesch und Meininger eine Verbindung gab, aber mit wem konnte er darüber sprechen und wer würde es riskieren, aufgrund einer vagen Vermutung irgendwelche Schritte zu unternehmen, die ihm in der Sache weiterhelfen konnten. Es ging immerhin um einen Mann, der bereits verhältnismäßig früh zum Oberstaatsanwalt aufgestiegen war und dem in Justizkreisen eine weitere Karriere bis ins Ministerium zugetraut wurde.

MacCoin rief bei Horst Trase an, einem alten Bekannten, der bei der Steuerfahndung arbeitete und staunte nicht schlecht.

„Wir ermitteln schon seit über einem Jahr gegen Kesch und diverse seiner Kollegen. Wir waren vor vier Wochen endlich so weit, daß wir den dringenden Verdacht der Steuerhinterziehung belegen konnten, das reicht allemal für eine Razzia."

„Wie läuft das denn bei denen?"

„Och, bis jetzt läuft das offensichtlich wie geschmiert. Kesch und Kollegen bevorzugen ihre Bezahlung für das, was sie therapeutische Leistungen nennen, in cash. Das ist die allseits beliebte, ganz besondere Variante von BAT, bar auf Tatze. Und es sieht nicht gerade so aus, als hätten die Damen und Herren ihre Einkünfte versteuert. Da geht es schon um einige Millionen."

„Warum habt ihr noch nicht durchsucht?" fragte MacCoin.

„Weil die Staatsanwaltschaft den Durchsuchungsbefehl beantragen muß, da hängt die Sache im Moment fest."

„Hat ein Robert Meininger was damit zu tun?"

„Nee, glaube ich nicht. Den Fall bearbeitet Staatsanwalt Horst Lange, und für den Durchsuchungsbefehl ist ein Josef Knierarm zuständig, der war immer ziemlich kooperativ. Deswegen verstehe ich auch nicht, warum da noch nichts passiert ist, aber ich habe es mir abgewöhnt, mich über solche Sachen aufzuregen."

MacCoin überlegte einen Augenblick, dann sagte er: „Dieser Kesch scheint ein ziemlich dicker Fisch zu sein. Da laufen womöglich haarsträubende Sachen ab. Was mich nur wundert: wir ermitteln, die Sitte ermittelt, ihr ermittelt, die Staatsanwaltschaft auch, und trotzdem kommt es mir so vor, als würde da irgendwo gebremst. Was ist denn eigentlich mit unseren lokalen Enthüllungsgazetten?

„Hey, Derek, wo lebst du denn? Deren Feder war wirklich mal spitzer. Die fühlen sich inzwischen alle wie so Obermeiers, weil die im Rotari-Club und vom Karnevalsprinzen einen Sekt spendiert kriegen. Entweder die verschlafen die heißen Eisen oder sie trauen sich nicht ran. Das ist die Geschichte mit Stoff und Regen. Wenn sie was Heißes anpacken, haben sie Angst, daß sie Stoff kriegen und danach auf Münsters Prinzipalmarkt im Regen stehen. Aber eine interessante Sache ist trotzdem passiert. Ich leite zwar seit über einem Jahr die Ermittlungen gegen Keschi-Baby, aber der Chef hat mich zwischendurch immer wieder zu anderen Fällen abkommandiert. Ich hatte manchmal das Gefühl, dem Alten waren meine Ermittlungen im Fall Kesch nicht besonders wichtig. Bis eines Tages eine Journalistin auftauchte und unseren Alten interviewt hat. Ich mußte dazukommen, weil der Alte über die Materie viel zu wenig wußte. Jedenfalls hat der Big Boss wohl Muffen gekriegt, die Pressetante könnte uns vorwerfen, wir würden schlampig oder viel zu langsam ermitteln. Die hat einfach gesagt, sie hätte keine zwei Monate gebraucht, um genug Beweise zu finden, daß bei Kesch reichlich Steuern hinterzogen würden. Und sie hat unseren Alten natürlich gefragt, wieso wir seit über einem Jahr ermitteln, ohne irgendwelche Konsequenzen."

„Wie heißt die Journalistin?" fragte MacCoin.

„Moment, ich muß mal eben in der Akte nachgukken. Jedenfalls hat mir der Alte nach dem Interview zwei Mann zur Seite gestellt, und seitdem galt Kesch als Fall mit höchster Priorität. Hier, warte mal. Die Journalistin heißt Stefanie Auster, die arbeitet für Kristall-TV. Ich habe mit dem Fall jetzt vier Wochen nichts mehr zu tun gehabt, weil wir damals eben soweit waren, daß wir der Staatsanwaltschaft unsere Ergebnisse präsentiert haben und die jetzt den Durchsuchungsbefehl beantragen müssen. Ich verstehe zwar auch nicht, warum die solange... Warte mal, was ist denn das? Hier steht ein Aktenvermerk von meinem Kollegen. Wie hieß der Staatsanwalt, nach dem du vorhin gefragt hast?

„Robert Meininger", sagt MacCoin und ahnte bereits, was jetzt kommen würde.

„Das ist ja interessant. Hier steht, daß für den Durchsuchungsbefehl jetzt nicht mehr Josef Knierarm zuständig ist, sondern Oberstaatsanwalt Robert Meininger. Hat das irgendwas zu bedeuten?"

„Vielleicht", sagte MacCoin und war überzeugt, daß er auch „mit Sicherheit" hätte antworten können.

*

Kesch saß an seinem Schreibtisch und zog immer wieder die mittlere Schublade rechts vor ihm auf, um einen Blick auf die darin befindliche Pistole zu werfen. Das Öffnen und Schließen der Schublade und vor allem deren Inhalt beruhigte ihn. Er war jetzt an einem entscheidenden Punkt seiner Karriere angelangt, mit dem er immer gerechnet hatte. Ihm war stets klar gewesen, daß er sich mit seinem Aufstieg zum Chef eines

Imperiums über tausende Menschen, beinahe zwanzig Praxen und ein Dutzend Firmen Feinde schaffen würde. Deswegen hatte er die Strukturen seines kleinen Königreichs so aufgebaut, daß auf jeder Ebene möglichst viele Kontrollen stattfanden. Gleichzeitig hatte er den Kontrolleuren auf jeder Ebene Positionen eingerichtet, die sie in dem Glauben ließen, sie seien von Kesch Auserwählte. Das hatte bisher funktioniert, und er hatte damit sogar Leute wie Rudi Herzog eingebunden. Ihm hatte er damals einfach gesagt: „Du bist mein Mann in der Gruppe, ich erwarte von dir regelmäßig Berichte über die anderen Gruppenmitglieder, weil ich weiß, daß ich mich auf dich verlassen kann." Es hatte natürlich funktioniert. Rudi Herzog hatte sich als eifriger Spitzel betätigt. Er hätte Rudi sogar weiter in seinem Imperium aufsteigen lassen, wenn er damals nicht die Sache herausgefunden hätte, daß Rudi sein Halbbruder war und ihm seine Mutter genommen hatte. Er hatte Rudi dafür büßen lassen, reichlich und ausgiebig, und jetzt mußte Rudi zum Vollstrecker seiner Abwehrmaßnahmen werden, jedenfalls was Gertrud betraf.

Kesch überlegte auf einmal, ob er seine Mutter anrufen sollte. „Ich bin es, dein Sohn, den du damals auf einer Autobahnraststätte abgewickelt hast, weil ich dir im Weg stand, als du dich nach einer richtigen Familie gesehnt hast." Kesch griff nach dem Telefon, das im selben Moment klingelte.

Staatsanwalt Meininger war am anderen Ende der Leitung und klang ziemlich aufgeregt. „Da ist ein Kripomensch, der macht mir ziemlich zu schaffen. Ich weiß nicht genau, wie lange ich den noch stillhalten kann. Wenn ich ihm verbiete, weiter zu ermitteln, schrillen bei dem sämtliche Alarmglocken. Der hat sogar bei der Steuerfahndung angerufen, das hat zufällig einer von unseren Leuten mitgekriegt. Der weiß inzwischen so ziemlich alles über dich."

Kesch war zwiegespalten wie ein Steppenwolf. Innerlich köchelte sein Nervenkostüm kurz vor dem Siedepunkt, was er bisher noch nie erlebt hatte. Jetzt merkte er, daß die Berg- und Talfahrt der letzten Stunden an ihm zerrte, weil sie ihm ein Wechselbad aus Zuversicht und Zukunftsangst bescherte. Er hatte das Gefühl, seine Hände würden langsam zu Schwämmen, die nicht mehr in der Lage waren, die Fäden seines Imperiums zu halten. Dann wieder spürte er seine starken Fäuste, die bereit waren, alles zu zerschlagen, was ihm im Wege stand. Er hatte sich damals geschworen zu kämpfen, und daran hatte er sich seitdem gehalten. Es war ein erfolgreicher Kampf gewesen, und er war ohne größere Blessuren über fünfzehn Jahre jedes Mal als Sieger aus dem Ring gestiegen. Und jetzt erschien in seinem Kopf wieder das Bild von dem Rind, welches beim Cutting unbarmherzig von seiner Herde getrennt worden war, damit irgend jemand es in Ruhe brandmarken konnte.

Kesch wurde in diesem Augenblick klar, daß er mindestens einige Sekunden nicht auf Charlys Ausführungen geantwortet hatte. Und ihm wurde gleichzeitig schlagartig bewußt, daß er seinen Steppenwolf-Zustand auf keinen Fall zeigen durfte. Wenn er jetzt auf Panik machte, würden seine Leute wahrscheinlich durchdrehen wie Kelly-Fans beim Auftritt von Angelo und nur noch irrationale Entscheidungen treffen. „Na und, dann muß dieser Mann eben ausgeschaltet werden", sagte Kesch ins Telefon und war gespannt, ob Charly überhaupt noch zuhörte.

„Aber wie denn, das ist der stellvertretende Leiter der Mordkommission?"

„Für solche Fälle bezahle ich dich, du wirst doch wohl noch mit einem kleinen Bullen fertigwerden." Kesch kam sich bei dem letzten Satz vor wie in einem mittelmäßigen Krimi, in dem jemand einen abgestandenen Satz sagt, weil der Drehbuchautor ein abgestandener, schlecht bezahlter, Textbausteine verwendender Serienschreiber ist.

„Wir sollten uns möglichst bald treffen, um die weitere Strategie abzusprechen. Es ist zuviel passiert in den letzten Tagen. Eine Klientin von dir hat sich umgebracht, Gertrud tickt völlig aus, die Kripo ermittelt, meine Ex-Frau erfährt Dinge, die sie niemals hätte erfahren dürfen. Hans, es geht für uns alle ums Ganze, und die Leute erwarten eine Perspektive von dir, damit sie bei der Stange bleiben."

Kesch spürte den feinen Stich. Warum sagt Meininger das jetzt, vor allem warum sagt er es so? Warum spricht er von den „Leuten", wenn er seine, Keschs Führungsmannschaft meint? Warum deutet er eine gewisse Perspektivlosigkeit an, warum spekuliert er über die Gefahr, daß jemand nicht bei der Stange bleibt? Ist das schon wieder ein Abnabelungsversuch nach dem Motto: Wenn du uns keine Perspektive bietest, lassen wir dich im Regen stehen? Woher weiß Meininger, was die anderen „Leute" denken? „Sie haben sich heimlich getroffen." Kesch sah sie in Gedanken vor sich sitzen, Giesi, Holländer, Meininger, vielleicht sogar seine zweitklassigen Therapeutinnen Magdalena Huhnberg und Doris Dahlmann. Am Ende sogar Lüneburg und Babsi, genau, Babsi war bestimmt dabei gewesen. Deswegen hatte sich ihr Blick und ihr Verhalten geändert. Womöglich war selbst Rudi eingeweiht und drauf und dran, seine Befehle nicht mehr auszuführen. „Der kleine Bruder muckt auf."

Kesch merkte, daß er sich jetzt enorm zusammenreißen mußte und überlegte. Am Samstag abend würde er die Sache mit dieser Silke Rodig erledigen, den Vormittag wollte er sich für unvorhersehbare Entwicklungen freihalten. „Wir treffen uns am Sonntag um 11 Uhr im Sauerland, sag den anderen Bescheid. Ich erwarte vollzähliges Erscheinen." Dann legte Kesch auf.

Einen Moment saß er in seinem Schreibtischstuhl und meinte, die Sache langsam wieder in den Griff zu bekommen. Aber es gab noch einen Punkt, der ihn beunruhigte, ohne daß er wußte, welcher es war. Er spürte lediglich einen diffusen inneren Druck, etwas, das ihn nicht ruhen ließ. Es war einfach nur ein unbestimmtes Gefühl, aber er kannte sich und wußte daher, daß ihn solche Gefühle nicht täuschten. Hatte es etwas mit Meiningers Akte zu tun? Oder mit Lüneburgs Akte, die er ebenfalls noch vor wenigen Tagen gelesen hatte. Sie lag noch auf seinem Schreibtisch, und er blätterte erneut los.

Er las von den offenbar mäßigen Erfolgen, die Lüneburg als mittlerweile selbständiger Therapeut hatte, zumindest wenn man den beobachteten Publikumsverkehr als Maßstab anlegte. „Da die Klienten von L. wohl kaum alle bei ihm in der Praxis übernachten, ist davon auszugehen, daß er im Schnitt nur drei Einzelklienten pro Tag hat", schrieb Keschs Spitzel in dem Bericht über Lüneburg. Sogar dessen Frau hatte wieder begonnen zu arbeiten. Kesch las weiter: „Lüneburg verkehrt mindestens einmal die Woche in einem Club in der *Bimmel*, der für Nichtmitglieder geschlossen bleibt."

Das war es, das hatte für die innere Unruhe gesorgt. Lüneburg besuchte denselben Club wie Meininger. Kesch war mit einemmal klar, daß er von nun an höllisch aufpassen mußte. Es gab kaum noch Zweifel daran, daß gegen ihn eine teuflische Verschwörung lief. Er hatte Lüneburg damals unehrenhaft entlassen, und es war ein Gesetz, wenngleich unausgesprochen, daß jeder Kontakt zu Lüneburg zu unterbleiben hatte.

Kesch mußte noch vor dem Treffen am Sonntag versuchen, Informationen über diesen Club zu bekommen und wußte auch schon wie. Er hatte nicht nur Meininger als Vertreter der Justizbehörden in der Hand, er hatte auch noch den anderen auf seiner VIP-Liste, den „very immoral persons". Kesch rief ihn sofort im Düsseldorfer Innenministerium an.

„Ja?!"

„Adolf? Hans hier!"

„Hallo, welche Überraschung! Was verschafft mir die Ehre deines Anrufs?"

„Ich brauche deine Hilfe, Adolf", hätte Kesch fast gesagt, aber vorher fiel ihm ein, daß er Leute nicht um Hilfe bat, die er in der Hand hatte. „Ich will eine Auskunft von dir. Du kennst doch die Szene in Münster noch gut. Was läuft in dem Club in der *Bimmel* ab?"

„Wie, das weißt du nicht?" fragte der andere. „Lauter schöne Sachen. Da wird gehurt und gefeiert, daß die Puppen nur so auf dem Tisch tanzen. Aber vor allem wird da gespielt, und wenn die loslegen, geht es nicht um Peanuts. Das ist nicht die Deutsche Bank, da kannst du reich werden - oder ziemlich arm."

Kesch ärgerte sich, daß er den Laden nicht kannte und darauf angewiesen war, von dem anderen aufgeklärt zu werden. Aber er hatte mit Genugtuung registriert, daß der andere nicht nach dem Grund für seinen Informationsbedarf gefragt hatte. Daraus schloß Kesch, daß der andere sehr wohl noch wußte, wer wen in der Hand hatte. „Was spielen die da?"

„So eine Art russisches Roulette. Die haben einen, dem die Knarre an den Kopf gehalten wird. Sechs Kammern, eine Patrone. Du setzt Minimum fünf Tausender und sagst voraus, bei welchem Schuß es knallt. Wenn du richtig liegst, hast du deinen Einsatz verfünffacht.

Aber die Weichpilze machen das mit Schreckschuß. Sonst würde da ja ständig neues Personal gebraucht."

„Wer geht in den Club?"

„Das läuft über Mundpropaganda. Du brauchst einen Fürsprecher und ziemlich viel Kohle in cash zum Vorzeigen."

„Alles klar, du hörst von mir", sagte Kesch, legte auf und war sich sicher, daß er von Lüneburg und Meininger gemeinsam erpreßt wurde, weil die einen Finanzier für ihre Spielsucht brauchten.

Die Überlegung beruhigte ihn nicht gerade, und er entschied, sich durch das Lesen der Post abzulenken, die heute gekommen war und vor ihm auf dem Schreibtisch lag. Er überflog die teilweise geöffneten Briefe, meist Rechnungen oder Schreiben seiner Klientel an die Praxis. Dann hielt er einen Umschlag in der Hand, der unverschlossen und an ihn persönlich adressiert war. Kesch riß das Kuvert auf.

DU WIRST AM SONNTAG 4. AUGUST EINE MILLION IN TAUSENDERN BEREITHALTEN TREFFPUNKT 22 UHR VOR DEINER PRAXIS DU WIRST DAS GELD DER PERSON ÜBERGEBEN DIE DIR DAS STICHWORT PSYCHO-GURU SAGT DU WIRST NICHT DIE POLIZEI EINSCHALTEN WEIL SIE DICH VERHAFTEN WÜRDE DU WIRST ANSCHLIESSEND NACH HAUSE FAHREN UND FÜR ANDREA BETEN

Kesch blieben nur wenige Sekunden darüber nachzudenken, was in dem Erpresserbrief stand. Mit dem drohenden Verlust von einer Million, wahlweise Verlust seiner Freiheit, konnte er noch halbwegs klarkommen. Mit der Anweisung, das Geld vor seiner eigenen Praxis zu übergeben, nicht mehr. Mit der Aufforderung, danach für Andrea zu beten, erst recht nicht. Bevor Kesch die Pistole greifen konnte, um sich stilvoll zu erschießen, klopfte es an seiner Bürotür.

Barbara Meier trat ein, gefolgt von einem Mann um die fünfzig, dem Kesch ansah, daß er Polizist war.

„Der Herr ist von der Kripo und möchte dich dringend sprechen", sagte Babsi in ihrem neuen Tonfall, in dem nur noch maximal 25 Prozent devote und naive Klänge lagen, aber dreiviertel subtile Verachtung.

„MacCoin von der Mordkommission, wir kennen uns bereits vom Telefon", sagte der Mann und setzt sich ungebeten auf einen Stuhl.

Kesch beschloß, im Moment nicht zu antworten.

„Herr Kesch, was haben Sie vergangenen Dienstag zwischen 17 und 24 Uhr gemacht?"

Kesch sagte immer noch nichts, sondern fuhr mit dem rechten Zeigefinger über die Linien und Eintragungen in seinem Terminkalender und fragte dann: „Muß ich darauf antworten?"

„Nein, Sie können die Aussagen zur Sache verweigern und sich einen Anwalt nehmen. Ich würde Sie in diesem Fall vorläufig festnehmen, und wir würden uns dann jetzt gemeinsam zum Polizeipräsidium aufmachen. Sie wünschen also?"

Kesch wollte gerade antworten, da fiel ihm ein, daß der Kommissar wahrscheinlich vor drei Minuten bereits mit Babsi gesprochen hatte. Auf sie konnte er jetzt nicht setzen. „Ich war bis 19 Uhr hier im Büro, dann bin ich nach Hause gefahren und da geblieben."

„Sie haben sicher Zeugen dafür, war vielleicht eine Klientin bei Ihnen?"

Kesch war sich nicht sicher, ob in der letzten Frage des Bullen Ironie mitschwang oder ob dieser ahnungslos davon ausging, daß therapeutische Sitzungen im Hause Kesch bisweilen in den Privaträumen des Therapeuten stattfanden, was tatsächlich stimmte, vorzugsweise wurde die Arbeit dabei in der Horizontalen verrichtet. Nur in diesem Fall war es anders gewesen, ja, er hatte einen Zeugen, für den ganzen Abend sogar, aber es war Charly, und Kesch konnte dem Kommissar schlecht erzählen, Herr Oberstaatsanwalt Meininger sei bei ihm eingekehrt. „Ich war allein."

„Das ist möglicherweise nicht so gut für Sie. Damit haben Sie kein ausreichendes Alibi für die Todeszeit Ihrer Klientin Wegner."

„Es gibt vermutlich in dieser Stadt Tausende, denen es genauso geht wie mir, Herr Kommissar."

„Möglich, ja, aber Sie haben so ziemlich als einziger ein Mordmotiv."

Kesch schaute dem Beamten absichtlich in die Augen und blieb äußerlich ganz ruhig. Innerlich hatte ihn der Satz getroffen wie ein harter Faustschlag ins Gesicht, weil er keine Ahnung hatte, welches Motiv MacCoin meinte, und weil er deswegen keine gesicherte Verteidigung aufbauen konnte. „Das müssen Sie mir erklären."

„Muß ich nicht, aber ich mache es trotzdem. Wir haben bei Frau Wegner interessante Aufzeichnungen gefunden über Ihre Therapieleitsätze. Danach sind Sie ein Plagiator." MacCoin zog einen Block aus der Tasche und las. „Du findest zu dir selbst, wenn du alle alten Duffel losläßt. Wirf sie weg, nimm die Arme der Gruppe, die Hand des Therapeuten. Sonst bleibst du ein Duffelschwein."

MacCoin machte eine kurze Pause und sah Kesch an, der ganz offenbar krampfhaft nach Fassung rang. „Das Zitat stammt übrigens von Ihnen." Dann las er weiter: „Ihr findet zu Euch selbst, wenn ihr alle alten Duffel loslaßt. Werft sie beiseite, nehmt die Arme der Gruppen, die Hände der Therapeuten. Sonst bleibt ihr Duffelschweine."

MacCoin machte eine weitere Pause. „Das zweite Zitat ist von Richard Black, englischer Autor. Die inhaltliche Übereinstimmung ist verblüffend, finden Sie nicht auch? Nur Black hat seine Ideen einige Jahre vor Ihnen auf der anderen Seite des Kanals aufgeschrieben, kurz danach erschien in Graz die deutsche Übersetzung. Ich denke jetzt mal laut. Da ist eine Klientin von Ihnen, die hat zufällig gemerkt, daß Sie Ihre Therapieleitsätze abgeschrieben haben und ruft Sie entgeistert an. Wegen dieser Sätze sind Sie aber seit Jahren der große Meister, deswegen hängen Ihnen die Leute an den Lippen. Wenn die Entdeckung der Frau rauskommt, platzt Ihr ganzes Image wie eine Seifenblase. Sie kriegen Panik, es geht an Ihre Existenz. Was machen Sie? Sie schalten die Frau aus und tarnen es als Suizid. War ja nicht schwer, Sie brauchten nicht einmal die Tür aufzubrechen, weil die Frau Sie selbst reingelassen hat. Sie gehen zusammen auf den Balkon. Das weitere ist bekannt."

Kesch sagte laut und deutlich: „Sie spinnen ja."

„Mag sein, und ich erwarte auch nicht, daß Sie jetzt dazu detaillierter Stellung nehmen. Ich möchte noch wissen, wer Gertrud Schröder ist. Wie lange war Sie bei Ihnen in der Praxis, was hatten Sie für ein Verhältnis zu ihr, oder besser gefragt, haben Sie zu ihr? Wann haben Sie Frau Schröder zuletzt gesehen und in welcher Verfassung war sie?"

Da war es wieder, das Kalb beim Cutting. Kesch sah es deutlich vor sich, seine letzten, ausweglosen Fluchtversuche. Er fühlte sich mehr denn je wie dieses Kalb. Da wollte ihm jemand einen Mord anhängen, mit dem er nichts zu tun hatte, jedenfalls nicht im juristischen Sinn. Andererseits sollte er Auskünfte über eine Klientin geben, die auszuschalten er seit Tagen plante. Das war im Moment zu viel für ihn, und auch, wenn er Giesi nicht mehr voll vertraute, sein Anwalt mußte sofort her. Vorher würde Kesch keinen Satz mehr sagen, nur noch einen. „Ich sage nichts mehr ohne meinen Anwalt."

„Das habe ich erwartet, und ich erwarte noch mehr, nämlich Sie und Ihren Anwalt morgen früh um neun Uhr in meinem Büro." MacCoin stand auf, schob Kesch eine Visitenkarte über den Tisch, sagte „Auf Wiedersehen" und ging.

Sekunden später entschied Kesch, daß Gertrud jetzt nicht sterben durfte, jetzt noch nicht. Er mußte noch einige Zeit mit dem Risiko leben, daß Sie weitere Schritte gegen ihn unternahm. „Ich muß Rudi anrufen!" Er wählte dessen Nummer und hörte lange das Freizeichen, mehr nicht. Was wäre, wenn Rudi bereits zur Tat geschritten war? Sollte er Gertrud anrufen, um das festzustellen? Rudi, Gertrud, Silke Rodig, die Erpressung. Er fühlte sich eingekesselt. Was würde passieren, wenn er Rudi gar nicht mehr von dem Auftrag abbringen konnte? Vielleicht war Rudi nach dem letzten Telefonat zum Selbstläufer geworden, den kein Mensch der Welt mehr stoppen konnte? Doch, einer konnte ihn stoppen. Womöglich mußte Rudi umgebracht werden, um von dem Mord abzulassen?

15.

Silke Rodig war nervös wie selten und hatte sogar wieder angefangen zu rauchen. „Wieso hast du mir bei unserem ersten Gespräch nicht gesagt, daß du für Kesch arbeitest?" fragte sie Barbara Meier, die verabredungsgemäß vor ein paar Minuten vorbeigekommen war.

„Weil außer einer Person niemand weiß, daß ich mich bei Kesch eingeschlichen habe. Ich hatte Angst um meine ganzen Entdeckungen, die ich gemacht habe. Jeder weitere Mitwisser ist eine potentielle Gefahr für mich, dir hätte ein Fehler passieren können. Und dann kamst du plötzlich in die Praxis, ich war erst völlig baff."

„Wie lange bist du da schon?"

„Zwei Jahre. Ich habe mich ziemlich ekelhaft hochgedient, wobei der Sekretärinnenposten bei Kesch nicht besonders hoch ist, aber umso aufschlußreicher."

„Und was soll das ganze, warum bist du nicht eher ausgestiegen und zur Polizei?" fragte Silke Rodig etwas ungehalten, weil sie der Meinung war, Barbara Meier hätte längst Hilfe suchen und auspacken müssen, um weitere Opfer zu schützen.

„Weil ich noch nicht ganz mit meiner Arbeit fertig bin, mir fehlt noch ein wichtiges Detail."

„Warum machst du das alles?"

„Ich habe einen verdammten Grund, das kannst du mir glauben, aber ich kann dir das jetzt noch nicht erzählen, vielleicht schon in ein paar Tagen."

„Wenn wir dann alle noch leben, würde es mich interessieren", sagte Silke Rodig.

„Komm, Silke, du weißt schon viel zu viel. Setz mich nicht auch noch unter Druck, ich bin seit zwei Jahren unter Hochspannung. Und zur Polizei kann ich nicht gehen, bevor ich nicht die letzte Sache rausgekriegt habe. Ich habe mich nämlich selber oft genug strafbar gemacht, ich habe zum Beispiel heimlich Gespräche mitgeschnitten. Erst wenn ich das ganz große Ding rausgekriegt habe, kann ich zur Polizei gehen und sagen: Hier habt ihr alles, aber das war nur mit ein paar illegalen Aktionen zu kriegen."

„O.k., dann tun wir eben so, als würden wir unser erstes Gespräch ganz normal fortsetzen. Ich möchte nämlich noch mehr über Kesch von dir wissen. Band läuft."

„Was willst du wissen, daß Kesch ein Arschloch ist, habe ich schon gesagt."

„Wie hast du es als Klientin geschafft, dabei klar zu bleiben und nicht in diese Abhängigkeit zu geraten?

„Mit Tabletten und einem wahnsinnigen Kampf, der in mir tobte. Ich habe mich gegen meine Gefühle gestemmt, jedes Mal wenn ich kurz vorm Einknicken war. Ich habe mir eingehämmert, du darfst jetzt nicht aufgeben, obwohl ich mich danach gesehnt habe, mich in die totale Abhängigkeit von Kesch zu begeben, weil das das Leben scheinbar so schön angenehm macht. Du übernimmst einfach seine Denkweise, akzeptierst die Hierarchie und läßt dich in den Schoß der Sekte fallen. Ich habe die anderen oft beneidet, die irgendwann soweit waren."

„Gab es irgendwelche absurden Rituale, die bei diesen Wochenenden abgelaufen sind?"

„Wenn eine Gruppe im Sauerland ankommt, werden erst Flaggen gehißt, die georgische und die deutsche Flagge. Die Gruppe versammelt sich um die Fahnenmasten, und während die Flaggen hochgezogen werden, singen alle aus voller Kehle georgische und deutsche Volkslieder."

„Wieso georgische?"

„Kesch hat in Georgien ein paar Häuser und einen Hubschrauber. Wußtest du das nicht? In bester Lage, direkt am Schwarzen Meer bei Suchumi. Da ist so ein kleiner Nachbarort, in dem zu Sowjetzeiten die Rubelmillionäre angerauscht kamen. Und wer bei Kesch ein paar Gruppen mitgemacht hat, darf nach Georgien zu einem sogenannten Langlauf."

„Was ist das, ein Langlauf bei Kesch?"

Barbara Meier schmunzelte. „Du wirst es kaum glauben, aber ich habe die Lizenz, einen Hubschrauber fliegen zu dürfen, die gilt immerhin für das ganze Gebiet der ehemaligen UdSSR. Das ist das Ergebnis von einem Langlauf. Du fährst vier Wochen in ein Haus in Georgien und machst in der Zeit fast pausenlos Therapie. Zwischendurch wird gesegelt, und du kannst einen Schein für so einen kleinen Helikopter machen. Die upper-class aus dem Kesch-Imperium fährt regelmäßig nach Georgien. Die Therapeuten aus den anderen Praxen, aber auch Kameraleute."

„Wie weit hat sich Kesch eigentlich inzwischen ausgedehnt?"

„Von Münster erst ins Münsterland in ein paar kleinere Städte, wie Telgte, Borken, Rheine, dann ins Ruhrgebiet, nach Dortmund, Essen, Bochum. Danach wurde die Rheinschiene aufgebaut, Praxen und Läden in Duisburg, Düsseldorf, Köln und Bonn. Von da ging es Richtung Hessen, bis nach Frankfurt, Wiesbaden und Darmstadt. Es sind jetzt so ungefähr zwanzig Filialen. Zwei davon neuerdings in Niedersachsen"

„Kannst du mir mal erklären, wieso der Typ sich seit fünfzehn Jahren ausbreiten kann, ohne daß es jemals ernsthafte öffentliche Angriffe gegeben hat?

„Ich denke, das Prinzip funktioniert sehr gut. Es gibt kaum Außenkontakte für die Gruppenmitglieder und immer wieder neue Angebote. Du kannst locker zehn Jahre Therapie machen, du kommst da einfach nicht raus. Vor allem nicht, weil an den Problemen, weswegen du ursprünglich gekommen bist, bewußt nicht gearbeitet wird. Stattdessen entwickeln die Leute eine unheimliche Angst davor, beim großen Guru in Ungnade zu fallen. Die Angst wird von einigen dadurch kompensiert, daß sie nach ein paar Jahren in irgendeinen Laden von Kesch einsteigen oder sich von ihm therapeutisch ausbilden lassen, um danach irgendwo eine neue Praxis aufzumachen. Einleuchtend, daß das Unternehmen Kesch expandiert."

Silke Rodig stand auf und sagte: „Moment mal gerade." Dann ging sie zum Kinderzimmer, öffnete behutsam die Tür und lauschte. Ihre Tochter atmete leise und regelmäßig. Silke Rodig blieb noch einen Moment in der Tür stehen und überlegte. Sie wußte inzwischen eine Menge Interna aus dem Reich der Kesch-Abhängigen. Und genau das machte ihr zu schaffen. Sollte sie tatsächlich versuchen, sich gegen dieses Imperium aufzulehnen? Oder war es nicht einfacher für sie, ihrem Ex-Mann die Sache zu überlassen. Er war professioneller Strafverfolger, sie leitete lediglich eine kleine psychologische Beratungsstelle mit dem Anspruch, verzweifelte Menschen, die zu ihr kamen, nicht noch weiter in die Verzweiflung zu treiben.

Silke Rodig dachte darüber nach, was sie im Fall Kesch eigentlich antrieb. War sie wirklich der gute Mensch von Münster? War es ihre christliche Erziehung, von der nichts übrig geblieben war, außer der Tatsache, daß sie im Gegensatz zur Amtskirche über einen ausgeprägten Gerechtigkeitssinn verfügte? War es die Aussicht, sich über den Fall Kesch zu profilieren und in einer höheren städtischen Führungsposition zu landen?

Der Gedanke daran erschreckte sie so sehr, daß sie in diesem Augenblick beschloß, die Sache abzubrechen. Sie würde nicht am Wochenende ins Sauerland fahren, um weitere Einzelheiten über Keschs Praktiken herauszufinden. Sie würde morgen ihren Ex aufsuchen und ihm den Fall endgültig übergeben.

Silke Rodig ging wieder in ihr Wohnzimmer, sah Barbara Meier, wußte, daß die nicht mehr zurückkonnte und fragte: „Sind dir Fälle bekannt, daß Klienten aufgrund der Therapie anschließend in der Nervenklinik gelandet sind?"

„Ja, klar, nicht nur anschließend, auch mitten in der Therapie."

„War das häufiger der Fall?"

„Also, ich kenne ganz konkret vier Frauen, bei denen das so gewesen ist. Die innerhalb der Therapie plötzlich so massiv gefährdet waren, daß sie in die Psychiatrie eingewiesen wurden."

„Sind dir Fälle bekannt, daß Leute versucht haben, sich umzubringen?"

„Ja, von zwei Frauen weiß ich es definitiv, die haben beide überlebt. Ich habe aber von weiteren Fällen vor meiner Zeit gehört, danach haben sich schon mehrere aus der Praxis umgebracht."

„Werden solche Fälle in der Therapie oder in der Gruppe besprochen?"

„Allenfalls am Anfang, da denken die anderen, was ist denn mit der oder dem los gewesen, was haben die denn gehabt? Gleichzeitig wird dir eingetrichtert, wenn du nicht willst, daß es dir besser geht, dann bist du selbst Schuld und wirst fallengelassen. Genauso ist es mit diesen beiden Frauen auch gewesen, da hat sich keiner drum gekümmert. Niemand."

„Weißt du etwas über den Tod von dieser Andrea?"

Silke Rodig hatte erwartet, daß ihre Gesprächspartnerin auf die Frage genauso prompt antworten würde, wie auf die anderen. Aber Barbara Meier ballte die Hände zu Fäusten und saß plötzlich verkrampft da. Ihr Blick war auf einmal abwesend, sie schien auf die weiße Wand gegenüber zu schauen, ohne dort etwas bestimmtes zu betrachten.

„Was ist los mit dir?“ fragte Silke Rodig.

Barbara Meier reagierte nicht. Sie verharrte einen Augenblick in ihrer starren Position, dann schlug sie die Hände vor ihr Gesicht und begann zu schluchzen und zu weinen.

Silke Rodig sprang auf und wollte die Frau in den Arm nehmen, aber die wehrte energisch ab und schrie: „Andrea war meine Schwester!“

16.

Rudi Herzog hatte vor fünf Minuten seine Wohnung betreten und sofort den Fernseher eingeschaltet in der Hoffnung, sich dadurch etwas ablenken zu können. Jetzt sah er auf den Wecker auf seinem Tisch, der 22.31 Uhr anzeigte und merkte im selben Moment, daß gerade die Tagesthemen liefen, ohne daß er deren Beginn wahrgenommen hatte. Nur das Gesicht des Moderators kam ihm bekannt vor, der etwas von einem G-7-Gipfel erzählte. Rudi Herzog schloß kurz die Augen und sah danach erneut auf den Bildschirm. Keine Frage, dort saß der *Andere* und kündigte irgendwelche Nachrichten an.

Die Entdeckung verwirrte ihn, und Verwirrung konnte er in seiner Situation überhaupt nicht gebrauchen. Was machte der *Andere* ausgerechnet jetzt in einer Nachrichtensendung, wo es immerhin darum ging, selber Fakten zu schaffen, die einen hohen Nachrichtenwert haben würden. Warum erzählte er etwas über die Senkung der Leitzinsen, wo es in Wahrheit um die Senkung der Herzfrequenz von Gertrud auf null ging. Es gab nur die eine Erklärung, daß der *Andere* bereits beim NDR angeheuert hatte, um in Kürze den Niedergang von Keschs Imperium bundesweit verkünden zu können. „Der bekannte münstersche Sektenführer Hans Kesch ist am Nachmittag unter Mordverdacht verhaftet worden. Ausgelöst wurde die Ergreifung des als Psycho-Guru von Münster bekannten Mannes durch die Aussagen eines ehemaligen Klienten. Kesch steht im dringenden Verdacht, gestern eine seiner Patientinnen erschossen zu haben."

Rudi Herzog sah den *Anderen* entgeistert an. „Wieso erschossen? Er hat sie vom Balkon gestürzt." Rudi war empört über den *Anderen*. „Sie wissen genau, daß ich sie vom Balkon stürzen werde, warum verbreiten Sie dann solche Nachrichten?"

„...hat ein Mann vergeblich versucht, eine Bank auszurauben. Anlaß war offenbar sein miserabler Kontostand. Den hatte er bei einer Kassiererin abgefragt und danach eine Pistole gezogen. Das Wetter von morgen."

Ein bißchen war Rudi schon beeindruckt, der *Andere* blieb wirklich völlig cool. Vielleicht hatte er sogar Recht? Rudi schaltete per Fernbedienung den Fernseher aus und sah, wie der *Andere* aus dem Bild sprang und jetzt im Zimmer stand. „Wenn Sie meinen, werde ich Gertrud eben erschießen", sagte Rudi. „Die Nummer mit dem Balkon ist sowieso ziemlich unsicher."

Er freute sich jetzt sogar, daß der *Andere* ihn auf eine todsichere Alternative gebracht hatte. Aber warum hatte er den *Anderen* auf einmal wieder mit dem unbrüderlichen Sie angeredet? „Du, entschuldige bitte, ich kann das manchmal immer noch nicht glauben, daß wir zwei..."

Er wollte dem *Anderen* wirklich keine Unannehmlichkeiten bereiten. Er würde Gertrud erschießen, damit der *Andere* seine Nachricht nicht umschreiben mußte. „Kesch hat eine Pistole in seinem Büro!"

Rudi Herzog sprang auf und zog eine Jacke an. Er wußte genau, wie er in Keschs Praxis eindringen konnte, ohne die Alarmanlage auszulösen. Dort würde er die Pistole aus Keschs Schreibtisch holen. Selbstverständlich würde er dabei Handschuhe tragen. Am nächsten Abend würde er Gertrud erschießen. Er mußte jetzt los. „Ich muß jetzt los, Sie wissen schon warum. Entschuldigung, du weißt schon warum. Ich kann es immer noch nicht glauben, daß ich tatsächlich einen Bruder habe."

Rudi Herzog verließ die Wohnung, und er ging auch nicht zurück, als er im Hausflur hörte, daß bei ihm das

Telefon klingelte. Der *Andere* konnte, wenn er wollte, das Gespräch entgegennehmen.

*

Kesch saß am Telefon in seinem Privathaus und ließ ziemlich lange durchklingeln. Es passierte genau das, was er befürchtet hatte. Am anderen Ende der Leitung nahm niemand ab, geschweige denn Rudi Herzog. Kesch machte sich inzwischen ernsthafte Sorgen über die Möglichkeit, daß er Rudi auch in den nächsten Stunden nicht erreichen würde und dieser, wie befohlen, seinen Auftrag ausführte.

Kesch entschied, von nun an alle 30 Minuten anzurufen und sich in den Intervallen den anderen Dingen zu widmen, die er dringend zu erledigen hatte. Er überlegte. Er mußte die Sache mit Silke Rodig planen, außerdem das Treffen mit Charly, Giesi und Holländer. Warum rief Giesi nicht an? Babsi hatte in seinem Anwaltsbüro die Nachricht hinterlassen, sich dingend bei Kesch zu melden.

Das Telefon klingelte. Ruckartig zog Kesch den Hörer zum Ohr. „Ja?"

MacCoin haßte Leute, die sich mit diesen zwei Buchstaben meldeten, statt ihren Namen zu sagen. Trotzdem war er sich sicher, Keschs Stimme erkannt zu haben. Über ihn hatte er mittlerweile weitere Informationen eingeholt und war dabei von der Sitte auf die Aussage einer Frau aufmerksam gemacht worden, die einen Staatsanwalt namens Robert Meininger im Zusammenhang mit Kesch erwähnt hatte. MacCoin hatte sofort an das Foto gedacht, das den Oberstaatsanwalt zusammen mit der toten Ex-Klientin von Kesch zeigte. Darüber hatte er sich lange den Kopf zerbrochen und sogar Überstunden in Kauf genommen, bis er zu dem Entschluß gekommen war, einen Überraschungsangriff zu starten. „MacCoin hier, guten Abend. Bevor wir uns morgen im Polizeipräsidium sehen, wollte ich noch eine Sache mit Ihnen klären. Wie lange kennen Sie schon Herrn Robert Meininger?

Kesch wurde am anderen Ende der Leitung bleich wie Schafskäse und war froh, daß telefonieren bisher keine visuelle Kommunikation beinhaltete. MacCoin hätte den Farbwechsel in seinem Gesicht selbst auf einem schwarz-weiß Monitor registriert. Woher wußte dieser Cutting-Reiter etwas über seine Beziehung zu Meininger?

Kesch empfand die Situation als unwirklich und ihm fiel nur der Satz ein: „Das Kalb geht solange zum Lasso, bis es zusammenbricht." Er war momentan in einem Stadium, in dem er nicht weit von einem Zusammenbruch entfernt war, aber er durfte dies weder zugeben, noch konnte er MacCoin die Kalbsweisheit erklären. Das einzige, was ihn jetzt noch retten konnte, war außer „Charly" der andere, den er innerhalb der Justizbehörden in der Hand hatte. Die Unterlagen über diesen lagen behütet in einem Safe nur ein Zimmer weiter. Die Sicherheit, die diese Papiere ausstrahlten, beruhigte Kesch so sehr, daß er mit dem Gedanken spielte, den Kommissar zu provozieren. „Was haben wir uns da denn in den Kopf gesetzt?" hätte er ihn fragen können. „Ein kleiner Bulle will den großen Kesch anpinkeln?" Stattdessen sagte er: „Ich hatte bereits erwähnt, daß Sie spinnen und ich Ihnen gegenüber keine Angaben mehr mache."

MacCoin hatte nichts anderes erwartet, er zerbrach sich lediglich den Kopf darüber, ob er aus Keschs Reaktion irgend etwas ableiten konnte? War da eine Spur von Verunsicherung gewesen? Hätte Kesch nicht einfach behaupten können, er kenne keinen Meininger, es sei denn, er kannte ihn? „Wie Sie möchten", sagte MacCoin. „Ich erwarte Sie immer noch morgen früh bei mir im Büro. Guten Abend."

Kesch hörte ein Klicken in der Leitung, sprang auf, stürzte in das Zimmer nebenan und stand vor dem Nichts. Jemand hatte offensichtlich seinen Safe mitgenommen, diese eiserne, letzte Reserve. Unter normalen Umständen war das unmöglich, aber lebte er nicht schon seit Tagen unter außergewöhnlich unnormalen Umständen? Wer von seinen Bekannten war überhaupt in der Lage, in sein Haus einzubrechen, ohne einen Alarm auszulösen und einen mittelschweren Safe mitzunehmen? Niemand. Trotzdem war der Safe weg.

Kesch bekam auf einmal Beklemmungen, weil ihm klar wurde, daß er im falschen Zimmer gesucht hatte. Er wechselte den Raum, stand wieder im Wohnzimmer und ging in sein Büro. Da endlich war sie, die in Stahl gegossene Lebensversicherung: Ein knallharter Safe, eine stählerne Rückversicherung, deren Zugangscode nur er kannte.

Langsam drehte Kesch das Zahlenschloß, bis die Sperre überwunden war. Die Tür öffnete sich, und vor ihm lagen eine Pistole und Akten, die ihm das Leben retten konnten. Mit der rechten Hand zog er die schwere Tür ganz auf, mit der linken griff er die Pistole und steckte sie in seine Hosentasche.

Jetzt mußte er als nächstes die Dokumente aus dem Safe entfernen und möglichst schnell woanders unterbringen. Diesem MacCoin war durchaus zuzutrauen, daß er schon bald mit einem Durchsuchungsbefehl samt Schneidbrenner vor der Tür stand. Kesch fingerte nacheinander die Aktenordner heraus. Der erste belegte lediglich, jedenfalls für Insider, daß er sich seinen Diplom-Psychologen-Titel gekauft hatte. Der nächste enthielt Unterlagen über einen geschmierten Mann bei der Steuerfahndung und über das Ordnungsamt, welches sich zum Glück nie die Mühe gemacht hatte, seine Arbeit als angeblicher Psychotherapeut zu prüfen. Nach dem Heilpraktikergesetz hätte er die Anerkennung niemals bekommen.

Dann nahm Kesch einen Ordner heraus, in dem Papiere über Grundstücksgeschäfte enthalten waren. Dank manipulierter Gutachten hatte er von seiner Klientel überhöhte Anteilsscheine erhalten. Mittlerweile zahlten nicht nur mindestens hundert Leute an ihn in dem Glauben, dabei Geld zu machen und der Sache zu dienen. Einige hatten auch Geld gegeben für Projekte in Georgien, die in der Teilrepublik Abchasien lagen und allein schon wegen der abchasischen Unabhängigkeitsbestrebungen für deutsche Anleger praktisch wertlos waren.

Als nächstes wollte Kesch seine Tagebücher aus dem Safe holen, die er unregelmäßig geschrieben hatte, seit er damals in diese Pflegefamilie gekommen war. Die Unterlagen waren in fünf Mappen verstaut, die Kesch jetzt unter einem Stapel anderer Papiere von eher belangloser Bedeutung hervorzog. Sie kamen ihm sehr leicht vor, und als er die erste Mappe öffnete, sah er, daß sie leer war. Eine zusätzliche Ladung Blut schoß in seinen Kopf, und er grapschte nach der zweiten Mappe, öffnete sie und ließ sie zu Boden fallen.

Auch die anderen Mappen waren leer und Kesch kam sich vor wie in einem schlechten Film. Er war bis vor wenigen Sekunden der festen Überzeugung gewesen, daß niemand außer ihm selbst die Möglichkeit hatte, diesen Safe zu öffnen. Jetzt stand er vor dem stählernen Schrank und mußte feststellen, daß irgendwer einen Teil des Inhalts leergeräumt hatte. Es kamen nur Babsi und Gertrud in Frage, beide waren in den vergangenen Monaten in seiner Wohnung jeweils mehrmals frei herumgelaufen. Kesch versuchte sich zu erinnern, wann er das letzte Mal Einträge in seine Tagebücher gemacht hatte. Es war mindestens zehn, vielleicht auch fünfzehn Wochen her. Aber wie hatten Babsi oder Gertrud die Zahlenkombination herausgefunden? Hatte er sie ihnen selbst in alkoholisiertem Zustand verraten? Er mußte sofort in sein Büro fahren und vor allem Babsis Arbeitsplatz gründlich untersuchen. Außerdem wollte er sowieso die zweite Pistole an sich nehmen, die dort noch in seinem Schreibtisch lag. Und er mußte die rote Mappe aus dem Bürosafe woanders verstecken. Kesch verließ seine Wohnung, stieg in seinen Wagen und fuhr zu seiner Praxis.

*

Rudi Herzog strampelte mit seinem Rad über die Promenade auf dem direkten Weg zu Keschs Praxis. Er hatte sich trotz der sommerlichen Temperaturen einen dunkelgrauen Trenchcoat und schwarze Handschuhe angezogen. Er schwitzte, aber das lag nicht allein an seiner Kleidung, sondern auch daran, daß er sich für zwei anstrengen mußte. Der *Andere* war nicht besonders schwer, trotzdem spürte Rudi Herzog sein Gewicht auf dem Gepäckträger bei jedem Tritt in die Pedalen. Es war schön, daß der *Andere* ihn bei einer derart heiklen Mission begleitete. Trotzdem überlegte Rudi Herzog, ob er den *Anderen* wirklich mit in Keschs Praxis nehmen durfte. Möglicherweise war die Aktion mit Gefahren verbunden.

Herzog schmunzelte, weil ihm auf einmal klar wurde, daß der kleine sich um seinen großen Bruder ängstigte. Sicher würde es dem *Anderen* imponieren, was er gerade vorhatte, sonst hätte dieser sich kaum bereiterklärt, die Fahrt auf einem unbequemen Gepäckträger mitzumachen. „Er darf die Füße nicht in die Speichen kriegen!" Herzog drehte den Kopf nach hinten und versuchte, die Füße des *Anderen* zu kontrollieren, ohne daß dieser es bemerkte. Er hätte eine solche Kontrolle als zu kindisch empfinden können. „Keine Angst, ich passe schon auf", sagte der *Andere*, und Herzog schämte sich dafür, daß sein großer Bruder ihn durchschaut hatte.

Mittlerweile war er ein paarmal Richtung Erphoviertel abgebogen und nur noch eine Straße von Keschs Praxis entfernt. Das Rad rollte jetzt fast von selbst, weil der *Andere* inzwischen abgesprungen war. Rudi Herzog wunderte das nicht, da er ohnehin davon ausgegangen war, daß er diese heikle Mission allein ausführen mußte.

Er stellte sein Fahrrad ab und ging auf Keschs Grundstück im Schutze von ein paar großen Bäumen zu der Stelle, an der er die Alarmanlage ausschalten konnte. Dann schlich er an der Terrasse entlang und dachte daran, wie er bereits einmal in dieses Haus eingedrungen war, damals mit einem Nachschlüssel. Den hatte Kesch ihm natürlich abgenommen, nachdem Rudi Herzog sich hinter den Gardinen im Büro übergeben hatte.

Jetzt stand er unterhalb des Balkons, stieg auf einen Mauervorsprung, zog sich an den Gitterstäben hoch, die ein Fenster schützten, erreichte erst mit einer Hand die Brüstung des Balkons, dann mit der anderen und wuchtete sich mit einem Klimmzug weiter nach oben, bis er einen Unterarm auf die Brüstung legen und ein Bein darüber schwingen konnte. Sekunden später stand er auf dem Balkon, fast atemlos, aber zufrieden.

Er mußte jetzt zügig weitermachen, denn bisher waren seine Pläne voll aufgegangen, und einen solch guten Lauf wollte er nicht unterbrechen. Rudi Herzog zog einen kleinen Hammer aus der Innentasche seines Mantels und kletterte an der rechten Seite des Balkons auf die Brüstung, während er sich mit der linken Hand an der Mauer abstützte. Jetzt kam der entscheidende Moment, er mußte einen großen Schritt machen und einen Fuß auf eine Fensterbank setzen, die mindestens einen Meter entfernt war. Gleichzeitig mußte er mit der rechten Hand einen Eisenhaken über dem Fenster erwischen, das er einschlagen und als Einstieg nutzen wollte.

Er fühlte sich plötzlich wie die abstürzende Gertrud, aber der Gedanke daran, daß sie gar nicht abstürzen, sondern durch eine Kugel sterben würde, beruhigte ihn. Er mußte jetzt den Schritt wagen. „Ein kleiner Schritt für einen Menschen, aber ein großer Schritt für die Menschheit", dachte er und schämte sich sofort dafür, daß er hier einen auf Armstrong walking on the moon machte. Obwohl, war seine Tat nicht sogar wichtiger als die Apollo-Mission? Hatte etwa die Tatsache, daß ein Mensch den Mond betreten hatte, die Menschheit vor einem wie Kesch bewahrt? Wenn doch bloß der *Andere* ihn jetzt hier sehen könnte, diesen Mut miterleben würde.

Rudi Herzog schloß für zwei oder drei Sekunden die Augen, hielt sich weiter mit der linken Hand an der Mauer fest und genoß den Augenblick des bevorstehenden Triumphes. Seine Glückseligkeit wurde von einem Geräusch hinter ihm unterbrochen, jemand öffnete die Tür, die zum Balkon führte. Ihm wurde leicht schwindelig und er drehte den Oberkörper herum, ließ die Mauer los und sprang von der Brüstung auf den Balkon.

Der Strahl einer Taschenlampe traf ihn, und neben dem Lichtkegel sah Rudi Herzog schemenhaft eine Pistole, die auf ihn gerichtet war. Er war sich sicher, daß er jetzt sterben mußte, trotzdem erschien es ihm wichtig, wenigstens noch ein paar Sekunden herauszuschinden. Er hoffte einen Moment darauf, der *Andere* würde auftauchen und die Situation mit zwei, drei Sätzen bereinigen, aber Rudi Herzog wurde rasend schnell klar, daß er mit solchen unnützen Gedanken kostbare Zeit verspielte.

„Hans," preßte er heraus, „ich wollte deine Pistole holen, um Gertrud zu erschießen. Du hast mir doch den Befehl gegeben, sie zu töten, und ich brauche schließlich eine Pistole." Noch, als er die Worte aussprach, kamen sie ihm selbst übermäßig devot und deswegen deplaziert vor. Sie klangen wie ein Gnadengesuch, dabei wußte er genau, wie ungnädig Kesch sein konnte. Rudi Herzog wunderte sich, wieviele Gedanken ihm in Todesangst in einer Sekunde durch den Kopf schossen. Das immerhin war eine interessante Erfahrung in seiner jetzigen Situation. Darüber hatte er vorher nie nachgedacht.

Er stand bestimmt schon fünf Sekunden auf dem Balkon und blickte in die schemenhaft zu erkennende Mündung der Pistole, ohne, daß Kesch abgedrückt hatte. „Warum schießt er nicht?" Er hatte eine neue Idee. „Nicht schießen, ich kann dir sagen, wer alles gegen dich arbeitet." Das stimmte nicht ganz, denn Rudi Herzog wußte zu diesem Thema reichlich wenig und fürchtete, Kesch würde dies schnell herausbekommen und ihn dann erst recht zur Strafe regelrecht hinrichten.

„Bitte, laß mich leben. Ich mache alles für dich, was du willst", flehte Herzog und merkte, daß er auf dem Niveau angekommen war, das seit Jahren sein Verhältnis zu Kesch prägte. „Hör auf zu wimmern", sagte eine Stimme, und Herzog registrierte erst die Verachtung im Tonfall und dann, daß es eine weibliche Stimme gewesen war, die er kannte. „Babsi, es ist Babsi!"

*

Hans Kesch stand vor einer Baustellenampel auf der Piusallee und wurde unruhig. Er mußte die Pistole und einige Unterlagen aus seinem Büro holen und außerdem nochmals Rudi anrufen. Der konnte ihm allmählich gefährlich werden, weil ihm zuzutrauen war, daß er seinen Auftrag tatsächlich ausführte, ohne etwas von der neuen Entwicklung mitzubekommen. Endlich schaltete die Ampel auf grün.

Hans Kesch fuhr zügig an und stand wieder vor einer roten Ampel. Der Kommissar machte ihm Sorgen. Eigentlich machten ihm alle möglichen Leute Sorgen. Ulf Giesi zum Beispiel, der wie abgetaucht schien. Oder Paul Holländer und vor allen Dingen Babsi. Die Ampel schaltete auf grün, er gab Gas und steuerte den Mercedes ein paarmal links und rechts in kleinere Straßen, dann hatte er seine Praxis erreicht und parkte den Wagen vor dem Tor. Als er ausstieg, bemerkte er, daß in seiner Praxis Licht brannte. Er griff in die Jackentasche und fühlte das kalte Metall einer Pistole.

*

Rudi Herzog sah, wie sich die Tür zu dem Büro öffnete und eine Person den Raum betrat. Es war Hans Kesch. Er blieb stehen, in seiner rechten Hand trug er eine Pistole, deren Lauf waagerecht ausgerichtet war und Richtung Balkontür zeigte. Dort stand Babsi, die in der rechten Hand eine Pistole hielt, die waagerecht ausgerichtet war und Richtung Tür zeigte. Rudi Herzog stand etwas abseits vor einem Regal auf halber Höhe zu beiden und wunderte sich darüber, daß sie alle drei in diesem Augenblick fast ein gleichseitiges Dreieck bildeten.

Er kam sich vor wie in einem Film, in dem gerade das Finale begann, und Rudi Herzog überlegte, ob es wohl ein Hollywood-Streifen mit happy-end oder eine anspruchsvolle Tragödie war. Jedenfalls sah er in beiden Augenwinkeln je eine Person stehen, die jeweils eine

Pistole auf die andere Person gerichtet hatte. Die Frage erschien ihm zwar banal, aber er stellte sie sich gedanklich trotzdem. Wer würde zuerst schießen?

Keine der beiden Personen bewegte sich, nicht einmal ein Zeigefinger wurde gekrümmt. Wollten die sich hier ewig gegenüberstehen, ohne daß etwas passierte? Es war schon erstaunlich, weil jede der beiden Personen die Möglichkeit hatte, zuerst zu schießen. Die andere Person würde das vielleicht nicht einmal mehr bewußt wahrnehmen können.

Vielleicht lag es einfach daran, daß der *Andere* plötzlich im Raum stand, genau gegenüber von Rudi Herzog. Die vier Personen bildeten jetzt ein fast quadratisches Viereck. Wie von einer inneren Kommandostimme getrieben, gingen sie plötzlich gleichzeitig alle Richtung Mitte des Raumes. Babsi und Kesch hielten ihre Pistolen immer noch waagerecht. Jetzt sah Rudi deutlich, warum alle vier auf die Raummitte zugingen und dabei ein immer enger werdendes Rechteck bildeten. Zwischen ihnen stand Gertrud.

Rudi Herzog wachte auf. Er lag auf dem Sofa in seinem Wohnzimmer, und als er den Kopf hob, sah er vor sich auf dem Tisch eine Pistole liegen. Es war die, die Babsi heute abend auf dem Balkon auf ihn gerichtet hatte. Langsam erinnerte er sich wieder.

Sie waren aus dem Büro gelaufen, als sie unten die Ankunft eines Wagens bemerkt hatten. Sie waren durch die Kellertür in den Garten gelangt, an ein paar Bäumen entlanggeschlichen und hatten beim Verlassen des Grundstücks Keschs Wagen entdeckt. Rudi war zu seinem Fahrrad gerannt und aufgestiegen. Babsi hatte in dem Moment vor ihm gestanden und ihm die Pistole in die Hand gedrückt, die er sofort in der Tasche seines Trenchcoats verstaut hatte. Dann war er nach Hause geradelt und hatte dort den Stecker seines Telefons aus der Wand gezogen, danach eine Schlaftablette genommen und sich auf das Sofa gelegt. Das war ungefähr vier Uhr nachts gewesen. Er hatte mehr als zwölf Stunden geschlafen, denn die Uhr zeigte jetzt sechs Uhr abends.

Warum hatte Babsi ihm die Pistole gegeben? Er hatte auf dem Balkon angekündigt, daß er Gertrud erschießen wollte und Babsi hatte es gehört. Wahrscheinlich hatte sie ihm nur eine Spielzeugpistole überlassen, Herzog kannte sich mit den Unterschieden zu scharfen Waffen nicht besonders gut aus. Langsam griff er nach der Pistole, zielte auf ein gegenüberliegendes Regal und krümmte den Zeigefinger. Es knallte, zerberstendes Glas klirrte, dann hörte er Wasser rauschen. Rudi Herzog hatte sein Aquarium zerschossen. Er ging ins Bad, nahm noch eine halbe Tablette und legte sich wieder ins Bett. Er mußte jetzt noch ein paar Stunden schlafen, um ausgeruht zu sein, wenn er heute Nacht Gertrud erschießen würde. Er stellte seinen Wecker auf 21 Uhr.

*

Hans Kesch war in das Büro seiner Praxis gegangen und hatte sich gewundert, daß dort Licht brannte und zudem Spuren von Gartenerde auf dem Fußboden gefunden. Schließlich hatte er seinen Safe geöffnet vorgefunden und den Diebstahl seiner Pistole aus der Schreibtischschublade bemerkt. Das alles hatte ihn schon rasend vor Wut und panisch vor Angst werden lassen. Aber als er auch noch die Entwendung der roten Mappe festgestellt hatte, die jetzt nicht mehr unter den anderen Papieren lag, war er ausgeklinkt.

Er hatte Stühle gegen die Wand geschleudert, den Schreibtisch umgestoßen und die Übergardinen von der Decke gerissen. Dabei hatte er fieberhaft nachgedacht und war zu der Überzeugung gelangt, daß nur Gertrud als Täterin in Frage kam und sie diejenige Person sein mußte, die ihn erpreßte. Er hatte beschlossen, Gertruds Leben zu beenden - so oder so.

Er hatte auf seine Uhr geschaut und festgestellt, daß in 39 Stunden Silke Rodig in seinem Haus im Sauerland auftauchen und einen Tag später der Termin für die Geldübergabe sein würde, der auf 22 Uhr am Sonntag festgelegt war. Dann hatte er seine Praxis wieder verlassen, in Gedanken zu allem entschlossen und bereit, sich mit ganzer Kraft zu wehren.

17.

Gertrud Schröder saß an ihrem Küchentisch und hatte leichte Magenkrämpfe. Sie konnte schon seit Tagen nicht mehr ausreichend Nahrung zu sich nehmen. Jetzt starrte sie unentwegt auf die Küchenuhr. Noch wenige Minuten, dann mußte sie losfahren, um pünktlich um 22 Uhr am verabredeten Treffpunkt zu sein. Sie stand auf, ging in den Flur, zog sich langsam eine Jacke über, nahm ihre Handtasche, steckte den Wagenschlüssel hinein und öffnete die Wohnungstür. Ein kalter Luftzug kam ihr entgegen, der Hausflur wirkte auf sie wie ein schwarzes, eisiges Loch. Schnell drückte sie den Lichtschalter, zog die Wohnungstür hinter sich zu, schloß hastig zweimal ab und eilte die Treppen herunter.

*

Rainer Lüneburg schaute abwechselnd auf seine Armbanduhr und durch ein Fenster nach draußen, wo es langsam dämmerte. Um halb zehn abends entschied er, daß es bald dunkel genug sein würde. Er ging in sein Schlafzimmer und zog sich schwarze Kleidung an, die er schon Stunden vorher zurechtgelegt hatte. Trotz der milden Sommertemperaturen holte er eine schwarze Pudelmütze aus einer Schublade, die er sich nachher über das Gesicht ziehen würde. Bereits gestern hatte er zwei markstückgroße Löcher in die Mütze geschnitten, die ihm auch in maskiertem Zustand einen ausreichenden Blick nach vorne und zu den Seiten ermöglichten. Rainer Lüneburg verstaute eine Pistole, die er sich in der *Bimmel* besorgt hatte, in seiner Jackentasche, steckte noch ein Paar Handschuhe ein, schaute in einen Spiegel und sah seine dunkelbraunen Augen. Dann verließ er die Wohnung.

*

Robert Meininger war total nervös. Unruhig ging er in seinem Wohnzimmer auf und ab und dachte pausenlos über seinen Plan nach. Ihm war in den vergangenen Tagen immer deutlicher geworden, daß er unbändige Angst davor hatte, enttarnt zu werden. Dabei stand er nach seiner Beförderung zum Oberstaatsanwalt kurz davor, nach Düsseldorf ins Justizministerium gerufen zu werden. In den Vorzimmern des Landgerichts in Münster pfiffen es schon die Sekretärinnen von den Schreibtischstühlen. Er hatte schneller als andere Karriere gemacht, war jetzt der kommende Mann und mit seinen 43 Jahren noch jung genug, um seine Berufung zum Minister ohne Hektik, aber effektiv vorzubereiten. Er mußte seinen Plan durchführen, wollte er nicht riskieren, plötzlich ganz tief zu stürzen. Davor hatte er weitaus mehr Angst als vor seiner Bank, die ihn mehrfach diskret angesprochen hatte, seit sich seine Spielschulden häuften.

Er stand jetzt vor dem Spiegel und sah sich als eine Gestalt in dunkler Kleidung mit grünen Augen. Die würde draußen, wo es dämmerte, nicht besonders auffallen. Er nahm noch eine Wollmütze, in die er zwei Sehschlitze geschnitten hatte, und ein Paar Handschuhe von der Garderobe, verstaute sie in seiner Jackentasche, legte eine Pistole dazu, die er in der *Bimmel* gekauft hatte und verließ die Wohnung.

*

Rudi Herzog wachte auf, weil sein Wecker erbärmlich laut klingelte. Er spürte durch die noch anhaltende Wirkung der Schlaftablette eine lähmende Mattigkeit und quälte sich vom Sofa, um in der Küche einen Kaffee aufzubrühen. Draußen war es noch zu hell, um jetzt schon loszugehen. Nachdem er zwei Tassen Kaffee getrunken hatte, fühlte er sich einigermaßen fit und mußte schmunzeln, als er an seine bevorstehende Aufgabe dachte. „Ich will dich töten sehen!“ Es würde nicht mehr lange dauern, dann würde er fürchterlich gut kontern können: „Ich will dich im Knast sitzen sehen!“

Der Gedanke ermunterte ihn zusätzlich, und er verstaute in aller Ruhe ein Paar Handschuhe in seiner Jakke, danach ein Stück einer schwarzen Strumpfhose, die er sich als Maske mit zwei Löchern in Augenhöhe präpariert hatte. Dann nahm er Gertruds Schlüssel und die Pistole und steckte beide Gegenstände sorgfältig in die rechte Hosentasche. Danach ging er ins Badezimmer und schaute in den Spiegel. Eigentlich war er kein unattraktiver Mann, und der *Andere*, den er jetzt hinter sich sah, würde das sicherlich auf Anfrage bestätigen. Aber es war jetzt nicht die Zeit, Eitelkeiten auszutauschen. Er mußte wichtige Dinge erledigen, namentlich Gertrud und indirekt Kesch.

*

Gertrud Schröder stoppte ihren Wagen auf dem Parkplatz, starrte pausenlos in die finstere, mondlose Nacht und versuchte, mit ihren Augen das Gelände vor sich abzusuchen. Trotzdem bemerkte sie die Gestalt nicht sofort, die sich in der Dunkelheit ihrem Wagen genähert hatte und nun plötzlich an das Fenster der Beifahrertür klopfte.

Gertrud zuckte zusammen und öffnete die Tür. Die Person stieg ein und Gertrud erkannte in ihr den Mann, der sie heute morgen vor ihrer Haustür abgefangen und einen Treffpunkt für den Abend verabredet hatte.

„Ich habe dir heute morgen schon versucht klarzumachen, daß es sich bei Kesch und seiner Sekte nicht um ein Kinderspiel handelt", sagte der Mann und hielt ihr ein Päckchen hin. „Ich soll dir von Barbara diese Kassette geben. Wenn du sie abgehört hast, weißt du hoffentlich, wie ernst die Lage ist."

„Wer bist du?" fragte Gertrud.

„Ich bin der Bruder von Babsi. Andrea war unsere Schwester. Paß auf dich auf."

Bevor Gertrud weitere Fragen stellen konnte, war der Mann ausgestiegen und in der Dunkelheit verschwunden. Gertrud öffnete das Päckchen, zog eine Kassette heraus und legte sie in den Recorder ihres Wagens ein.

*

Rainer Lüneburg bog mit seinem Wagen in die Gartenstraße und mußte kurze Zeit später vor einer roten Ampel warten. Schräg links vor ihm sah er die Gefängnismauern des münsterschen Knasts, und der Anblick bestärkte ihn in seinem Vorhaben. Gertrud war im Moment die einzige Person, die ihm gefährlich werden konnte, deswegen mußte er sie umbringen. Andernfalls würde er sich vielleicht schon bald hinter diesen Mauern wiederfinden, wegen Andrea. Er war bereits ein Mörder und hatte deswegen ohnehin nichts zu verlieren. Aber er konnte jede Menge gewinnen. Wenn Gertrud nicht mehr aussagen konnte, dann war seine Chance da, Kesch zu erpressen. Die Ampel schaltete auf grün, er fuhr zügig an und hoffte inständig, Gertrud würde zu Hause sein.

*

Robert Meininger steuerte seinen schwarzen Volvo an der Halle Münsterland vorbei, bog rechts in den Hansaring ein und mußte bremsen. Gegenüber vom *Hafencafe*, Münsters neuer Szene-Kneipe, stand ein Wagen quer auf der Fahrbahn. Meininger wurde noch nervöser. Endlich schob jemand den PKW zur Seite. Meininger schaute auf seine Uhr und fuhr wieder an. In spätestens sechs Minuten würde er Gertruds Wohnung erreicht haben und dann durfte er nicht versagen. Er mußte spurenlos arbeiten und sich trotzdem darauf einstellen, daß eine Spur zu ihm führen würde. Irgendein Kollege würde den Fall übernehmen, dessen Ermittlungen würde er die geballte Kraft seiner makellosen Karriere entgegenstellen. Er würde nicht einmal ein Alibi benötigen. „Ein Oberstaatsanwalt und angehender Minister ist kein Mörder." Jetzt hatte er die Warendorfer Straße erreicht und konnte das Haus Nummer 64 bereits sehen, in dem Gertrud wohnte. Er parkte den schwarzen Volvo schräg gegenüber. Dann ging er zur nächsten Telefonzelle und wählte Gertruds Nummer.

*

Rudi Herzog radelte zielstrebig zu Gertruds Wohnung und stellte sein Fahrrad zwei Häuser davor ab. Dann ging er ohne Umweg zu ihrem Haus, schloß unten die Tür auf und drückte den Fahrstuhlknopf. Eine Minute später stand er vor Gertruds Wohnungstür und schloß auf. Er bewegte sich jetzt wie in einem Dämmerzustand und dachte nicht mehr daran, daß ihn irgend etwas davon abhalten könnte, Gertrud zu erschießen. In seiner Jackentasche beulte sich die Knarre, er war kurz vor seinem Ziel. Er öffnete Gertruds Wohnungstür und trat ein. Drinnen war es stockdunkel und niemand schien hier zu sein. In diesem Moment klingelte das Telefon.

*

Gertrud Schröder drückte die Starttaste und hörte etwa eine Minute nur ein Rauschen aus dem Lautsprecher ihres Wagens, dann plötzlich eine Stimme, es war die von Kesch.

„Die Alarmanlage funktioniert nicht mehr", sagte Kesch . „Das muß sofort bearbeitet werden."

„Wer hat den Brief geschrieben?" fragte Giesi.

„Ich tippe auf Gertrud", sagte Kesch.

„WENN ICH WILL WIRST DU BALD EINGEHEN ICH KANN JEDERZEIT ALLES AUSPACKEN ODER DAS VERFAHREN EINSTELLEN WENN DU ZAHLST DU HÖRST VON MIR. Wie im Krimi. Wieso denkst du an Gertrud?" sagte Holländer.

„Die weiß zuviel und ist in ihrer Fraulichkeit getroffen. Letztes Mal kam sie und sagte, sie hätte einen Knoten in der Brust. Ich hab' sie gefragt: Wer macht denn sowas?" sagte Kesch.

Holländer und Giesi lachten. „Was weiß Gertrud über Andrea, und was weiß sie über das Geld?" fragte der Rechtsanwalt.

„Ich habe ihr das meiste über Andrea erzählt, Gertrud fand das damals richtig komisch", sagte Kesch .

„Moment, was heißt das meiste?" fragte Giesi.

„Gertrud weiß, daß Andrea von mir schwanger war. Und daß ich ihr damals eingetrichtert habe, sie könnte freihändig fahren, wenn sie ihre suggestiven Lenkkräfte stark genug entfalten würde. Und Gertrud weiß natürlich, daß Andrea damals in der Gruppe von dem Feeling geschwärmt hat, freihändig im Cabrio über die Autobahn zu fliegen. Von Andreas Unfall hatte Gertrud damals schon von anderen aus der Gruppe gehört, bevor ich es ihr erzählt habe", sagte Kesch.

„Weiß sie auch von der angebohrten Lenkstange?" fragte Holländer.

„Ha, das weiß außer uns keiner", sagte Kesch. Danach sprach einige Sekunden niemand, und Gertrud Schröder hörte aus dem Lautsprecher ein paar Geräusche, die sie nicht erkennen konnte.

„Gertrud muß notfalls verschwinden. Die kann den ganzen Laden hochgehen lassen. Die muß sogar dringend weg, bevor die was über Andrea erzählt und anschließend zur Steuerfahndung rennt", sagte Kesch.

„Dann aber schnell, und es muß wie ein Abdreher aussehen. Das kennen die Leute", sagte Holländer.

„Eben. Ein bißchen Schwund gibt es bei jedem bedeutenden Therapeuten", sagte Kesch.

„Tabletten?" fragte Holländer.

„Tabletten oder der verzweifelte Sturz von einer Brükke. Aber ich muß erst sicher sein, daß sie mich erpreßt. Dann schlagen wir zu", sagte Kesch.

„Wann und wer", fragte Holländer.

„Ich weiß vielleicht jemanden, der da hilft. Ich rufe euch morgen an", sagte Giesi.

Gertrud hörte Stühlerücken und kurze Zeit später ein galliges Geräusch. Es klang, als würde sich jemand übergeben.

*

Rainer Lüneburg parkte seinen Wagen in einer Seitenstraße schräg gegenüber von Gertruds Wohnung, stieg aus und zählte bis zur vierten Fensterleiste. Die beiden Fenster, hinten denen sich Gertruds Küche und Bad befanden, waren nicht erleuchtet. Das mußte nicht unbedingt heißen, daß sie nicht zu Hause war. Vielleicht saß sie im Wohnzimmer vor dem Fernseher, das auf der anderen Hausseite lag, mit angrenzendem Balkon und Blick auf den Garten. Lüneburg blieb neben seinem Wagen stehen und überlegte. Im selben Moment sah er eine männliche Person aus der Haustür kommen, die Handschuhe trug. Bei diesen Temperaturen ziemlich ungewöhnlich, genauso wie die Tatsache, daß die Person augenscheinlich kein Licht im Hausflur angeschaltet hatte. Sie hatte sich inzwischen in die andere Richtung entfernt, und er konnte sie nicht mehr erkennen. Dafür sah er einen schwarzen Volvo, der langsam an Gertruds Haus vorbeifuhr, etwa 100 Meter weiter wendete und nochmals mit niedriger Geschwindigkeit die Straße vor dem Haus passierte.

*

Robert Meininger hatte bei Gertrud angerufen, aber niemand hatte sich gemeldet. Vermutlich war sie nicht zu Hause, zumal auch die beiden Fenster zur Warendorfer Straße nicht erleuchtet waren. Zweimal war er langsam an dem Haus vorbeigefahren, jetzt parkte er seinen Wagen in einiger Entfernung, aber noch nah genug, um das Haus beobachten zu können. Er mußte warten, irgendwann würde sie auftauchen. Er würde schnell hinter ihr hergehen und ihr sagen, daß er sie dringend sprechen müßte. Dann würde sie ihn in ihre Wohnung bitten und er mußte handeln.

*

Rudi Herzog hatte einen weiten Bogen um den Häuserblock gemacht und war jetzt fast wieder auf der Warendorfer Straße angekommen. Es war Zeit, erneut bei Gerti vorbeizuschauen. Dieses Mal wollte er unten darauf achten, ob in einem von Gertruds Zimmern Licht brannte. Er mußte es jetzt bald tun. Eigentlich war er fest entschlossen, aber dann fiel ihm ein, daß er kein Alibi für die Mordzeit haben würde. Er mußte sich entscheiden, ob er dieses Risiko eingehen konnte. Rudi blieb stehen und überlegte. Sekunden später ging er auf das Haus in der Warendorfer Straße 64 zu.

*

Gertrud Schröder saß wie abwesend und ohne sich zu regen in ihrem Wagen, nur die Hände zitterten. Sie lauschte immer noch angestrengt, obwohl die Kassette nun bereits eine Weile lief, ohne einen Ton von sich zu geben. Sie war nicht in der Lage, klar zu denken. Nur ganz langsam senkten sich die eben gehörten Worte wie eine bleierne Last in ihr Gehirn. Sie hatte das Gefühl, ihr Kopf könnte jeden Moment platzen.

Kesch, Giesi und Holländer hatten beschlossen, sie zu töten, und jemand hatte das Gespräch mitgeschnitten. „Babsi!“ Der Bruder von Barbara hatte ihr die Kassette gegeben. Warum? Sollte sie gewarnt werden oder war sie eine Spielfigur in einem lebensgefährlichen Match, in dem sie von außen hin- und hergeschoben wurde? Plötzlich fiel ihr ein, daß sie hier völlig allein auf einem dunklen Parkplatz in ihrem Wagen saß. Sie durchbrach ihre Lähmung und drückte blitzschnell die Verriegelungsknöpfe der beiden vorderen Türen herunter. Dann drehte sie den Zündschlüssel herum und trat so wuchtig aufs Gaspedal, daß der Motor laut aufheulte. Der Wagen ruckelte nur etwas vorwärts, ohne richtig loszufahren.

Gertrud spürte eine panische Angst und begriff erst Sekunden später, daß sie die Handbremse nicht gelöst hatte. „Ich muß sofort die Unterlagen von zu Hause holen und damit zur Kripo." Der Gedanke beruhigte sie für den Bruchteil einer Sekunde. „Mein Gott, um diese Zeit." Und sie mußte dafür in jedem Fall in ihre Wohnung. Vielleicht saß ihr Mörder schon im Treppenhaus und wartete geduldig auf ihr Kommen? Erst jetzt bemerkte sie, daß sie bereits losgefahren und auf die Mondstraße eingebogen war. Von dort aus trieb der Wagen unaufhaltsam Richtung Warendorfer Straße, und Gertrud saß willenlos am Steuer.

*

Rainer Lüneburg überquerte die Straße und ging schnell auf Gertruds Haus zu, wobei er Mütze und Handschuhe aus seiner Jackentasche fingerte und hastig überstreifte. Er mußte es jetzt tun und würde danach sofort in die *Bimmel* fahren, in der Hoffnung, so ein Alibi für den Abend zu bekommen. Er würde dort lange bleiben und niemand würde sich später an seine genaue Ankunftszeit erinnern. Nur Gertrud mußte jetzt zu Hause sein, und er hoffte inständig, sie würde gleich die Tür öffnen.

Lüneburg wollte gerade den Klingelknopf drücken, als er einen Wagen bemerkte, der zwar näherkam, aber plötzlich das Licht ausschaltete und offenbar ausrollte. Er starrte angestrengt in die Dunkelheit und meinte, die Umrisse eines Golfs ausmachen zu können. Gertrud besaß einen Golf. Schnell lief er ein paar Schritte am Haus entlang und dann um die Ecke in eine Einfahrt, die zu einer Garage führte, vor der ein paar Fahrräder standen. Er lauschte und hörte Schritte näherkommen. „Damenschuhe!" Jetzt war es einen Augenblick still, dann klimperte ein Schlüsselbund und Sekunden später hörte er die Haustür ins Schloß fallen.

*

Robert Meininger zitterte, weil ihm sein Vorhaben und die Ereignisse gegenüber plötzlich ungeheure Angst machten. Vor der Haustür stand ein Mann und verschwand plötzlich in einer Hofeinfahrt. Er hatte einen Wagen bemerkt, der mit ausgeschaltetem Licht kurz vor Gertruds Haus zum Stehen gekommen war. Eine Frau war ausgestiegen, vielleicht Gertrud, zum Haus Nummer 64 gegangen und darin verschwunden. Kurz darauf folgte ihr ein Mann, von dem Meininger in der Dunkelheit nur vage Umrisse erspähen konnte. Der Unbekannte schloß die Tür auf und verschwand im Innern des Gebäudes, ohne dort Licht einzuschalten. Meininger hatte keine Ahnung, ob es sich um dieselbe Person handelte, die vorher in der Hofeinfahrt verschwunden war. Er beschloß, noch etwas zu warten und das Haus weiter zu beobachten.

*

Rudi Herzog war jetzt kurz vor seinem Ziel, aber plötzlich blieb er stehen. In Gedanken sah er abwechselnd Kesch und den *Anderen* vor sich. Was ließ ihn jetzt zögern? Hatte Kesch selbst in dieser Situation Macht über ihn? War er zu feige? Bremste ihn der *Andere*? Rudi tastete in seiner Hosentasche nach der Pistole und umklammerte sie so fest, daß seine Finger schmerzten und ging weiter.

*

Gertrud Schröder fuhr im Fahrstuhl in den vierten Stock und trat in den Hausflur. Sollte sie das Licht anknipsen? Sie drückte vorsichtig den Schalter und sah, daß niemand außer ihr vor ihrer Wohnungstür stand. Sie schloß auf und trat ein. Sollte sie sofort die Polizei rufen? Nein, erst mußte sie die Unterlagen zusammenpacken. Sie ging an ihr Regal im Wohnzimmer und zog ein rotes Buch hervor, in dem sie den Brief mit Lüneburgs Mordgeständnis versteckt hatte. Das Papier fiel zu Boden und sie hob es auf. Dann öffnete sie eine Schreibtischschublade und nahm einen Ordner heraus, in dem sie haufenweise Kesch belastendes Material abgeheftet hatte. In diesem Moment klingelte und klopfte es an ihrer Wohnungstür. Gertrud lies den Ordner los, der mit einem lauten Geräusch auf die Schreibtischplatte knallte.

Eine Stimme hinter der Wohnungstür rief: „Ich bin es!" In Gertruds Kopf prallten Gedanken aufeinander. War das Rudis Stimme? Nein, aber irgendwie kam sie ihr bekannt vor. Oder doch die von Rudi? Was wollte er um diese Zeit von ihr? Hatte Rudi nicht einen Wohnungsschlüssel? Plötzlich hatte sie Angst vor ihm.

Es klopfte erneut. „Ich bin es!" Die Stimme drang zu ihr durch die dicke Tür gedämpft und dadurch leicht verfremdet. Rudi? Nein, Gott sei dank, das mußte Lüneburg sein. Der war wie sie aus der Sekte ausgestiegen, der suchte womöglich ihre Hilfe. Sie hatte ein paar Monate ein Verhältnis mit ihm gehabt. Hatte sie ihm damals einen Wohnungsschlüssel gegeben? Ja. Damit hatte Lüneburg unten die Haustür aufgeschlossen. Und jetzt klopfte er an ihre Wohnungstür, die er aus Höflichkeit nicht einfach aufschließen wollte. So mußte es sein. Konnte er ihr gefährlich werden? Er wußte bis jetzt nicht, daß sie wußte, daß er ein Mörder war. Also konnte sie ihm öffnen.

Es klopfte wieder, die Stimme sagte: „Hallo, Gertrud." Lüneburg? Ja, das mußte er sein, sie konnte ihn vielleicht benutzen. Gerti überlegte nicht länger, ging zur Tür und öffnete. Vor ihr stand eine vermummte Person, die nicht die Statur von Lüneburg hatte. Das Licht aus

Gertruds Wohnung fiel auf das hinter einer Maske versteckte Gesicht, nur die Augen waren zu erkennen, stahlblau und stechend.

18.

Am nächsten Nachmittag fuhr Silke Rodig Richtung Diemelsee. Ihre Tochter war bei einer Freundin untergebracht. Mit der hatte sie verabredet, sich um Punkt 22 Uhr telefonisch zu melden. Sollte kein Anruf kommen, hatte ihre Freundin die Aufgabe, unverzüglich die Polizei zu alarmieren. Durch diese Abmachung fühlte sich Silke Rodig im Moment einigermaßen sicher, obwohl sie eine Anspannung in ihrem Körper spürte. Sie wußte absolut nicht, was in den nächsten Stunden auf sie zukommen würde. War sie auf dem Weg zu einer der berüchtigten Wochenendtherapien von Kesch? Konnte sie als Augenzeugin und mit ihrer kleinen, fast lautlos auslösenden Kamera die Beweise sammeln, mit denen sie Kesch zur Strecke bringen würde? Oder fuhr sie geradewegs in eine Falle?

*

MacCoin war gerade vom Tatort in sein Büro zurückgekehrt, als jemand von außen an die Tür klopfte. „Ja, was ist denn?“

Barbara Meier trat ein und sagte: „Guten Tag, Herr Kommissar!“

„Tag, ich habe übrigens wenig Zeit, letzte Nacht wurde eine Frau ermordet. Helfen Sie mir auf die Sprünge, wo habe ich Sie schon mal gesehen?“

„Ich bin Barbara Meier, sie haben mich in der Praxis von Kesch gesehen. Ich arbeite da als Privatsekretärin und Mädchen für alles.“

„Was?“ MacCoin wurde plötzlich hellwach. „Keschs Sekretärin kommt zur Polizei? Na, das ist ja ein Ding. Setzen Sie sich. Ich darf mich gerade um die zweite Leiche innerhalb weniger Tage kümmern, die aus dem engeren Umfeld von Kesch stammt. Kannten Sie Gertrud Schröder?"

Barbara Meier wurde erst blaß, dann schoß ihr das Blut in den Kopf. „Ist Gertrud tot?"

„Allerdings, tot und dazu ziemlich sicher auch noch ermordet worden. Erschossen. Ein Nachbar hat vergangene Nacht merkwürdige Geräusche aus Frau Schröders Wohnung gehört und die Polizei gerufen. Die hat schließlich die Wohnungstür aufgebrochen und die Tote gefunden, der Mörder war natürlich längst weg."

„Ich habe sie doch gestern noch gewarnt." Barbara Meier rutschte auf einen Stuhl vor MacCoins Schreibtisch, zog einen Stapel Papiere, eine rote Mappe und mehrere Kassetten aus ihrer Tasche und reichte sie dem Kommissar.

„Ich heiße mit richtigem Namen Barbara Hermes. Meine Schwester Andrea ist vor zwei Jahren von Keschs damaligem Kollegen Rainer Lüneburg umgebracht worden. Er hat ihren Wagen manipuliert, und damit ist sie verunglückt. Kesch hat den Auftrag dazu gegeben."

„Woher wissen Sie das alles so genau", fragte MacCoin.

„Ich habe Keschs Büro verwanzt und heimlich Gespräche mitgeschnitten und Papiere kopiert."

„Warum sind Sie nicht eher zur Polizei gekommen?"

Barbara Hermes nahm die rote Mappe in die Hand und schlug sie auf. „Weil ich noch diese Unterlagen brauchte, ich konnte sie erst gestern aus Keschs Bürosafe entwenden. Ich bin nicht eher auf die Zahlenkombination gekommen. Hier ist die Liste der bezahlten Leute, die dank einflußreicher Positionen Kesch gedeckt haben." Barbara Hermes reichte dem Kommissar ein beschriebenes Blatt Papier.

„Ich habe auch Keschs Tagebücher dabei und eine Mappe mit Belegen dafür, daß Kesch mit Beteiligungen an Immobilien in Georgien handelt, die er in Deutschland seiner Klientel aufzwingt. Natürlich verkauft er die Anteilsscheine weit über Wert, einige Objekte sind sogar völlig wertlos, weil sie im Gebiet der abchasischen Rebellen liegen. Kesch arbeitet außerdem mit einem Adolf Kohler zusammen, offenbar ein wichtiger Polizeibeamter aus dem Düsseldorfer Innenministerium. Es geht da um Mädchenhandel."

MacCoin dachte kurz über Adolf Kohler nach, in der Tat ein hohes Tier in Düsseldorf, mit nicht dem besten Ruf und früher einmal in Münster tätig. Aber dessen angebliche Verbindung zu Kesch erschien ihm sehr spekulativ. „Wie sind Sie auf die Zahlenkombination von Keschs Safe gekommen?

„Er hat zwei Safes, einen in der Praxis und einen in seinem Privathaus. Beide haben einen sechsstelligen Zahlencode. Ich habe gestern einfach den Todestag meiner Schwester ausprobiert, es hat funktioniert. Bei dem anderen Safe hat es mit Andreas Geburtstag geklappt."

„Ziemlich makaber von Herrn Kesch. Kannten Sie Marion Wegner?" fragte MacCoin.

„Ja, seit zwei Jahren. Sie war eine Musterschülerin vom großen Meister. Ist sie auch umgebracht worden?"

„Im juristischen Sinn wohl nicht. Es sieht sehr nach Selbsttötung aus, aber jemand hat sie dorthin getrieben, und ich bin ziemlich sicher, daß wir beide wissen, wer das war. Welches Verhältnis hatten Sie zu Gertrud Schröder" fragte der Kommissar.

„Wir kannten uns aus der Kesch-Szene. Sie war eine Zeitlang Keschs Geliebte. Vor wenigen Wochen ist sie aus der Sekte ausgestiegen. Kesch hielt sie seitdem für eine Verräterin und er wußte, daß sie zweimal bei der Staatsanwaltschaft ausgepackt hatte. Kesch wird außerdem seit ein paar Tagen erpreßt, er glaubt, Gertrud stekke eventuell dahinter!"

„Und, hat Frau Schröder Kesch tatsächlich erpreßt?"
„Nein, ich habe die Erpressung vorgetäuscht."

*

Silke Rodig sah das Hinweisschild, noch fünf Kilometer bis zum Diemelsee. In den letzten Minuten hatte sie verstärkt nach Autos mit münsterschem Kennzeichen Ausschau gehalten, vergeblich. War sie zu früh? Das wäre schlecht, dann mußte sie womöglich Kesch eine Weile allein ertragen.

Vielleicht waren die anderen Teilnehmer des therapeutischen Wochenendes längst eingetroffen? Wahrscheinlich konnten sie es gar nicht abwarten, erst zum vereinbarten Zeitpunkt das Haus ihres großen Meisters zu betreten. Womöglich kam sie gleich dort an und würde von einer versammelten Mannschaft in Empfang genommen werden.

Silke Rodig bog nach rechts in eine schmale Straße. Die Örtlichkeiten kannte sie noch von jenem Abend, als sie mit Gertrud Schröder heimlich Keschs Haus im Sauerland beobachtet hatte. Links vor ihr lag jetzt eine Scheune, rechts war ein großer Strommast im Boden verankert. Nach etwa 500 Metern stoppte Silke Rodig ihren Wagen vor einem alten Herrenhaus. „Das ist es", flüsterte sie zu sich selbst. Auf dem Parkplatz stand ein einziges Auto, ein Mercedes mit münsterschem Kennzeichen.

*

MacCoin zündete sich eine Zigarette an und fragte: „Warum haben Sie Kesch erpreßt?"

„Ich wollte ihn total verunsichern und ihn dazu bringen, schwerwiegende Fehler zu machen."

„Hat er die gemacht?"

„Er hat mit seinem engsten Zirkel Gertruds Ermordung beschlossen. Einen Mitschnitt des Gesprächs finden Sie auf einer der Kassetten", sagte Barbara Hermes und deutete auf die Tonbänder, die vor dem Kommissar lagen.

„Halten Sie Kesch für den Mörder von Gertrud Schröder?" fragte MacCoin.

„Hören Sie die Bänder ab, zumindest hat er den Mord in Auftrag gegeben."

„Sie haben wirklich ganze Arbeit geleistet, trotzdem wird sich demnächst wohl mit Ihrer Vorgehensweise ein Kollege von mir aus einem anderen Dezernat beschäftigen."

„Beschränken wir uns doch jetzt auf das Wesentliche."

„Einverstanden. Ich habe auch noch ein paar Quellen angezapft. Keschs ehemaliger Copilot Rainer Lüneburg ist spielsüchtig. Deswegen verkehrt er regelmäßig in einem Club, in der *Bimmel*. Zwei Wochen nach dem Tod Ihrer Schwester Andrea hat Lüneburg von Kesch 20.000 Mark überwiesen bekommen. Dabei dürfte es sich um die Bezahlung für den Mord handeln. Das Geld hat Lüneburg an einem Abend verspielt."

„Staatsanwalt Meininger geht regelmäßig in denselben Club, aber das ist vermutlich Zufall", sagte Barbara Hermes. „Wußten Sie übrigens, daß Keschs leibliche Mutter die Stiefmutter von Rudi Herzog ist? Die beiden sind also Halbbrüder."

„Nein, das ist interessant", sagte MacCoin. „Was mich noch beschäftigt, ist die Tatsache, daß außer Kesch sowohl Lüneburg als auch Meininger guten Grund hatten, Gertrud Schröder umzubringen. Sie hätte beide in den Knast bringen können."

„Ich weiß", sagte Barbara Hermes. „Deswegen habe ich Gertrud gestern Abend noch gewarnt. Ich hatte Gertrud ein paar Tage vorher wichtige Unterlagen über Kesch zukommen lassen."

„Warum ausgerechnet ihr?"

„Sie war diejenige, die den Inhalt am besten verstehen konnte und meine Arbeit weitergemacht hätte, wenn mir etwas passiert wäre."

„Die Tatsache, daß sie zuviel wußte, hat sie letztlich wohl ihr Leben gekostet" sagte MacCoin.

„Ich glaube, sie muß einen großen Fehler gemacht haben. Ich weiß, daß Gertrud Kontakt zu Silke Rodig aufgenommen hat. Die macht hoffentlich weniger Fehler."

„Wo ist Silke Rodig jetzt?"

„Die fährt heute ins Sauerland und trifft dort Kesch."

„Was? Ist da wieder so ein therapeutisches Wochenende?"

„Nein, sie wird ihn alleine treffen."

„Ich nehme an, Frau Rodig weiß, daß sie Kesch allein trifft und hat sich irgendwie abgesichert.", sagte MacCoin.

„Nein, aber sie ist in der Lage, Kesch zur Strecke zu bringen, da bin ich sicher."

„Sind Sie verrückt?" schrie MacCoin. „Die Frau ist in Lebensgefahr. Wir müssen da sofort hin. Los, Sie kennen doch den Weg!"

*

Silke Rodig ging über den asphaltierten Weg zur Eingangstür und spürte, daß ihr Herz plötzlich schneller pochte. Ihr war einerseits, als laufe sie geradewegs in eine Riesenfalle, extra für sie aufgestellt und nur dazu da, sie zu vernichten. Andererseits zog eine nicht zu bändigende Kraft sie vorwärts, die ihr die Sicherheit gab, haarscharf an der Falle vorbeizugehen.

Jetzt stand Silke Rodig vor der Tür, zögerte nur einen Augenblick und klopfte. Sekunden später öffnete Hans Kesch. Er grinste und wirkte noch feister als bei ihrem letzten Treffen. Silke Rodig schaute ihrem Gegenüber direkt ins Gesicht und dabei fiel ihr wieder auf, was sie bereits beim ersten Aufeinandertreffen bemerkt hatte. Es waren die stechenden, stahlblauen Augen von Kesch.

*

MacCoin hatte vor dem Verlassen seines Büros eine Fahndung nach Kesch, Herzog, Lüneburg und Holländer veranlaßt. Jetzt raste der Kommissar trotz einer Geschwindigkeitsbeschränkung über die Autobahn, als sein Mobiltelefon klingelte. Er riß den Hörer an sein Ohr und sagte kurz danach: „Guten Abend, Herr Kohler", und danach mehrmals „Ja", schließlich „Ja, ich habe verstanden." MacCoin hatte während des Telefonats Gas weggenommen. Sein Wagen fuhr jetzt mit knapp einhundert Stundenkilometern und wurde allmählich noch langsamer. Bei der nächsten Ausfahrt zu einem Parkplatz bog MacCoin ab und sagte zu Barbara Hermes. „Wir sollten uns Zeit lassen. Wir können ohnehin nichts mehr ausrichten."

Barbara Meier zuckte zusammen und sah in Gedanken die Leiche von Silke Rodig in Keschs Haus auf dem Boden liegen. „War das Adolf Kohler aus dem Düsseldorfer Innenministerium?" fragte sie.

„Ja, ich habe die Order, nur noch pro forma zu ermitteln. Befehl von ganz oben. Jeder Widerstand führt dazu, daß meine angekündigte Beförderung gestrichen wird und man mir irgendwelche Bestechungsvorwürfe an den Hals hängt. Tut mir leid, ich habe Familie und muß an mich denken."

Barbara Hermes spürte ein unangenehmes Kribbeln in ihrem Bauch, und sie war sicher, daß sich so Resignation anfühlte.

„Was genau hat Adolf Kohler mit Kesch zu tun?" fragte MacCoin.

„Kesch hat ihm georgische Frauen besorgt. Kohler hat sie an Zuhälter in ganz Deutschland verkauft. Kesch ist im Besitz von Dokumenten, mit denen er den Oberbullen erpressen kann."

„So etwas ähnliches habe ich mir gedacht."

„Aber Sie müssen trotzdem etwas unternehmen. Silke Rodig hat ein Kind."

„Kesch wird sie laufenlassen."

„Und wenn nicht?"

„Kohler ist schon unterwegs zum Diemelsee. Er wird Frau Rodig einiges klarmachen."

„Was denn?

„Daß sie über alles im Zusammenhang mit Kesch besser bis an ihr Lebensende schweigt."

„Das wird sie nicht tun."

„Wird sie, denn Kohler ist alles zuzutrauen. Sie wird damit rechnen müssen, daß er ihr ein paar unschöne Dinge anhängt. Kindesmißbrauch zum Beispiel. Frau Rodigs Tochter landet dann erstmal in einem Heim und die Mutter im Knast."

„Wer hat Gertrud umgebracht?" fragte Barbara Hermes.

MacCoin zuckte mit den Achseln. „Mein Gefühl sagt mir, daß es Kesch war. Ich weiß es nicht genau. Ich weiß nur, daß die Polizei Rudi Herzog unter Mordverdacht festnehmen wird. In seiner Wohnung hat mein Kollege eine Pistole und eine Strumpfmaske gefunden. Herzog selbst ist spurlos verschwunden. Sieht aber trotzdem so aus, als wenn sich Herzog auf ein paar Jahre Knast einstellen muß."

„Da gehört Kesch rein", sagte Barbara Hermes. „Ich dachte immer, alle Leute sind vor dem Gesetz gleich."

„Stimmt im Prinzip", sagte MacCoin. „Aber Leute wie Kesch machen ihre eigenen Gesetze."

*

Wortlos ging Silke Rodig an Kesch vorbei und betrat das Haus. Ohne zu fragen, öffnete sie die erste Tür, die vom Flur abging und stand in einem großen Zimmer mit Kamin, um den fünf Ledersessel zu einer Sitzgruppe formiert aufgestellt waren. Am anderen Ende des Raumes befanden sich ein Eßtisch und zwei Stühle. Kesch hatte gedeckt, zwei Teller, zweimal Besteck, zwei Servietten, zwei Weingläser, eine Flasche. Sogar eine Kerze in einem goldenen Ständer brannte auf dem Tisch.

Silke Rodig blieb stehen und hörte hinter sich Schritte, es mußten die von Kesch sein. Sie drehte sich um. „Wollen wir vorher essen?" fragte Kesch. „Sie mögen doch sicher Lachs und Kaviar?"

Silke Rodig antwortete nicht. Sie betrachtete weiter die Tafel und mußte unwillkürlich an einen Leichenschmaus denken, während Kesch an ihr vorbei durch eine geöffnete Tür ging, hinter der die Küche lag. Was wäre, wenn er gleich statt mit Kaviar mit einer Knarre zurückkommen würde? Silke Rodig spürte, daß ihre Energie, die sie hierher getrieben hatte, schlagartig nackter Todesangst gewichen war. Und die lähmte sie. Regungslos stand sie immer noch in der Mitte des Raumes, als sie ein dumpfes Geräusch hörte. Dann ein lautes Stöhnen, wieder ein dumpfes Geräusch wie von einem Schlag mit einem harten Gegenstand auf einen harten Widerstand. Noch einmal hörte sie den dumpfen Klang und wie jemand auf dem Boden aufschlug. Silke Rodig machte plötzlich ein paar Schritte, bis sie am Eingang zur Küche stand.

Kesch lag auf dem Boden, den Kopf leicht zur Seite gedreht, Blut quoll aus seinem Mund und seiner Nase, Teile des Schädels waren zertrümmert, darunter hing blutverschmiert der schwarze Haarzopf, von einem Gummiband zusammengehalten.

Silke Rodig ging einen Schritt zur Seite und sah in Keschs stahlblaue Augen. Sie stachen jetzt nicht mehr wie vorhin, sie starrten regungslos ins Nichts. Hinter dem Toten stand Rudi Herzog. Seine rechte Hand umklammerte eine Eisenstange, die silbern schimmerte.

ebenfalls erschienen im

PRINCIPAL VERLAG

....

Günter Kükenshöner: „Fenstersturz in Dresden"
- ein deutsch-deutscher Kriminalroman -

Eigentlich hält es der Kölner Privatdetektiv Steffen Queißer für sinnlos, nachträglich zu klären, wie Nicole Weber ums Leben gekommen ist.
Da ihn dieser Fall jedoch von seinen öden Beschattungen vermeintlich untreuer Ehefrauen erlöst, nimmt er den Auftrag von Nicoles Eltern dankbar an. In seiner alten Heimatstadt Dresden bringen ihn schließlich nicht nur die anziehende Millionärstochter Judith und ein skrupelloser Porno-Photograph ins Schwitzen.

„Der Titel ist für jeden Belletristikbestand zu empfehlen."

Andrea Düwel, ekz-Informationsdienst

ISBN 3-932293-05-3; 180 S.; Kt.